Jan Zweyer

Eine brillante
Masche

Die fast wahre Geschichte
eines Lügners

Historischer Kriminalroman

Bibliografische Information der Deutschen Nationalbibliothek: Die Deutsche Nationalbibliothek verzeichnet diese Publikation in der Deutschen Nationalbibliografie; detaillierte bibliografische Daten sind im Internet über http://dnb.dnb.de abrufbar.

Herstellung und Verlag:
BoD – Books on Demand, Norderstedt

ISBN: 978-3-753-40375-5

Covergestaltung: Jan Zweyer

Der Autor

Jan Zweyer wurde 1953 in Frankfurt am Main geboren. Mitte der Siebzigerjahre zog er ins Ruhrgebiet, studierte erst Architektur, dann Sozialwissenschaften und schrieb als ständiger freier Mitarbeiter für die Westdeutsche Allgemeine Zeitung. Er war viele Jahre für verschiedene Industrieunternehmen tätig. Heute arbeitet Zweyer als freier Schriftsteller in Herne. Nach zahlreichen zeitgenössischen Kriminalromanen hat er sich mit der Goldstein-Trilogie (Franzosenliebchen, Goldfasan, Persilschein) das erste Mal historischen Themen zugewandt. Es folgte die fünfbändige Linden-Saga, eine historische Familiengeschichte aus dem Ruhrgebiet, ein Thriller zur Flüchtlingsproblematik (Starkstrom) und 2020 ein Ökothriller (Der vierte Spatz).

In der **Reihe Wiederaufgelegter Bücher** werden verlagsseitig vergriffen Texte von Jan Zweyer als Buch und eBook neu veröffentlicht. Der Originaltext unterliegt jetzt den neue Rechtschreibregeln. Inhaltliche Veränderungen wurden nur in Ausnahmefällen vorgenommen.

Johann Bos, alias Baron Joachim von Hohenfeld, alias Hans Hoffmann, alias Heinz Forst, alias Hans Bayer, alias Mampe, war einer der größten Hochstapler der Nachkriegszeit. Bos stand ein gutes Dutzend Mal vor Gericht. Er wurde zeitweise von über achtzehn Staatsanwaltschaften gesucht, sieben Mal festgenommen. Heute ist er vergessen.

Dieses Buch erzählt seine Geschichte. Es stützt sich weitgehend auf Tatsachen.

1

Prozesseröffnung

Arnsberg, 15. und 16. August 1950

»Meine Herren, Sie verschleudern Millionen!«
Schlagzeile Osnabrücker Neues Tageblatt vom 17.8.1950

Das Gericht betrat den großen Sitzungssaal des Landgerichts in Arnsberg. Alle Anwesenden erhoben sich. Der Vorsitzende, Landgerichtsrat Dr. Wilhelm Döring, dem man ansah, dass er sich der Würde seines Amtes sehr wohl bewusst war, nahm Platz und gab dem Anklagevertreter mit einem knappen Kopfnicken zu verstehen, dass der Höflichkeit nun Genüge getan sei.

Als alle wieder saßen, ließ der Vorsitzende einen prüfenden Blick durch seinen Gerichtssaal schweifen. Er runzelte die Stirn, verlor aber kein Wort darüber, was sein Missfallen erregt hatte, schaute kurz nach links und rechts zu den anderen Mitgliedern seines Richterkollegiums, nickte erneut, setzte eine Brille auf und griff zu einer roten Akte. Er öffnete sie, schaute hinein, senkte den Deckel wieder und sagte mit einem fast gelangweilten Tonfall: »Ich eröffne die Sitzung der ersten Strafkammer des Landgerichts Arnsberg und rufe auf: das Strafverfahren Johann Bos, Aktenzeichen LGA/2303-R-1950. Ich stelle fest: Die Anklage vertritt Herr Staatsanwalt Dr. Bergmann, dem Gericht persönlich bekannt. Vor Gericht sind erschienen: der Angeklagte Herr Johann Bos und sein Rechtsvertreter Dr. Julius Kaessmann aus Dortmund, Letzterer ebenfalls dem Gericht

9

bekannt. Des Weiteren sind anwesend die Zeugen ...«, der Vorsitzende sah über den Rand seiner Brille in den Saal, »... mir scheint, dass ein Großteil der geladenen Zeugen nicht hier ist.«

Bevor jemand antworten konnte, meldete sich der Verteidiger des Angeklagten zu Wort. »Herr Vorsitzender, ich gehe davon aus, dass eine Beweisaufnahme nicht erforderlich sein wird. Mein Mandant beabsichtigt, ein umfängliches Geständnis abzulegen.«

»So?«, erwiderte Dr. Döring. »Das erspart uns ja allen viel Arbeit. Herr Staatsanwalt?«

Dr. Bergmann erhob sich. »Ja, der Angeklagte ist im vollen Umfang geständig.«

»Das hört man gerne. Da können wir ja höchstwahrscheinlich auf die Zeugenaussagen verzichten. Zur Sicherheit bitte ich die Zeugen, jetzt trotzdem den Gerichtssaal zu verlassen und im Flur zu warten. Der Angeklagte kann sich ja schließlich noch anders entscheiden, was seine Aussagebereitschaft angeht. Oder seine Einlassungen reichen dem Gericht nicht aus. Über Ihre Pflichten werde ich Sie jeweils vor Ihren Aussagen belehren, sollte dies erforderlich sein.«

Neun Personen standen auf und gingen zur Tür. Im Raum verblieben nur noch die Prozessbeteiligten, einige Journalisten, nicht mehr als fünf Zuhörer und ein einzelner Justizwachtmeister in Uniform, der hinter der Anklagebank stand.

»Dann kommen wir nun zu den persönlichen Daten des Angeklagten.«

Dr. Kaessmann stupste seinen Mandanten mit dem Ellenbogen leicht in die Seite. Johann Bos verstand und erhob sich. Der Angeklagte war groß gewachsen, schlank, trug einen olivgrünen Anzug, dazu ein lindgrü-

10

nes Hemd und eine dunkelgraue Krawatte. Die wenigen Haare, die ihm geblieben waren, waren kurz geschnitten. Insgesamt machte Bos einen gepflegten Eindruck.

»Sie sind Johann Bos, geboren am 3. April 1912 in Osnabrück?«, wollte der Vorsitzende wissen.

»Ja.« Der Angeklagte sprach mit kräftiger Stimme.

»Und Sie wohnen?«

»Das wissen Sie doch, Herr Richter. Im Knast in Arnsberg.«

Einige der Zuhörer lachten leise. Dr. Döring warf ihnen einen vorwurfsvollen Blick zu, rügte aber diese Unziemlichkeit nicht. »Ich meine, wo haben Sie vor Ihrer Verhaftung gewohnt?«

»Sie meinen, wo ich zuletzt meine Klamotten hatte?«

»Wenn Sie das so formulieren wollen.«

»Also, eigentlich war das keine Wohnung, sondern ein Hotelzimmer. In Hamburg, da, wo ich verhaftet wurde.«

»Sie haben doch nicht in einem Hotelzimmer gewohnt?«

»In Hamburg schon.«

Die Zuhörer tuschelten amüsiert.

»Hatten Sie denn keine andere Bleibe?«

»Doch, aber nicht in Hamburg.«

»Wo denn dann?« Es war dem Vorsitzenden anzumerken, dass er langsam die Geduld verlor.

»In Herne.«

»Und wo da genau?«

»Mont-Cenis-Straße 25.«

»Na bitte. Halten wir also fest: Ihr Wohnsitz ist in Herne.«

»Wenn Sie das sagen, Herr Vorsitzender.«

»Und Ihr Beruf?«

»Was ich gelernt habe?«

11

»Ja. Und das, womit Sie vor Ihrer Verhaftung Ihre Brötchen verdient haben.«

»Gelernt hab ich Schlachter. Und das Geld habe ich verdient ...« Bos machte eine Pause, sah zum Vorsitzenden hin und meinte schelmisch: »Genau. Deswegen stehe ich ja hier, oder?«

Erneut glucksten einige der Zuhörer vernehmlich.

Um die Vernehmung abzukürzen, meinte der Landgerichtsrat in Richtung des Protokollanten: »Also bleiben wir bei Schlachter.« An den Angeklagten richtete er die Frage: »Sie sind deutscher Staatsbürger?«

»Schon immer gewesen.«

»Gut. Damit ist die Vernehmung des Angeklagten zur Person abgeschlossen. Wir kommen nun zur Verlesung der Anklageschrift. Herr Bos, Sie dürfen sich wieder setzen. Herr Staatsanwalt, Sie haben das Wort.«

»Herr Richter?« Bos stand immer noch.

»Ja?«

»War das jetzt alles zu meiner Person?«

»Ja, warum?«

»Wollen Sie nicht mehr wissen?«

»Später.«

»Dann brauch ich aber etwas Zeit.«

»Wie meinen Sie das?«

»Herr Vorsitzender, bei meinem Lebenslauf muss ich schon etwas weiter ausholen. Mein Vater war ziemlich streng mit mir. Er hat mich häufiger geschlagen ...«

»Angeklagter, Sie haben jetzt nicht mehr das Wort.«

»Aber meine Mutter hat sich immer vor mich gestellt. Sie war eine gute Frau, müssen Sie wissen. Und ich ...«

Dr. Kaessmann zog Bos mit sanfter Gewalt zurück auf seinen Stuhl. »Sie sind jetzt noch nicht dran«, raunte er ihm zu. »Sie haben später noch Gelegenheit ...«

»Können wir jetzt mit der Sitzung fortfahren«, bellte der Landgerichtsrat nun sichtlich genervt durch den Saal. »Ohne weitere Unterbrechungen durch das Publikum oder den Angeklagten?«

»Sicher, Herr Vorsitzender«, bekräftigte der Verteidiger.

»Gut«, meinte Dr. Döring. »Herr Staatsanwalt ...«

Staatsanwalt Dr. Bergmann hatte dem Wortwechsel mit sichtbarer Belustigung zugehört. Jetzt räusperte er sich und begann mit der Verlesung der Anklageschrift. »Der Schlachter Johann Bos, geboren am 3. April 1912 in Osnabrück, wird angeklagt, in der Zeit zwischen dem 1. Juni 1945 und dem 13. Januar 1948 wegen Betruges in insgesamt fünfundvierzig Fällen, wegen versuchten Betruges in zwanzig Fällen, wegen Urkundenfälschung in ...« Die Verlesung der neunundfünfzig Seiten der Anklageschrift nahm über eine Stunde in Anspruch.

Als der Staatsanwalt geendet hatte, fragte Landgerichtsrat Dr. Döring den Angeklagten: »Und was sagen Sie dazu?«

»Also, bevor ich beginne, muss ich Ihnen mitteilen, dass ich für meine Stellungnahme eine Redezeit von mindestens vier Stunden benötige. Und meinen Lebenslauf wollen Sie ja auch noch hören. Sagen wir also eher fünf Stunden. Hätten Sie so viel Zeit?«

Dem Vorsitzenden rutschte fast die Brille von der Nase. »Sie wollen was?«, fragte er konsterniert.

»Ihnen meine Geschichte so erzählen, dass mir Gerechtigkeit widerfährt. Dafür sind wir ja schließlich alle hier, nicht wahr?«

Dr. Döring schluckte und bewahrte nur mühsam die Fassung. Der Staatsanwalt versteckte sich hinter seiner Anklageschrift und die anderen Richter und die Schöffen sahen so aus, als ob ihnen etwas heruntergefallen

13

war, so intensiv suchten ihre Blicke den Boden ab. Nur der Verteidiger blickte gelassen zur Richterbank hinüber. Ihn wunderte nach den vielen Gesprächen mit seinem Mandanten rein gar nichts mehr.

»Da haben Sie allerdings recht. Trotzdem beantworten Sie zunächst meine Frage.«

»Wie mein Anwalt schon gesagt hat: Ich hab's gemacht.«

»Können Sie sich denn an alle diese Vorkommnisse, die der Herr Staatsanwalt aufgezählt hat, noch erinnern?«

»Nein. Aber wenn es so in den Akten steht, wird es schon stimmen.«

»Sie bekennen sich also in allen Anklagepunkten schuldig?«

»Ja.«

»Wie war das denn beispielsweise am 15. Juni 1945 im Taunus?«

»Juni 45? Da muss ich überlegen ...« Bos kratzte sich am Kopf. »Keine Ahnung. Herr Vorsitzender, in der ganzen Zeit ist so einiges passiert. Aber ich gebe alles zu. Sie wollen mir doch nichts Böses.«

Der Landgerichtsrat lehnte sich in seinem Stuhl zurück. Man sah, wie es in ihm arbeitete.

Dann meinte er nur knapp: »Ich unterbreche die Verhandlung für eine kurze Beratung.«

Etwa eine Viertelstunde später erschienen die Richter wieder im Saal. »Herr Staatsanwalt, Herr Verteidiger«, begann der Vorsitzende seine Erklärung. »Angesichts der Tatsache, dass der Angeklagte Taten gesteht, an die er sich nicht erinnern kann, werden wir wohl um die Vernehmung der Zeugen in einem Beweisverfahren nicht umhinkommen. Ich möchte keinem von Ihnen die

Revisionsgründe auf dem Silbertablett liefern. Da von den insgesamt siebzig vorgesehenen Zeugen nur neun erschienen sind, werden wir diese erneut laden. Es ergeht deshalb folgender Beschluss: Das Verfahren wird unterbrochen. Neuer Termin von Amts wegen. Zu Ihrer Information: Wir werden am zweiten Verhandlungstag mit der Einlassung des Angeklagten zu seinem Lebenslauf beginnen. Die Sitzung ist geschlossen.« Die Richter erhoben sich.

Johann Bos schien enttäuscht. »Ich darf nichts mehr sagen?«

»Nein«, meinte Dr. Kaessmann. »Heute nicht. Aber das war ja erst Tag eins. Das Gericht wird Ihnen noch das Wort erteilen.«

Bos erhob sich und begann, laut zu sprechen. »Diese Vertagung ist eine große Ungerechtigkeit, das möchte ich ausdrücklich feststellen.«

Sein Anwalt zupfte ihn am Ärmel. »Herr Bos, nun beruhigen Sie sich doch.«

»Ich will mich aber nicht beruhigen. Die Zeugen haben sich gegen mich verschworen, denn sonst wären sie ja wohl erschienen, oder?« Da die Richter und Schöffen Anstalten machten, den Gerichtssaal zu verlassen, rief er ihnen hinterher: »Sie verschleudern Millionen an Steuergeldern. Eine Verschwendung ist das, jawohl! Lassen Sie mich vier Stunden reden und wir sind fertig und alle können nach Hause gehen. Dann brauchen wir auch keine Zeugen mehr. Ich gestehe ja alles. Sie werfen das Geld von uns Steuerzahlern zum Fenster hinaus.«

Erst als der Justizwachtmeister seinen rechten Arm griff, um ihm wieder Handschellen anzulegen, beruhigte sich Bos. Entgeistert schüttelte er den Kopf. »So was«, meinte er zu seinem Verteidiger. »Da ist man geständig

15

und kein Mensch hört einem zu. Das verstehe, wer will.« Dann sprach er die anwesenden Pressevertreter an: »Meine Herren, ich lade Sie zu einer Privatkonferenz ein. Dort werden Sie alles erfahren, was ich weiß.«

Der Justizwachtmeister griff ein. »Herr Bos, kommen Sie bitte mit.«

»Aber ich muss doch meine Konferenz ...«

»Das Einzige, was Sie müssen, ist, jetzt in Ihre Zelle zu gehen.« Mit diesen Worten zog er den weiter lamentierenden Angeklagten mit sich.

Noch am selben Tag ging telefonisch eine Einladung des Vorsitzenden bei dem Vertreter der Anklage und dem Staatsanwalt ein. Die Herren wurden gebeten, am nächsten Tag erneut in Arnsberg zu einer inoffiziellen Besprechung mit dem Gericht zu erscheinen.

»Meine Herren«, leitete der Gerichtsrat das Gespräch am 16. August ein. »Sicher wundern Sie sich, warum ich zu diesem etwas ungewöhnlichen Mittel greife. Aber das Gericht hat einen Beschluss gefasst, über den ich Sie informieren möchte, bevor er öffentlich im Gerichtssaal verkündet wird. Da sich der Angeklagte nach eigener Aussage nicht an alle ihm zur Last gelegten Vorfälle erinnern kann oder will, müssen wir ja nun doch in eine umfangreiche Beweisaufnahme eintreten. Dafür aber benötigen wir die Zeugenaussagen. Wie Sie selbst gesehen haben, sind von den ursprünglich siebzig vorgesehenen Zeugen gestern nur neun erschienen. Wir werden die Zeugen also neu laden müssen. Da ich bezweifle, dass alle diesmal der Ladung Folge leisten, habe ich mich mit meinen Kollegen darauf verständigt, einige der Verhandlungstage nicht in Arnsberg, sondern in den Städten durchzuführen, an denen die Taten begangen wurden beziehungsweise in deren Nähe sie stattfanden. So steigt die Wahrscheinlichkeit, dass wir alle Zeugen hören können. Zum anderen ist es schlicht billiger, wenn das Gericht reist, als wenn wir das Dutzenden Zeugen zumuten.«

Dr. Bergmann verzog keine Miene, als ob ihn dieser Beschluss nicht weiter tangierte.

Anders reagierte Dr. Kaessmann. »Das ist in der Tat ein Novum in der Geschichte der bundesrepublikanischen Justiz«, meinte er. »Ach, was sage ich: Das ist mir in meiner dreißigjährigen Praxis noch nicht passiert. Wie haben Sie sich das praktisch vorgestellt?«

»Wir beabsichtigen, in München, Würzburg, Frankfurt und Hannover zu tagen. Wie Sie anreisen, bleibt Ihnen überlassen. Wir können Ihnen allerdings anbieten, mit uns die Bundesbahn zu nutzen. Mein Büro könnte sich auch um Ihre Fahrscheine und die Sitzplatzreservierung kümmern. Dann könnten wir gemeinsam in einem Abteil reisen.« Dr. Döring lächelte. »Selbstverständlich wird dort nicht über den Prozess gesprochen. Der Angeklagte hingegen wird in einem Personenwagen transportiert. Zwei Beamte begleiten ihn und er wird an den Füßen gefesselt, um jede Fluchtgefahr auszuschließen.«

»Ich nehme an, Widerspruch wäre ohnehin zwecklos?«, erkundigte sich der Verteidiger.

»So ist es«, erwiderte der Vorsitzende.

17

2

Die erste Liebe

Osnabrück, 20. Juli 1929

Die Luft in der *Scharfen Lotte* war zum Schneiden. Johann Bos hatte seinen einzigen Anzug angezogen. Die Ärmel waren zwar leicht abgestoßen und die Hose etwas zu kurz, aber in dem schummerigen Licht des Nachtklubs würde das nicht weiter auffallen. Außerdem, so nahm Johann nicht zu Unrecht an, dürften die Gäste des Etablissements in der Osnabrücker Altstadt ihre ganze Aufmerksamkeit den Tänzerinnen schenken, die auf der kleinen Bühne mehr schlecht als recht Josephine Baker imitierten. Nur auf das charakteristische Bananenröckchen verzichteten die Damen. Stattdessen trugen sie ein Nichts aus durchsichtigem Mull, sehr zur Freude der überwiegend männlichen Besucher.

Der Siebzehnjährige hatte mit Schwierigkeiten bei der Einlasskontrolle gerechnet, aber der Türsteher hatte nur einen flüchtigen Blick in sein Gesicht geworfen und ihn dann passieren lassen.

Er schaute in die Getränkekarte. Das Herrengedeck kostete ein kleines Vermögen, aber Johann hatte sich kurz vor Feierabend mit einem schnellen Griff in die Kasse der Metzgerei, in der er seine Lehrjahre absolvierte, ausreichend Mittel für den Abend angeeignet. Er rechnete nicht damit, dass er wegen dieser Geldbeschaffung belangt würde. Sein Meister lag schon seit Tagen mit einer Sommergrippe zu Bett und dessen

18

Frau, die ihn im Laden ersetzte, war in geschäftlichen Dingen nicht bewandert. Eine Registrierkasse gab es nicht. Und da auch die Verkäuferin, die sonst hinter dem Tresen stand, Urlaub hatte, war es ihm ein Leichtes gewesen, die handschriftlichen Eintragungen der Tageseinnahmen zu manipulieren und einen gehörigen Batzen für sich abzuzweigen.

Skrupel verspürte Johann keine, bezahlte ihm sein Lehrherr doch, wie er fand, nur einen Hungerlohn für seine harte Arbeit.

»Der Herr wünschen?«, fragte ein Keller, der an seinen Tisch getreten war.

»Ein Bier.«

Der Mann zog merklich die rechte Augenbraue hoch. »Bier nur als Gedeck. Als Einzelgetränk nur Sekt oder Champagner.« Sein Tonfall wechselte von devot zu herablassend.

Der Siebzehnjährige spürte, wie er errötete. Dieser Schnösel, dachte er wütend und erwiderte so überheblich, wie es ihm möglich war: »Entschuldigung. Ich vergaß, dass wir hier nicht in Berlin sind. Dort gelten bekanntlich andere Regeln. Dann eben ein Gedeck.«

Der Kellner verbeugte sich leicht. Johanns kleiner Triumph wurde nur durch das Grinsen geschmälert, das der Ober andeutete, als er sich von seinem Tisch entfernte.

Heftiger Applaus brandete auf. Die Tänzerinnen hatten ihre Darbietung beendet und verließen die Bühne. Der Conférencier kündigte als den nächsten Höhepunkt des Abends den Auftritt eines Zauberers an, der – so sein vollmundiges Versprechen – sie durch seine Künste in Verblüffung versetzen werde.

Der Magier entpuppte sich als pickeliger Jüngling in einem Frack, der an seinem schlaksigen Körper schlotterte. Mehrmals stolperte der Künstler über die zu langen Beinkleider, was das Publikum mit schadenfrohem Gelächter quittierte.

Als Nächstes folgte eine Sängerin undefinierbaren Alters, die sich bemühte, mit rauchiger Stimme die aktuellen Schlager vorzutragen. Da sie aber dann und wann ihren Text vergaß und ihre Aussetzer mit schlichtem Gesumme zu überbrücken versuchte, hielt sich die Begeisterung ihrer Zuhörer in recht engen Grenzen.

Johann ärgerte sich. Was hatten ihm seine Freunde nicht alles von dem Lokal vorgeschwärmt: In der *Scharfen Lotte* gingen willige Mädchen ein und aus, hatten sie ihm erzählt. Die Tanzdarbietungen seien an Frivolität nicht zu überbieten. Und was hatte er bis jetzt erlebt? Einen drittklassigen Zauberer. Eine vergessliche Sängerin. Gut, die halb nackten Mädchen hatten auch seine Fantasie angeregt. Aber lüsterne Gedanken konnte er sich auch machen, ohne viel Geld für Bier und Korn auszugeben – er war hier, um etwas Handfestes zu erleben.

Der Ansager trat wieder auf die Bühne und versprach den Zuschauern, nun folge der absolute Höhepunkt des Abends: Chantal d'Armagnac.

Johann meinte, sich zu erinnern, diesen Nachnamen schon einmal gehört zu haben, wenn auch in einem anderen Zusammenhang. Hatte sein Vater nicht auf dem letzten Familienfest über Armagnac gesprochen? Der Alte dürfte in Gegenwart seiner Gattin wohl kaum die Tänzerin gemeint haben. Deren laszives Lächeln war auf den Fotografien zu bewundern, die in den Schaukästen draußen vor dem Nachtklub ausgestellt waren. Er musste sich irren. Es waren wohl doch seine Freunde gewesen, die diesen Namen erwähnt hatten. Eigentlich war der Begriff ›Freunde‹ für die Jungs, mit denen er seine Zeit totschlug, zu hoch gegriffen. Einige von ihnen kannte er seit der Schulzeit, andere hatten sich später dazugesellt. Sie trafen sich täglich in den frühen Abendstunden, rauchten, ließen Bierflaschen kreisen. Ihre Gespräche drehten sich um Mädchen, ihre Lehrherren, die neuesten Filme. Wirklich vertraut war Johann mit keinem von ihnen. Auch in ihrer Gesellschaft blieb er verschlossen.

Das Licht auf der Bühne erlosch und die kleinen Lampen auf den Tischen im Gästebereich wurden gedimmt, bis es fast dunkel in dem Lokal war. Leises Klavierspiel erklang. Dann erhellte ein Scheinwerferkegel einen schwarzen Vorhang, der sich leicht bewegte und dann plötzlich aufgerissen wurde. Der Blick wurde frei auf eine schlanke Schwarzhaarige, deren lange Beine in hochhackigen Schuhen endeten. Chantal trug einen schwarzen Ledermantel, dessen Kragen hochgeschlagen war, einen Zylinder und in der rechten Hand hielt sie eine Reitpeitsche.

Johanns Kehle fühlte sich trocken an. Was für eine Frau! Er griff zum Bierglas, trank es in einem Zug aus und winkte den Kellner herbei, um ein neues Getränk zu bestellen, ohne dabei den Blick von der Bühne zu wenden. Denn Chantal trat vor und begann, langsam und mit neckischem Lächeln, die Knöpfe ihres Mantels zu öffnen.

Er fieberte dem Kommenden entgegen. Was trug sie wohl darunter? Nichts? Johann spürte, wie sich seine Männlichkeit regte.

21

Chantal war nun am letzten Knopf angekommen. Sie legte beide Hände an den Mantel.

Jetzt, dachte Johann, würde sie das Geheimnis lüften. Der Klavierspieler erhöhte das Tempo und damit die Spannung.

Nun mach schon, schrie Johann in Gedanken. Zeig mir, was du hast!

Aber Chantal drehte sich abrupt um und verharrte regungslos im Scheinwerferlicht.

Der Kellner brachte das Bier. Johann griff danach und kippte es hinunter. Damit hatte der Ober anscheinend gerechnet, denn er war zwischen den Tischen, die sein Revier bildeten, stehen geblieben. Auch die anderen Männer im Saal reagierten ähnlich und orderten neu.

Endlich ließ Chantal, immer noch mit dem Rücken zu ihrem Publikum, den Mantel langsam über ihre Schultern gleiten.

Johann hielt den Atem an. Weiße Haut wurde sichtbar, immer mehr. Kein Mieder oder Büstenhalter. Nur nacktes Fleisch!

Dann fiel der Mantel. Ein bewunderndes Raunen lief durch den Saal. Auch Johann schnappte nach Luft. Wohlgeformte Pobacken leuchteten für einen Moment im grellen Licht des Scheinwerfers, der dann plötzlich alles in Rot tauchte. Chantal ließ die Peitsche sanft über ihren Körper streichen.

Johanns Erektion wurde schier unerträglich. »Nun dreh dich endlich um«, flüsterte er, griff mit der rechten Hand in seine Hosentasche und umfasste sein Glied.

Als ob Chantal sein Flehen erhört hätte, wandte sie sich wieder den Zuschauern zu. Schemenhaft waren ihre prallen Brüste auszumachen. Und ein Dreieck, wel-

22

ches ihre Scham verdeckte und dessen Besatz aus Glassplittern im Lichtkegel funkelte.

Johann beugte sich vor, um besser sehen zu können. Und genau in diesem Augenblick sah Chantal zu ihm hinüber. Sie lächelte ihn an. Und er ejakulierte in seine Unterhose.

Dem folgenden Programm mit Jongleuren und dem erneuten Auftritt der Tanzgruppe schenkte Johann keine Beachtung. Stattdessen sprach er den Kellner an: »Ist es möglich, dass ich mich mit Fräulein d'Armagnac ein wenig unterhalten kann?« Ein Geldschein wechselte den Besitzer.

»Madame ist sehr wählerisch, was ihre Gesprächspartner angeht. Und anspruchsvoll mit ihren Getränken.«

Ein weiterer Schein verschwand in der Hosentasche des Obers.

»Wäre sie mit einem Glas Sekt zufrieden?«, erkundigte sich Johann und überschlug schnell die ihm verbliebene Barschaft.

»Champagner wäre besser.« Der Kellner beugte sich vor und setzte mit vertraulicher Stimme fort: »Der Champagner im Einzelausschank ist nicht so nach ihrem Geschmack. Aber privat trinkt sie häufiger Sekt, ich habe sie schon des Öfteren dabei beobachtet. Die Marke, die sie bevorzugt, gibt es allerdings nur in Flaschen.«

»Und die kostet?« Der Kellner nannte den Preis.

Johann schluckte. Wenn er diese Rechnung beglich, wäre nicht nur seine Beute perdu, sondern auch ein Wochenlohn. Er gab sich einen Ruck. »Dann bitten Sie

Madame an meinen Tisch. Und wenn sie kommt, bringen Sie uns den Sekt. Und zwei Gläser. Aber nur dann.«

Die Züge des Kellners verzogen sich spöttisch. Johann hingegen war so aufgeregt, dass er es nicht bemerkte. Die bewundernswerte Chantal würde bald hier neben ihm am Tisch sitzen.

Nachdem der Kellner verschwunden war, inspizierte der Jüngling den Schritt seiner Hose. Von seinem kleinen Malheur war glücklicherweise nichts zu sehen. Es fühlte sich zwar auf seiner Haut noch etwas klebrig und feucht an, aber das würde trocknen.

Etwa zwanzig Minuten später trat die sehnsüchtig Erwartete an seinen Tisch. Sie trug nun ein langes Abendkleid, dessen seitlicher Schlitz bis zu ihrem Oberschenkel reichte und eine ebenfalls schwarze Stola. Johann sprang auf und machte eine Verbeugung, so wie er es aus Filmen kannte. »Bos, angenehm.« Er rückte Chantal den Stuhl zurecht und wartete, bis sie Platz genommen hatte. Erst dann setzte er sich auch.

Der Kellner brachte den Sekt und schenkte ein. Johann hob das Glas und prostete seinem Gast zu.

Auch Chantal hob das Glas. »Wohlsein«, sagte sie mit einer hohen, fast piepsigen Stimme ohne jeden Akzent. »Ach, wie das prickelt. Ich liebe Sekt.«

»Wo haben Sie so gut Deutsch gelernt?«

Sie schaute ihn verwundert an. »Wie bitte?«

»Na, Sie sprechen gar nicht wie eine Französin.«

Chantal lachte auf. »Ich bin auch keine. D'Armagnac ist mein Künstlername.«

Johann ärgerte sich über seine Unbeholfenheit. Das würde ihm nicht noch einmal passieren, schwor er sich.

»Sie ... Sie sind sehr schön«, sagte er unvermittelt.

»Danke.« Chantal legte wie zufällig die Hand auf seinen Arm. »Ich habe dich hier noch nie gesehen. Bist du das erste Mal in diesem Laden?«

»Ja.«

»Und wie alt bist du?« Sie musterte ihn amüsiert.

»Einundzwanzig«, schwindelte Johann. Ob sie ihm diese Lüge abnahm? Als Neunzehnjähriger hatte er sich schon erfolgreich ausgegeben. Aber einundzwanzig?

Sie ließ erneut ihr Lachen hören. »Nie im Leben. Aber es ist mir egal. Ich bin nicht der Rausschmeißer.«

Sie machte eine Pause und ihre Hand näherte sich seiner. Johann wurde der Hemdkragen zu eng und sein Glied regte sich wieder.

»Lass mich raten. Sechzehn?«

»Siebzehn«, gestand er.

Chantal zeigte auf die Sektflasche im Kühler. »Hast du dein Sparschwein geplündert, um mich einzuladen?«

»Natürlich nicht«, log Johann und versuchte, so erwachsen wie möglich zu klingen. »Mein Vater hat mir das Geld gegeben.«

»Um es in einem Nachtklub zu verprassen?«

»Dafür nun nicht gerade. Aber er überlässt mir die Entscheidung, was ich mit meinem Geld anstelle.«

»Ein großzügiger Vater. Was macht er denn so?«

Johanns Gedanken rasten. Jetzt hatte er sich selbst in die Bredouille geritten.

Seine Familie lebte am Rand der Stadt in einem kleinen Kotten. Vater verdiente sein Geld mit Viehhandel, der die Familie gerade so ernährte. Wenn Mutter nicht manchmal als Näherin arbeiten würde, wäre mehr als einmal in den vergangenen Monaten außer trockenem Brot nichts auf den Tisch gekommen. »Er ist im Fleischgeschäft tätig«, stieß er hervor.

25

»Im Fleischgeschäft also. Metzger?«

Woher wusste sie, dass er als Metzger arbeitete? Hatte sie ihn im Laden seines Lehrherrn gesehen? Nein, das konnte nicht sein, beruhigte er sich. Eine Dame wie sie würde nie in der kleinen Metzgerei einkaufen. »Nein. Meine Familie besitzt eine Großschlachterei bei Münster«, behauptete er. »*Bos und Sohn.* Vielleicht haben Sie schon einmal davon gehört?«

Sie hatte nicht. Wie auch.

Ruhiger geworden, begann Johann nun, eine Geschichte zu erfinden. Er erzählte von der Villa, die sie bewohnten, seinen Ausflügen in die Umgebung, den Autos und den Bediensteten. Je länger er sprach, desto sicherer fühlte er sich. Und Chantal hing an seinen Lippen.

Schließlich war der Sekt ausgetrunken. »Lädst du mich noch zu einer weiteren Flasche ein?«, bat sie.

Johann wand sich wie ein Aal. Dazu fehlte es ihm an Geld. Aber schnell fiel ihm eine Ausrede ein. »Ich muss leider zurück ins Hotel. Wir brechen morgen recht früh zurück nach Münster auf.«

»Wir?«

»Na, ich und der Chauffeur, der mich gebracht hat.«

Sie sah ihn bewundernd an, beugte sich vor und hauchte ihm einen Kuss auf die Wange. »Kommst du wieder?«

»Natürlich.« Und in diesem Augenblick glaubte er fest daran, Chantal hätte sich in ihn verliebt.

26

3

Kriminelle Jugend

Arnsberg, 2. Oktober 1950

Auf den Zuhörerbänken des Gerichtssaals saßen die Besucher dicht an dicht. Anscheinend hatte es sich herumgesprochen, dass dieser Prozess einen gewissen Unterhaltungswert besaß. Dem Vorsitzenden war aus ebendiesem Grund der Andrang nicht so recht. Zu viel Öffentlichkeit brachte nur Unruhe. Und die konnte er gerade in diesem Verfahren nicht gebrauchen, in dem nur wenig so war, wie eigentlich in Strafprozessen üblich.

»Sie haben sich dann noch öfter mit dieser Chantal getroffen?« Landgerichtsrat Dr. Döring nahm seine Lesebrille ab und schaute Bos an.

Der nickte nur.

»Ich habe Sie nicht verstanden, Angeklagter.«

»Ich habe ja auch nichts gesagt, Herr Vorsitzender.«

»Haben Sie nun oder nicht?«

»Natürlich habe ich.«

»Immer in der *Scharfen Lotte?*«

»Anfangs schon. Später musste ich mir ja eine neue Unterkunft suchen. Zu Hause durfte ich nicht bleiben.«

»Weshalb nicht?«

»Aber Herr Vorsitzender, das steht doch alles in den Akten.«

»Seien Sie so freundlich und erzählen Sie es uns noch einmal.« Der Tonfall ließ erkennen, dass Dr. Döring nicht mehr so geduldig war, wie seine Worten glauben

27

ließen, im Gegenteil. Er war es leid, ständig die heitere Unruhe unter den Zuhörern dämpfen zu müssen, konnte den treuherzigen Hundeblick des Angeklagten nicht mehr ertragen und verspürte nicht die geringste Lust, immer wieder dessen ausschweifende Redebeiträge zu unterbrechen. Aber er war der Vorsitzende in diesem Gerichtssaal. Es war sein Prozess. Und er gedachte, ihn streng nach Recht und Gesetz zu Ende zu bringen. Deshalb bewahrte er die Fassung, auch wenn es in ihm brodelte.

»Nach unserem ersten Treffen hatte ich mir vorgenommen, am nächsten Wochenende wieder in das Nachtlokal zu gehen.«

»Wovon wollten Sie diesen Besuch denn bezahlen?«

»Tja, da treffen Sie den Nagel auf den Kopf, Herr Vorsitzender. Ich war nämlich wirklich total pleite. Da blieb mir nichts anderes übrig, als mir noch einmal etwas Geld von meinem Lehrherrn zu leihen.«

»Leihen?«

»Ich dachte damals, ich würde es ihm wieder zurückgeben können.«

»Wovon denn?«

»Mir wäre bestimmt etwas eingefallen.«

»Das glaube ich Ihnen aufs Wort«, rief Staatsanwalt Dr. Bergmann in den Saal und erntete dafür einen missbilligenden Blick des Vorsitzenden.

»Wie oft haben Sie sich denn aus der Kasse ...«, Dr. Döring räusperte sich, »... etwas ... äh ... geliehen?«

»So fünf, sechs Mal. Kann aber auch zehn Mal gewesen sein.«

»Und dann ist Ihnen Ihr Arbeitgeber auf die Schliche gekommen?«

»Leider.«

Einige Zuhörer lachten erneut. Bos drehte sich zu den Zuhörerreihen hin und deutete eine Verbeugung an.

»Angeklagter«, blaffte der Landgerichtsrat los. »Hier spielt die Musik. Sehen Sie zu mir und lassen Sie die Mätzchen. Haben Sie verstanden?«

»Natürlich, Herr Vorsitzender.«

»Dann weiter. Sie wurden vor ein Jugendgericht gestellt?«

»Das muss so im November 1929 gewesen sein.«

»Am 25. November, um genau zu sein«, ergänzte der Vorsitzende. »Sie wurden wegen mehrfachen Diebstahls und Unterschlagung zu einhundert Mark Geldstrafe und drei Monaten Jugendarrest verurteilt.«

»So viel hab ich bekommen? Aber wenn es in den Akten steht ...«

Dr. Döring unterbrach Bos erneut: »Das Gericht kennt mittlerweile Ihr unerschütterliches Vertrauen in die Qualität unserer Prozessakten. Sie müssen das nicht immer wieder betonen. Fahren Sie fort.«

»Als ich aus dem Jugendknast kam, war ich meine Lehrstelle los und mein Vater hat mich zu Karneval an die frische Luft gesetzt. Obwohl – fast hätte ihn meine Mutter noch umgestimmt. Fast. Na ja. Ich habe meinen Koffer geschnappt und bin los. Das muss kurz vor meinem achtzehnten Geburtstag gewesen sein.«

»Und wovon haben Sie gelebt?«

»Die ersten Tage habe ich in Scheunen übernachtet. Aber dann kehrte der Winter zurück. Ich konnte bei einem Bauern in der Nähe von Telgte als Helfer anfangen. Die Ställe reinigen, Kühe melken, aussäen. Eben alles, was so anfällt.«

»Und dann?«

29

»Ich habe gespart, bis ich genug Geld zusammenhatte.«

»Wofür?«

»Einen neuen Anzug. Ich wollte heiraten.«

»Wen?«

»Chantal d'Armagnac natürlich. Sie war auch sofort einverstanden.«

»Sie waren aber noch nicht volljährig.«

»Das war ein Problem, da haben Sie recht, Herr Vorsitzender. Aber ich hatte mich erkundigt. Mit einer Genehmigung meiner Eltern wäre eine Heirat möglich gewesen.«

»Und? Haben sie die Einwilligung erteilt?«

»Nicht direkt. Aber auf dem Formular, das mir das Jugendamt für die Einreichung beim Familiengericht gegeben hatte, standen ihre Unterschriften.«

»Verstehe. Sie haben sie gefälscht.«

Bos strahlte über beide Ohren. »Woher wissen Sie das?«

Der Vorsitzende verdrehte die Augen. »Und diese Chantal hat Sie dann geheiratet, obwohl sie nur ein Landwirtschaftshelfer waren?«

»Das wusste sie ja nicht. Ich habe es ihr jedenfalls nicht erzählt. Sie dachte doch immer noch, meinem Vater gehörte ein großer Schlachthof.«

»Haben Sie sich nicht dafür geschämt, ihr solche Lügen aufzutischen?«

»Nein, warum? Sie hieß ja auch nicht Chantal d'Armagnac, sondern Mechthild Waldkämper.«

»Das haben Sie ihr also nicht übel genommen?«

»Natürlich nicht, denn wir haben uns blendend verstanden. Nur wollte sie unbedingt meine Eltern kennenlernen – die erfundenen, meine ich. Die Idee hat mir natürlich nicht gefallen. Anfangs konnte ich Chantal noch hinhalten. Aber dann bestand Sie auf ein Treffen. Es ging ihr weniger um die Eltern als um die Villa, die Autos und den Schlachthof, nehme ich an.«

»Da könnten Sie richtigliegen.«

»Außerdem waren meine Ersparnisse schnell aufgebraucht und wir lebten von ihren Einkünften. Zunächst hat sie mir noch geglaubt, als ich von einem Problem mit den Überweisungen meines Vaters erzählte. Aber als dann wochenlang kein Geld kam ...« Bos zuckte mit den Achseln. »Eines Mittags ist sie nach Münster zum Schlachthof gefahren. Gegen acht Uhr abends kam sie zurück. Um halb neun stand ich auf der Straße. Ohne meinen Koffer. Nur mit den Klamotten, die ich am Leib trug. Im Grunde war sie schuld, dass mein Leben dann leicht aus den Fugen geriet.«

»Leicht? Von 1930 bis Anfang 1933 waren gegen Sie insgesamt zehn Strafverfahren anhängig. Wenn man berücksichtigt, dass Sie in dieser Zeit auch noch achtzehn Monate wegen Betruges einsaßen, haben Sie durchschnittlich alle anderthalb Monate vor dem Kadi gestanden. Eine reife Leistung.«

»Herr Vorsitzender, ich weiß auch nicht, wie das passiert ist. Irgendwie bin ich da immer reingeschliddert.«

»So kann man das auch nennen.«

Der Richter schaute seine Beisitzer an. Als diese zu verstehen gaben, dass sie keine Fragen hatten, erklärte er: »Ihre Frau und Sie haben sich dann aber wieder zusammengerauft?«

»Zusammenraufen ist das richtige Wort.«

»Bevor wir jetzt zu den Ereignissen im Januar 1933 kommen, erteile ich dem Herrn Staatsanwalt das Wort.«

Der schüttelte nur den Kopf. »Mir ist alles klar«, meinte er gut gelaunt.

»Herr Verteidiger?«

Auch Julius Kaessmann verneinte.

»Ich stelle fest, dass Staatsanwaltschaft und Verteidigung keine Fragen zu den Einlassungen des Angeklagten haben.«

Auszug aus einer Stellungnahme des Standesamtes Osnabrück vom Mai 1931

… sind wir vom Gericht in der Strafsache Bos um eine Stellungnahme gebeten worden. Der Angeklagte hat am 29. August 1930 vor dem Standesamt Osnabrück mit Mechthild Waldkämper die Ehe geschlossen. Da der Bräutigam zu diesem Zeitpunkt noch nicht volljährig war, legte er dem Standesamt eine gefälschte Einverständniserklärung seiner Eltern vor. Die Braut erklärte dem Standesamt gegenüber, dass sie als Haushälterin arbeite. Der Bräutigam führte aus, als Fleischer tätig zu sein. Für die Behörden der Stadt Osnabrück bestand keine Veranlassung, anhand dieser Aktenlage die Genehmigung zur Hochzeit zu verweigern. Nachdem uns bekannt wurde, dass die Angaben der heutigen Eheleute Bos nicht der Richtigkeit entsprochen haben, wurde durch uns geprüft, ob die Ehe aufzuheben sei. Die Voraussetzungen dafür waren durch die Fälschung der Einwilligungserklärung der Eltern gegeben. Allerdings erklärten beide Ehepartner einvernehmlich, dass sie gewillt seien, die Ehe fortzusetzen. Eine Aufhebung kam deshalb nicht in Betracht. Dieser Feststellung liegen zugrunde die Regelungen des Bürgerlichen Gesetzbuchs, Paragrafen …

4

Die erste Flucht

Osnabrück, 23. Januar 1933

Johann Bos wurde aus dem Jugendarrest direkt in den Gerichtssaal in Osnabrück geführt.

Wieder hatte er sich vor einem Jugendgericht zu verantworten, wieder ging es um Diebstahl. Dieses Mal allerdings gleich in zwei Fällen.

Vor etwa einem halben Jahr hatte er in einem unbeobachteten Moment, wie er annahm, einen schnellen Griff in die Kasse der Miederwarenabteilung eines Kaufhauses in der Osnabrücker Innenstadt gewagt und war mit einigen Geldscheinen getürmt. Seine Beute betrug ganze dreißig Mark. Dummerweise war diese Tat doch nicht unbemerkt geblieben und der Kaufhausdetektiv hatte ihn noch vor dem Ausgang erwischt, in ein Büro gezerrt und dort bis zum Eintreffen der Polizei festgehalten.

Der zweite Diebstahl war von ihm ebenso professionell ausgeführt worden. Beute war ein Moped, welches mit knatterndem Motor vor einer Seltersbude stand. Der Besitzer hatte seinen fahrbaren Untersatz nur kurz abgestellt, um eine Schachtel Zigaretten zu kaufen. Da die Maschine mit warmem Motor nur schlecht ansprang, hatte er sie einfach laufen lassen, um später keine Schwierigkeiten beim Starten zu bekommen.

Johann war auf dem Weg zu einem Fußballspiel, welches er sich anschauen wollte. Da er wieder völlig pleite war, musste er entweder zu Fuß gehen oder auf das Bier in der Halbzeitpause verzichten. Letzteres war für ihn unzumutbar und auch der Gedanke an einen fast halbstündigen Fußweg behagte ihm nicht besonders. Als er zufällig an der Bude vorbeikam, erfasste er die günstige Situation sofort und sprang kurz entschlossen auf das Moped.

Die Maschine hatte schon einige Jahre auf dem Buckel und war auch nicht besonders üppig motorisiert. Dementsprechend langsam fuhr sie an. Aber noch bevor der Bestohlene realisierte, dass sich gerade jemand mit seinem Besitz aus dem Staub machte, schaltete Johann vom ersten direkt in den dritten Gang, woraufhin der Motor einen gluckernden Laut von sich gab, seine Arbeit einstellte und das Moped abrupt stehen blieb. Hektisch versuchte Johann, die Maschine neu zu starten. Er trat immer wieder auf den Anlasser, pumpte so jedoch nur noch mehr Benzingemisch in das Antriebsaggregat, welches schließlich den Dienst völlig verweigerte.

Der Bestohlene, ein kräftiger Mann von Anfang dreißig, mindestens zwei Köpfe größer als Johann und mit deutlich breiteren Schultern ausgestattet, verbrachte seine Freizeit meistens mit Lauftraining auf einer Sportanlage. Der Leichtathlet spurtete also los, kaum dass er den Diebstahl bemerkt hatte. Er näherte sich Johann, als dieser seine Bemühungen einstellte, den Motor zu starten, die Maschine zur Seite kippen ließ und losrannte. Die beiden trennten knapp zehn Meter.

Hätte Johann das Moped ordentlich auf den Ständer gestellt und nicht einfach fallen gelassen, hätte sich der Verfolger vielleicht damit zufriedengegeben, sein Eigentum gesichert zu haben. Als er aber sah, wie sein geliebtes Zweirad hart auf das Pflaster schlug und dabei der Außenspiegel abbrach, setzte er dem Flüchtigen wütend nach.

Gegen einen durchtrainierten Sportler, der die 400-Meter-Strecke in einer Zeit von unter sechzig Sekunden lief, hatte Johann nicht die geringste Chance. Nach etwa fünfzig Metern war er eingeholt, zu Boden gerissen und mit zwei kräftigen Backpfeifen bedacht worden. Danach folgte das übliche Prozedere von Festnahme, Personenfeststellung und Vorführung vor dem Jugendrichter, der ihn angesichts seines Vorstrafenregisters vorübergehend in Jugendarrest steckte.

Als die Justiz am selben Tag feststellte, dass er nur unter Auflagen und zur Bewährung vor einigen Wochen vorzeitig aus dem Jugendgefängnis entlassen worden war und außerdem noch ein zweites Verfahren anstand, behielt man ihn einfachheitshalber gleich bis zum Prozess da. Und so musste er sich heute zum elften Mal vor einem Richter verantworten.

Johann rechnete mit dem Schlimmsten. Da er trotz der vorherigen Verurteilungen sein Verhalten nicht geändert hatte, drohte ihm nun eine langjährige Haftstrafe im Jugendknast. Das war nun ganz und gar nicht nach seinem Geschmack. Nur, was tun?

Der Justizwachtmeister wich nicht von seiner Seite, war groß gewachsen und kräftig. Typ Preisboxer. Der Beamte sah nicht so aus, als ob er Spaß verstünde. Sicher würde es ihm gar nicht gefallen, wenn Johann sich klammheimlich aus dem Gerichtssaal entfernte. Ihm blieb also nichts anderes übrig, als auf der Anklagebank der Dinge zu harren, die da kommen würden. Seine in der Zelle so sorgfältig geplante Flucht war angesichts dieses Muskelberges hinter ihm wie eine Seifenblase zerplatzt.

Sein Schicksal nahte zunächst in Person des Staatsanwalts, der mit der Robe auf dem Arm den Saal betrat und sich seine Amtskleidung im Gehen überstreifte. Johann war anwaltlich nicht vertreten. Für einen Verteidiger fehlte ihm das Geld und das Gericht hatte es auch nicht für nötig befunden, ihm einen Pflichtverteidiger zur Seite zu stellen. Er sei fast volljährig, hatte es geheißen, und damit in der Lage, sich selbst zu verteidigen. Johann hegte daran zwar so seine Zweifel, aber da es angesichts der Eindeutigkeit beider Straftaten und seines Geständnisses ohnehin nicht viel zu verteidigen gab, hatte er nur genickt, als ihm der Beschluss des Gerichts mitgeteilt wurde.

Die Zuschauerreihen im Amtsgericht Osnabrück waren bis auf eine alte Dame leer, die strickend auf einem Platz in der ersten Reihe saß und so anscheinend ihre Freizeit verbrachte.

Der Richter betrat den Saal. Er war mindestens sechzig Jahre alt, mit einem Gewicht jenseits von zwei Zentnern, und schnaufte schwer, als er die Akten auf seinem Tisch platzierte. Johann konnte die Schweißtropfen erkennen, die trotz der Kühle im Gerichtssaal auf der Stirn des Vorsitzenden perlten.

Umständlich schob der Jurist seinen Stuhl in Position und ließ sich dann mit einem vernehmlichen Seufzer der Erleichterung in den Sitz fallen.

Für einen kurzen Moment tat sich nichts. Dann aber war ein lautes Knacken zu vernehmen, der Richter stieß einen erschreckten Schrei aus, sein Gesicht verfärbte sich ins Dunkelrote und mit einem lauten Gepolter verschwand er hinter seinem Tisch. Der Stuhl, auf dem er zu thronen beabsichtigt hatte, war unter der Last des massigen Körpers zusammengebrochen.

Mit offenem Mund stand der Staatsanwalt an seinem Platz, bevor er zur Richterbank stürmte und versuchte, dem auf dem Rücken liegenden und mit Armen und Beinen rudernden Fleischberg aufzuhelfen.

Das gestaltete sich jedoch komplizierter als gedacht, war doch dessen Robe hochgerutscht und zwei Stuhlbeine hatten sich im Gewirr von Tuch, Hemd und Hosenträger verfangen.

»Nun stehen Sie da nicht herum wie ein Ölgötze«, rief der Staatsanwalt dem Justizwachtmeister zu, der dem Geschehen sichtlich amüsiert zuschaute.

Und auch die strickende Alte ließ Maschen Maschen sein und verfolgte das Schauspiel. So etwas wurde ihr nicht alle Tage geboten.

Gehorsam setzte sich der Justizwachtmeister in Bewegung. Als auch er irgendwo hinter dem Richtertisch verschwunden war, realisierte Johann, dass sich für ihn niemand mehr interessierte. Das war seine Chance. Bemüht kein Geräusch zu machen, stand er auf, griff seinen Mantel, näherte sich der Eingangstür, öffnete sie und schlüpfte hindurch. Als er auf dem Flur stand, erwartete er eigentlich, verfolgt zu werden. Aber keine eiligen Schritte waren aus dem Gerichtssaal zu hören, keine lauten Rufe klangen an sein Ohr.

Ohne Hast ging er den Flur entlang, die Treppe hinunter Richtung Ausgang und an dem dort wachenden Pförtner vorbei auf die Straße.

Es hatte zu schneien begonnen. Die Passanten versteckten sich unter Regenschirmen oder dicken Mützen. Ihn beachtete kein Mensch.

Fröhlich pfeifend, marschierte Johann davon. Dass seine Flucht so einfach verlaufen würde, hätte er sich nicht in seinen kühnsten Träumen ausgemalt. Sein nächstes Ziel hieß Holland. In Deutschland war ihm der Boden unter den Füßen zu heiß geworden.

37

5

Holländische Freunde

Arnsberg, 2. Oktober 1950

Einer der beisitzenden Richter flüsterte schmunzelnd dem Schöffen an seiner linken Seite zu: »Da wollen wir doch hoffen, dass sich unser Kollege damals bei seinem Sturz nicht ernsthaft verletzt hat. Schon ärgerlich genug, wenn einem der Angeklagte auf diese Art und Weise abhandenkommt.« Sein Grinsen wurde breiter, als er zum Staatsanwalt hinübersah, der auch nur mühsam die Fassung wahrte.

Nur der Vorsitzende schien sich diesem Anflug von Heiterkeit, der seinen Gerichtssaal durchzog, nicht anschließen zu wollen.

Mit grimmiger Miene fragte er Bos: »Warum sind Sie nach Deutschland zurückgekehrt?«

Bos faltete die Hände, als ob er sich himmlischen Beistands versichern wollte, und antwortete treuherzig: »Ich kannte doch niemand in dem fremden Land.«

»Das ist Ihnen aber spät aufgefallen. Immerhin haben sie zwei Jahre dort gelebt.«

»Was man so leben nennt. Schließlich musste ich arbeiten.«

Einige der Zuhörer prusteten los, sehr zum Unwillen des Vorsitzenden. »Nehmen Sie sich zusammen«, blaffte er sie an. »Sonst lasse ich Sie des Saales verweisen. Das ist hier ein Gerichtsverfahren und kein Kabarett.« Und von Bos wollte er wissen: »Was haben Sie gearbeitet?«

»Dies und das. Als Schlachter, Erntehelfer, zwischendurch habe ich Heilgeräte verkauft.«

»Ohne Sprachkenntnisse?«, wunderte sich Dr. Döring.

»Ich war meistens im Grenzgebiet unterwegs. Da sprechen alle Deutsch. Dann war ich Platzanweiser im Kino ...« Er kratzte sich am Kopf. »Ach ja, kurzzeitig bei der Müllabfuhr und jetzt, wo ich darüber nachdenke, fällt mir noch ein ...« Bos trug ein weiteres Dutzend Tätigkeiten vor, in denen er sich versucht hatte.

»Da haben Sie Ihre Arbeitsstellen ja gewechselt wie andere Leute das Hemd«, wunderte sich der Vorsitzende.

»Manchmal öfter«, versicherte Bos. »Ich hatte ja nicht so viel anzuziehen.«

»Und Sie haben während der ganzen Zeit Kontakt mit Ihrer Frau gehalten?«

»Meistens. Sie war ja an verschiedenen Bühnen engagiert, auch in Holland. Ansonsten häufig im Münsterland. Und das ist ja nicht so weit weg von Holland.«

»Eine gemeinsame Wohnung hatten Sie nicht?«

»Nee. Ich wohnte in der Regel möbliert zur Untermiete. Und Chantal entweder in Hotels oder kleinen Pensionen.«

»Da gestaltete sich das Zusammenleben aber schwierig, oder?«

»Herr Vorsitzender, ich verstehe Ihre Frage nicht ganz.«

Dr. Döring ignorierte die Bemerkung. »Lassen wir das. Ich kann immer noch nicht nachvollziehen, warum Sie wirklich nach Deutschland zurückgekehrt sind. Sie wurden doch mit Haftbefehl gesucht. Hatten Sie keine Angst, beim Grenzübertritt verhaftet zu werden?«

»Herr Vorsitzender, so blöd bin ich auch nicht, meinen Pass an der Grenze vorzuzeigen.«

»Wie haben Sie denn dann die Kontrollen passiert? Zwei Jahre nach der Machtergreifung konnte man doch nicht so mir nichts, dir nichts über eine deutsche Grenze marschieren?«

»Da, wo ich rüber bin, schon.«

»Und das war wo?«

Bos sah sich mit einem verschwörerischen Blick um. Dann senkte er die Stimme. »In der Nähe von Emmerich. Man musste nur aufpassen, dass einen die Streife nicht erwischte.«

Der Landgerichtsrat verstand. »Ein illegaler Grenzübertritt also.«

»Genau. Aber erzählen Sie das bitte nicht der Polizei. Sonst kriegen sie mich deswegen auch noch dran.«

Die Heiterkeit im Raum nahm zu und der Geräuschpegel stieg.

»Ruhe«, rief Dr. Döring und fixierte einen jungen Mann in der ersten Reihe, der sich den Bauch hielt vor Lachen. »Sie da! Ich kann gegen Sie auch ein Ordnungsgeld verhängen oder Sie des Saals verweisen, wenn Sie weiter die Verhandlung stören.«

Dem Angesprochenen gefror das breite Grinsen und er senkte ertappt den Kopf.

»Nur das fremde Land kann nicht der einzige Grund für Ihre Rückkehr gewesen sein, oder?«, setzte der Vorsitzende die Vernehmung fort.

»Na ja, nicht nur, da haben Sie schon recht.«

»Nun raus mit der Sprache!«

»Ich hatte etwas Ärger mit ein paar Freunden.«

»Geht es auch genauer?«

40

»Herr Vorsitzender, wir hatten Meinungsverschiedenheiten in Geldsachen.« Bos sah Hilfe suchend zu seinem Anwalt und beugte sich hinunter. »Muss ich das auch erzählen?«, flüsterte er ihm zu.

»Ist wohl besser«, erwiderte Julius Kaessmann.

Bos seufzte und wandte sich wieder an den Verhandlungsführer. »Mein Anwalt meint, ich solle reinen Tisch machen.«

»Ich habe es gehört«, erwiderte Dr. Döring. »Ein guter Rat.«

»Ich bin in Holland in schlechte Gesellschaft geraten. Meine damaligen Freunde haben mich überredet, bei einem Einbruch zu helfen.«

»Sie mussten überredet werden?«

»Selbstverständlich. Ich bin ja kein schlechter Kerl, Herr Vorsitzender.«

Jetzt zuckten sogar die Mundwinkel des Landgerichtsrats. »Dann packen Sie schon aus.«

»Ich stand in der Nacht Schmiere vor der Fabrik. Die anderen beiden sind rein. War ganz einfach: über den Zaun, dann die Tür aufhebeln und in die Verkaufsausstellung. Da haben wir aber nichts gefunden.«

»Wir?«, unterbrach ihn Dr. Döring. »Sagten Sie nicht, Sie hätten draußen aufgepasst?«

Bos schien nicht irritiert. »Ich meine natürlich meine Kumpels. Also, im Erdgeschoss war nichts. Deshalb sind sie hoch in die erste Etage. Dort stand wie auf dem Präsentierteller ein kleiner Tresor. Den haben sie natürlich mitgenommen.«

»Natürlich.«

»Genau. Als wir den später aufgebrochen haben, waren da genau dreihundertsiebzehn Gulden drin. Das kann man nicht durch drei teilen, müssen Sie wissen.«

41

»Ach?«

»Eben. Und da kamen die anderen auf die Idee, mich mit siebenundsechzig Gulden abzuspeisen und den Rest unter sich aufzuteilen.«

»Das ist wirklich ungerecht«, bekräftigte der Vorsitzende schmunzelnd.

»Fand ich auch.«

»Und was haben Sie gemacht?«

Bos schaute verwundert. »Das Geld genommen. Was sollte ich denn sonst tun? Die waren ja zu zweit.«

»Und wie ist es dann zu der Auseinandersetzung gekommen, aufgrund derer Sie nach Deutschland zurückgekehrt sind?«

»Sie können sich vorstellen, dass ich ziemlich sauer auf die beiden war.«

»Und haben sie deshalb bei der Polizei verpfiffen.«

»Das habe ich vergessen.«

»Dann werde ich Ihrer Erinnerung ein wenig auf die Sprünge helfen.« Der Landgerichtsrat griff zu einer Unterlage und blickte die Prozessbeteiligten kurz an. »Ich bringe Ihnen folgende Stellungnahme der holländischen Strafverfolgungsbehörden zur Kenntnis. Ich zitiere: Am Freitag, dem 22. Februar 1935 erschien in einer holländischen Tageszeitung ein Artikel über einen Einbruch in die Büroräume der Metall verarbeitenden Firma Van Gaesbeeck, Apeldoorn. Am nächsten Tag erschien ein Johann Bos auf der Polizeiwache Zutphen und gab an, er könne Angaben zu dem fraglichen Einbruch machen. In der polizeilichen Vernehmung gab er an, dass der Einbruch von Hendrik G. und Willhelm P. ausgeübt worden sei. Die beiden hätten damit im betrunkenen Zustand in einer Gaststätte in Zutphen geprahlt. Johann Bos erkundigte sich eingehend nach der ausgelobten Belohnung und war sichtlich enttäuscht, als er erfuhr, dass diese erst nach einer rechtskräftigen Verurteilung der Täter ausgeschüttet werden könne. Die Aussage des Bos führte tatsächlich zur Festnahme der beiden Verdächtigen, die anhand ihrer Fingerabdrücke zweifelsfrei des Einbruchs überführt wurden. Ende des Zitats. Ihre Kumpane haben Wind von Ihrer Aussage bekommen?«, erkundigte sich Dr. Döring.

Bos war die Situation sichtlich unangenehm.

»Antworten Sie!«

»Ja«, erwiderte der Angeklagte leise.

»Ihre Mittäter saßen in Untersuchungshaft. Warum sind Sie dann nach Deutschland zurückgegangen?«

»Die konnten mir zwar nichts tun, aber die haben eine ziemlich große Verwandtschaft, die ohnehin nicht gut auf uns Deutsche zu sprechen war. Sie müssen wissen, Herr Vorsitzender, in Holland …«

»Und haben Sie die Belohnung bekommen?«

»Das war ja der Gipfel der Ungerechtigkeit! Die Kerle haben mich beschuldigt, ebenfalls an dem Einbruch beteiligt gewesen zu sein. Glücklicherweise habe ich von dem Verrat dieser Verbrecher gehört. Denn sonst wäre ich, gutgläubig, wie ich nun mal bin, zur Wache gegangen, um mein Geld abzuholen, und die Polizei hätte mich womöglich noch dort festgenommen. Das müssen Sie sich vorstellen, Herr Vorsitzender.«

»Ich versuche es gerade«, erwiderte dieser mit verkrampftem Gesicht. »Und weiter?«

»Nichts weiter. In einem solchen Land kann man doch nicht leben, oder?«

6

Streit mit der Gestapo

Osnabrück, 9. März 1937

Das Haus, in dem Chantal und Johann wohnten, stand in einer der Wohngegenden Osnabrücks, die gemeinhin nicht als besonders gute Adresse angesehen wurde. Hier wohnten die einfachen Leute. Trotzdem hingen aus den Fenstern fast jeden zweiten Gebäudes Hakenkreuzfahnen.

Das Haus, in dem sie wohnten, lag am Ende einer Nebenstraße und war in einem schlechten Zustand: Einzelne Dachpfannen drohten auf die Straße zu fallen, der Putz blätterte von der Fassade und Fenster und Türen hatten schon seit Jahrzehnten keinen Anstrich mehr gesehen. Auch die Mansarde, die ihnen eine Witwe mit wenig Geld und hohen Schulden möbliert vermietet hatte, taugte nicht zum Vorzeigen: Die Toilette befand sich eine halbe Treppe tiefer, ein zerkratztes Steinbecken stellte die einzige Waschgelegenheit dar und die Wände waren so dünn, dass jedes Wort nach draußen drang und bereits im Treppenhaus deutlich zu hören war. Aber die zwei Zimmer waren billig und keiner im Haus fragte danach, womit die anderen Mieter ihren Lebensunterhalt bestritten.

Johann, der seit einigen Tagen als Bauhelfer arbeitete, konnte etwas früher Feierabend machen als üblich. Schon von fern sah er den schwarzen DKW vor dem Haus stehen. Das war mehr als ungewöhnlich, denn niemand der Bewohner besaß ein solches Fahrzeug. Die meisten gingen zu Fuß oder benutzten ein Fahrrad, nur zwei leisteten sich ein Moped.

Als er nur noch wenige Meter von dem Kraftwagen entfernt war, blieb er stehen. Sein sechster Sinn warnte ihn: Solche Fahrzeuge wurden häufig von der Polente benutzt. Aber da er derzeit nichts auf dem Kerbholz hatte und er auch seine Strafe wegen des Mopeddiebstahls abgesessen hatte, widerstand er dem dringenden Bedürfnis, das Weite zu suchen, und spazierte, so gelassen es ihm möglich war, zur Haustür.

Wie immer war sie nur angelehnt und nicht ins Schloss gefallen. Langsam drückte Johann sie auf und betrat den Hausflur, in dem ihn feucht-modrige Luft empfing. Die Treppenstufen knarrten unter seinem Gewicht.

Als er die erste Etage hinter sich gelassen hatte, vernahm er Geräusche, die aus der Mansarde zu kommen schienen. Je höher er stieg, desto mehr hörte er und seine Zweifel schwanden mit jeder Stufe. Es war jemand in seiner Wohnung. Ein Mann. Und eine Frau. Ihre Laute waren eindeutiger Natur. Und eine der Stimmen kannte er nur zu gut.

Johann spurtete los, zwei Stufen auf einmal nehmend. Als er vor seiner Wohnungstür stand, versuchte er mit zittrigen Händen, den Schlüssel im Schloss zu drehen. Da aber von innen ein anderer steckte, blieb die Tür zu. Aber das stellte für Johann kein Problem da. Das Türblatt war ebenso altersschwach wie das ganze Gebäude. Ein wenig drücken, ein wenig ziehen und der Riegel würde frei werden. Es sei denn, Chantal hätte auch noch die Kette vorgelegt. Aber er hatte Glück. Nach nur wenigen Versuchen sprang die Tür auf.

45

Der Lärm, den die gewaltsame Öffnung verursacht hatte, war anscheinend unbemerkt geblieben, denn das Stöhnen aus dem Schlafzimmer wurde heftiger und kam in kürzeren Abständen. So wie es sich anhörte, stand das Finale unmittelbar bevor.

Außer sich vor Wut stürmte Johann in die Wohnküche. Dort lag über einem der Stühle ein schwarzer Ledermantel. Ein Hut war wie hingeworfen mittig auf dem Tisch platziert. Auf dem Boden vor der Schlafzimmertür fand sich ein Kleidungsstück, das wie die Bluse aussah, die Chantal heute Morgen getragen hatte, als er das Haus verließ.

Er atmete tief durch, legte die Hand an den Griff der Schlafzimmertür und riss sie auf. Das Erste, was er sah, war ein nackter Männerrücken, umklammert von zwei Frauenbeinen. Chantals Beinen, um genau zu sein.

Schlagartig erstarben die rhythmischen Bewegungen der beiden Körper. Chantals verschwitztes Gesicht schaute unter den Oberarmen des immer noch auf ihr liegenden Mannes hervor. Ihre Augen weiteten sich vor Erstaunen.

»Johann«, stieß sie hervor. »Was machst du denn schon hier?«

Der Mann rollte sich zur Seite und zog die Bettdecke über ihre nackten Körper. Er deutete einen Gruß an und sagte fröhlich: »Heil Hitler. Schmidt, angenehm.«

Johann klappte der Unterkiefer herunter. Da lag ein fremder Mann mit seiner Frau im Bett und besaß auch noch die Unverschämtheit, Höflichkeitsfloskeln auszutauschen! Das Blut schoss ihm in den Kopf. Seine Fäuste ballten sich. Ohne nachzudenken, trat er neben das Bett und herrschte den Unbekannten an: »Aufstehen! Sofort.«

Der Nackte machte keine Anstalten, dem Befehl Folge zu leisten.

»Johann, ich kann dir alles erklären. Es ist nicht so, wie es aussieht«, jammerte Chantal.

»Da bin ich aber gespannt«, schnaubte ihr Mann. Und zu dem Liebhaber seiner Frau meinte er nur: »Wird's bald!«

Langsam schob dieser die Beine aus dem Bett, sorgsam darauf bedacht, dass die Decke weiter seine Blöße bedeckte. »Wenn Sie so freundlich wären, sich umzudrehen, während ich mich ankleide«, bat er dann.

Das war zu viel für Johann. Der Kerl, der vor ihm auf der Bettkante hockte, schien zwar größer und kräftiger zu sein als er, aber er hatte das Überraschungsmoment auf seiner Seite. Mit aller Kraft rammte Johann seinem Gegenüber die rechte Faust ins Gesicht, gefolgt von einem Schlag mit der linken. Etwas knirschte. Und noch bevor sein Gegner wusste, wie ihm geschah, hatte ihn Johann nach vorne gezogen und hieb ihm sein Knie auf das Kinn. Der Unbekannte gab keinen Laut von sich, verdrehte die Augen und sackte in sich zusammen.

»Bis du wahnsinnig?«, rief Chantal. »Weißt du, wer das ist?«

»Und wenn es der Kaiser von China wäre«, keuchte Johann und rieb sich seine schmerzenden Knöchel.

»Das ist … jetzt habe ich seinen Vornamen vergessen! Er heißt Schmidt und ist der Leiter der Gestapo. Du hast eben den obersten Geheimdienstler dieser Stadt zu Boden geschickt.«

Für einen Moment war Johann verblüfft. Dann schüttelte er nur abwehrend den Kopf. »In meiner Wohnung vögelt dich nur einer. Und das bin ich. Hast du das verstanden?« Schnell unterzog er Jacke und Hose seines

Kontrahenten einer gründlichen Untersuchung. Als er sicher war, dass sich keine Waffe in einer der Taschen befand, ließ er die Klamotten achtlos fallen und lief in die Küche. Auch der Mantel war sauber. Schmidt hatte das Schäferstündchen unbewaffnet angetreten.

Als Bos zurückkehrte, lag Chantal immer noch im Bett und vergrub ihr Gesicht im Kopfkissen.

Mit einem Stöhnen erwachte der Gestapomann wieder zum Leben.

Johann kickte ihm seine Wäsche entgegen. »Anziehen. Und dann verschwinde!«

Schmidt streifte sein Unterhemd über das blutverschmierte Gesicht. Als er das Rot auf dem Weiß ausmachte, wurden seine Augen zu Schlitzen. »Das werden Sie bereuen«, versicherte er, als er die Unterhose anzog.

»Tatsächlich?«, feixte Johann. »Dann soll es sich doch wenigstens lohnen, nicht wahr?« Unvermittelt schlug er seinen Nebenbuhler erneut. Dieses Mal platzte dessen linke Augenbraue. »Und jetzt sieh endlich zu, dass du fertig wirst.«

Kurz darauf stolperte Schmidt mit seinen Schuhen in der Hand und mit heftig blutender Nase zur Tür. Als er an der obersten Treppenstufe angekommen war, stieß ihn Johann mit ganzer Kraft in den Rücken. Der Gestapomann schrie auf, stolperte und stürzte die Stufen hinunter. Auf dem Treppenabsatz krümmte er sich vor Schmerzen. Nur langsam rappelte er sich auf. Johann schmiss ihm Ledermantel und Hut hinterher. »Lass zukünftig die Finger von meiner Frau«, knurrte er und ging zurück in die Wohnung.

Chantal war dabei, sich anzukleiden. »Was sollte denn dieser Auftritt?«, fragte sie, als er das Schlafzimmer betrat.

»Hattest du nicht zugesagt, nie zu Hause zu arbeiten? Und dann noch vor der Kleinen.«

Sie ignorierte seine erste Bemerkung. »Christfried ist bei Nachbarn. Wenn du nicht wie ein Stier in das Zimmer gestürmt wärest, hätte dir das auffallen müssen.«

Erst jetzt bemerkte Johann, dass seine Frau recht hatte. Ihre sechsjährige Tochter hielt sich nicht in der elterlichen Wohnung auf. Die Couch in der Wohnküche, auf der sie schlief, war unbenutzt. Und ihre Spielsachen lagen ordentlich in der Kiste, in der sie üblicherweise aufbewahrt wurden.

»Du bist wirklich ein Idiot!«, fauchte Chantal. »Das wird die Gestapo nicht auf sich sitzen lassen.«

Sie sollte recht behalten.

Elf Stunden später, kurz vor Morgengrauen, stürmten fünf Gestapomänner die Wohnung und zerrten den überraschten Johann aus dem Bett. Sie prügelten ihn trotz Chantals Flehen grün und blau, verfrachteten ihn auf die Ladefläche eines Lastkraftwagens und nach weiteren zwölf Stunden schlossen sich die Tore des Konzentrationslagers Sachsenhausen hinter ihm.

7

KZ-Berichte

Arnsberg, 2. Oktober 1950

Aus den Gerichtsakten

... Die Unterlagen der Gestapo Osnabrück sind in den Kriegswirren und der unmittelbaren Nachkriegszeit ent-

49

weder verloren gegangen oder wurden den britischen Besatzungsbehörden zur Auswertung übergeben. Sie liegen jedenfalls im Original nicht vor. Im Fall des Angeklagten Johann Bos jedoch brachte eine Anfrage bei der britischen Besatzungsbehörde Klarheit. Wie von dort mitgeteilt, wurde Johann Bos am 10. März 1937 festgenommen und kurz darauf ohne Anklage in das Konzentrationslager Sachsenhausen eingeliefert. In einer kurzen Aktennotiz der Gestapo wurde Bos als Gewohnheitsverbrecher bezeichnet. Seine Einlieferung in das KZ Sachsenhausen erfolgte auf unbestimmte Zeit.

Sie wollen uns tatsächlich weismachen, nur wegen dieser Schlägerei ins KZ gesteckt worden zu sein?« Landgerichtsrat Döring schüttelte entgeistert den Kopf. »Das glauben Sie doch wohl selbst nicht.«

Julius Kaessmann meldete sich zu Wort: »Herr Vorsitzender, wie wir wissen, wurden Menschen auch aus nichtigeren Gründen ins KZ verschleppt. Die meisten Opfer wurden wegen ihrer Religionszugehörigkeit, ihrer Herkunft oder ihrer politischen Überzeugung inhaftiert. Und ermordet, wenn ich daran erinnern darf.«

»Dürfen Sie, Herr Verteidiger, nur machen Sie bitte aus dem Angeklagten nicht noch einen politisch Verfolgten.«

»Das liegt mir fern. Aber seine Inhaftierung erfolgte ohne Gerichtsbeschluss und war schon allein deshalb rechtswidrig. Reine Willkür, wie so vieles in diesen Jahren.«

»Nach unseren heutigen Maßstäben«, erwiderte der Landgerichtsrat, ungehalten über die Zurechtweisung.

»Die eigentlich bei der Bewertung der Vorgänge zwischen 1933 und 1945 immer gelten sollten, finde ich.«

Dem Vorsitzenden war anzusehen, dass ihm die Richtung, die dieser kleine Disput genommen hatte, nicht behagte. »Nun gut. Sie sind also in das KZ Sachsenhausen eingeliefert worden. Und dann?«

»Buchenwald. Später Flossenbürg. Bis 1941.«

»Sie waren dort Funktionshäftling?«

Bos machte ein fragendes Gesicht.

»In der Lagersprache Kapo genannt.«

»Ja.«

Der Vorsitzende schaute in seine Akten und zog ein Blatt Papier hervor. »Ich habe hier die Aussage von dem Maurer Wilhelm Miebach, derzeit wegen kleinerer Delikte inhaftiert. Er hat erklärt, der Angeklagte habe sich nicht an den sonst üblichen Übergriffen der Kapos gegen die anderen Häftlinge beteiligt. Im Gegenteil, er habe seine Kolonne häufig vor Misshandlungen durch die SS beschützt. Um das zu erreichen, habe er sogar einen der Schutzhaftführer angesprochen, den zweiten Lagerführer SS-Hauptsturmführer Weißenborn. Ist das richtig?«

»Das stimmt.«

»Es gab doch die sogenannte Häftlingsselbstverwaltung. Direkten Kontakt hatten die Häftlinge nur zu den SS-Wachmannschaften. Wie konnten Sie dann einen SS-Führer ansprechen?«

»Der Herr Weißenborn war ja früher Gefängnisbeamter gewesen. Er mochte die grünen Gefangenen.«

»Grüne Gefangene?«

»Na ja, mit dem grünen Winkel. Die einfachen Kriminellen halt«, antwortete Bos.

»Wegen dessen Vorlieben durften Sie bei diesem Mann um Hilfe nachsuchen?«

Julius Kaessmann bat um das Wort. »Sein selbstloser Einsatz für seine Mithäftlinge ist nicht ohne Folgen geblieben. Er wurde deswegen nicht nur ein Mal schwer misshandelt. Mehrmals wurde er auf dem sogenannten Bock ausgepeitscht. Die Narben auf seinem Rücken und seinem Gesäß zeugen davon. Ich verweise in diesem Zusammenhang auf die ärztlichen Gutachten.«

»Danke, Herr Verteidiger.« Dr. Döring sah wieder zu dem Angeklagten hin. »Der Zeuge Miebach sagt weiter aus, dass Sie bereits im KZ nach Tabletten verlangt haben, um Ihre – wie er es nennt – Unruhe zu bekämpfen. Um die Medikamente zu bekommen, hätten Sie zugesichert, nicht wegzulaufen. Stimmt das so?«

»Ja.«

»Und haben Sie die Medikamente erhalten?«

»Nein.«

»Sie sind dann im Herbst 1941 aus dem KZ entlassen und zur Wehrmacht eingezogen worden. Sie dienten in einer Panzerjäger-Ersatzkompanie in Schleswig-Holstein?«

»Das ist richtig.«

»Aber Sie waren nicht sehr lange dort?«

»Nein.«

»Nun lassen Sie sich doch nicht jedes Wort aus der Nase ziehen«, forderte der Landgerichtsrat. »Erzählen Sie frei von der Leber weg.«

8

Im Auftrag der Wehrmacht

Itzehoe, 6. April 1942

Seit fast einem halben Jahr tat Johann nun Dienst in der Gudewill-Kaserne. Seine Tage wurden bestimmt durch stundenlanges Exerzieren, Märsche mit und ohne Gepäck, Waffendienst und Stubenreinigung. Er wusste nicht mehr, wie oft er seinen Spind schon mit einer Zahnbürste gereinigt hatte, weil ein Vorgesetzter in irgendeiner Ecke des Schrankes meinte, etwas Staub gefunden zu haben. Und das Schlimmste war, dass die Unteroffiziere, die ihm das Leben zur Hölle machten, in der Regel zehn Jahre jünger waren als er. Jeder von ihnen schien von seinen Vorstrafen und seiner KZ-Inhaftierung zu wissen und sie machten sich einen Spaß daraus, ihn deshalb besonders zu schinden. Er verfluchte sie alle und die gesamte Wehrmacht dazu.

Immer wieder wurden seine Kameraden zur kämpfenden Truppe versetzt. Nur er blieb in der Kaserne. Als sich die Verluste an der Front häuften, erschien ihm der Dienst in der Ersatzkompanie trotz aller Schikanen aber immer noch besser als ein kaltes Grab in Russland.

Trotzdem hatte er häufiger daran gedacht, abzuhauen. Nur wohin? Schweden wäre eine Möglichkeit. Schweden war neutral. Aber dazu musste er halb Schleswig-Holstein durchqueren und dann noch das besetzte Dänemark. Und wenn er geschnappt würde, landete er vor einem Erschießungskommando. Nein, das wollte er nun doch nicht riskieren.

53

Also biss er die Zähne zusammen und bemühte sich, so wenig aufzufallen wie möglich.

Johann ölte gerade den Lauf seiner Waffe ein, als der Unteroffizier, der als direkter Vorgesetzter seine Gruppe führte, die Tür der Stube aufriss und ihn anbellte: »Bos, sofort bei Leutnant Herbel melden. Der Leutnant wartet im Geschäftszimmer auf Sie. Vorher Waffe zusammenbauen und abgeben.«

Als Johann nicht sofort reagierte, brüllte der Uffz ihn an: »Nun machen Sie schon, Sie Lahmarsch!«

Johann wollte schon aufspringen, die Hacken zusammenschlagen und »Jawohl!« rufen, als ihm im letzten Moment einfiel, dass ein Soldat mit einer zerlegten Waffe auf dem Schoß von der Grußpflicht befreit war. Also wiederholte er den Befehl lediglich und beeilte sich, ihn zu befolgen.

Auf dem Weg zum Geschäftszimmer im Nachbarbau rutschte Johann das Herz in die Kniekehlen. Was hatte er verbrochen, dass der Offizier ihn zu sich zitierte? Üblicherweise endeten solche Audienzen mit Disziplinarstrafen wie Sonderdienste oder Knast. Aber so sehr er sich auch den Kopf zermarterte, ihm fielen keine Vergehen ein, wegen derer er belangt werden könnte.

Als er einige Minuten später endlich vor dem Büro stand, atmete er tief durch und nahm seinen ganzen Mut zusammen. Dann klopfte er und öffnete die Tür, nachdem jemand von innen »Herein« gerufen hatte.

Johann stand stramm und salutierte. »Panzerjäger Bos meldet sich wie befohlen«, ratterte er hinunter und hoffte, dass seine Stimme nicht zitterte.

»Stehen Sie bequem.« Der Befehl kam von Leutnant Herbel, dem stellvertretenden Kompaniechef. »Und machen Sie die Tür zu.«

Johann gehorchte. Im Raum standen neben Herbel zwei weitere Offiziere, die er nicht kannte, sowie ein Stabfeldwebel aus seiner Kompanie. Herbel griff zu einer Mappe, bei der es sich, wie Johann erkannte, um seine Akte handelte.

»Ihr Vorstrafenregister ist ja beeindruckend«, meinte der junge Leutnant. »Diebstahl, Hehlerei, Urkundenfälschung – das ganze Programm.«

Johann hielt es für klüger, zu schweigen.

»Was würden Sie davon halten, wenn ich Sie zur Bewährung an die Ostfront schicke?«, fragte Herbel. Und ergänzte, ohne die Antwort seines Untergebenen abzuwarten: »Ich sehe es Ihnen an der Nasenspitze an. Sie brennen geradezu darauf, für Führer und Vaterland den Heldentod zu sterben, was?«

Johann presste ein gequältes »Jawohl« hervor.

»Das dachte ich mir.« Er grinste breit und die anderen Männer lachten ebenfalls. »Aber es muss ja nicht so weit kommen.«

Er trat zu Johann hin und klopfte ihm jovial auf die Schulter. »Oder?«

»Wenn Herr Leutnant befehlen«, stieß Johann hervor.

»Habe ich irgendetwas befohlen?« Er schaute in die Runde. »Nein. Das habe ich nicht getan. Oder habt ihr etwas von einem Befehl gehört?«

Die anderen Anwesenden verneinten.

»Sehen Sie, Bos. Keine Befehle. Nur eine Bitte. Sie tun uns einen Gefallen und ich tue Ihnen einen Gefallen. Mein Gefallen besteht darin, dass ich Sie von der Liste derer streichen lasse, die sich am kommenden Montag zum Abmarsch nach Osten einzufinden haben. Was sagen Sie dazu?«

»Das wäre sehr freundlich von Herrn Leutnant.« Johanns Gedanken überschlugen sich. Worüber sprach der Kerl? Und was wollte er von ihm? Irgendetwas an dieser Sache stank gewaltig zum Himmel, das sagte ihm sein Instinkt.

»Das finde ich auch.« Leutnant Herbel klappte die Personalakte zu und legte sie auf den Tisch. Umständlich fingerte er ein silbernes Zigarettenetui aus der Brusttasche, öffnete es und hielt es Johann hin. »Rauchen Sie?«

Völlig verdattert nickte der.

»Dann bedienen Sie sich.« Der Offizier gab ihm Feuer, dann steckte er sich selbst eine an. »Und nun zu dem Gefallen, den Sie uns schulden.« Er inhalierte tief und ließ den Rauch langsam aus den Nasenlöchern strömen. »Wir möchten, dass Sie für uns einige kleinere Besorgungen machen. In Dänemark, um genau zu sein. Sie haben doch eine Fahrerlaubnis?«

»Jawohl«, erwiderte Johann. »Während der Grundausbildung erworben.«

»Sehr gut. Also, Sie fahren mit einem der Kübelwagen nach Esbjerg. Haben Sie eine Ahnung, wo das ist?«

Johann schüttelte den Kopf.

»An der dänischen Nordseeküste, rund dreihundert Kilometer von hier entfernt. Sie können in acht Stunden dort sein. Sie bekommen einen Fahrauftrag und einen Marschbefehl, um Einkäufe für uns zu erledigen.«

Langsam dämmerte Johann, um was es ging. »Was für Einkäufe? Und warum fahren Sie nicht selbst?«, fragte er.

Einen kurzen Moment schaute ihn der Leutnant verblüfft an. Johann fürchtete schon, zu weit gegangen zu sein.

56

Aber dann drehte der Offizier sich zu seinen Kameraden um und meinte: »Was habe ich euch gesagt? Der Kerl ist nicht auf den Kopf gefallen.« Er wandte sich wieder Johann zu. »Um es einfach zu formulieren: Ich habe niemanden, der mir einen Marschbefehl ausstellt. Kapiert?«

Johann verstand. Seine Annahme war richtig gewesen. Die Herren Offiziere planten ein nicht ganz legales Geschäft. Und er sollte ihnen dabei helfen. Sicherer geworden, fragte er: »Und was soll ich nun einkaufen?«

»Pelze. Und Lebensmittel natürlich. In Esbjerg gibt es einen Händler, der Fuchsfelle und Zobel aus Norwegen ... äh ... einführt. Und er vertreibt auch schwedische Konserven.«

»Was, wenn mich die Feldgendarmerie anhält?«

»Die Kettenhunde werden Sie mit Sicherheit kontrollieren. Aber Ihre Papiere sind einwandfrei. Und auch die Einkäufe sind sauber. Die Kisten, die Sie transportieren, sind an unsere Kompanie adressiert. Entsprechende Lieferscheine und Genehmigungen erhalten Sie ebenfalls in Esbjerg. Sie wurden vom Bataillonskommandeur unterschrieben. Und selbst, wenn genauer nachgesehen werden sollte: Auf den Lieferscheinen stehen Pelze und Konserven. Und genau das enthalten die Kisten. Es kann also nichts schiefgehen.«

Johann war anderer Meinung, behielt das aber für sich. Die Unterschriften stammten niemals von ihrem Kommandeur, darauf würde er jede Wette annehmen. Denn wie sollte der Händler in der dänischen Hafenstadt diese bekommen haben? Aber er war schon höhere Risiken in seinem Leben eingegangen. Und die Ostfront übte nicht den geringsten Reiz auf ihn aus. »Was ist für mich drin? Ich meine, neben dem Verbleib hier in Itzehoe?«

»Was erlauben Sie sich!«, brüllte Leutnant Herbel und sein Gesicht wurde puterrot.

»Sie müssen mich nicht anschreien, Herr Leutnant. Sie brauchen mich, denn niemand sonst würde sich auf diese Sache einlassen.«

»Das ist doch ...« Der Offizier schnappte nach Luft.

Einer seiner Kameraden griff seinen Arm. »Lass«, beschwichtigte er. »Der Mann hat ja recht.« Und zu Johann sagte er: »Einhundert Mark.«

»Einverstanden. Aber im Voraus.«

Im Morgengrauen verließ Johann in einem VW-Kübelwagen die Kaserne, einen gefüllten Briefumschlag in der Uniformjacke, die nötigen Papiere auf dem Beifahrersitz und eine Kiste mit drei Flaschen Wein im Kofferraum. Wie erwartet, wurde er an der Grenze zu Dänemark angehalten.

Die Gendarmen kontrollierten sorgfältig seinen Ausweis nebst Marschbefehl und Johann gab bereitwillig Auskunft, als sie ihn nach seinem Ziel und seiner Aufgabe fragten. Er verspürte keine Angst, denn nicht die Hin-, sondern die Rückfahrt würde sich wegen der gefälschten Frachtpapiere als kritisch erweisen.

Als die Kettenhunde den Kofferraum öffneten und die Kiste in Augenschein nahmen, fuhr ein weiterer Kübel vor. Am Steuer saß ein Hauptfeldwebel, der gelangweilt mit seinem Marschbefehl wedelte und im Kommandoton darum bat, bevorzugt abgefertigt zu werden. Er sei in dringender dienstlicher Mission unterwegs und habe es eilig. Zu Johanns Überraschung taten ihm die Gendarmen den Gefallen und ließen Johann warten. Feldwebel müsste man sein, dachte dieser und übte sich in Geduld.

»Was ist in der Kiste?«, erkundigte sich einer der Kettenhunde, als sie die Inspektion seines Wagens fortsetzten.

»Wein«, erwiderte Johann wahrheitsgemäß. »Aber kein besonders guter.«

»Aufmachen!«

Er tat, wie befohlen. »Wollt ihr auch 'ne Flasche?«, fragte Johann, als die beiden Feldgendarmen den Inhalt genauer in Augenschein nahmen. Er machte ein Gesicht, als ob er kein Wässerchen trüben könnte.

Die beiden Soldaten warfen sich einen schnellen Blick zu. Dann ließ einer von ihnen die Weinflasche wortlos in der Tasche seines Ledermantels verschwinden. »Alles in Ordnung«, knurrte er dann. »Gute Fahrt.«

Johanns weitere Reise verlief ohne Vorkommnisse. Am frühen Nachmittag kam er in der Hafenstadt an und fand nach kurzem Suchen den Händler, der zu Johanns Überraschung etwas Deutsch sprach. Dem übergab er den Briefumschlag und erhielt im Gegenzug die Schmugglerwaren, denn um nichts anderes handelte es sich nach Johanns Überzeugung.

»Sag mal«, meinte der Händler, ein kleiner Mann mit wettergegerbtem Gesicht, zu ihm, als sie ihre Transaktion mit einem klaren Schnaps begossen. »Hättest du Verwendung für eine deutsche Uniform?«

»Nee«, lachte Johann. »Ich habe doch selber eine.«

»Doch nicht die eines einfachen Soldaten«, radebrechte der Mann weiter. »Die eines Feldwebels. Sie müsste dir passen.«

59

Johann dachte an den Unteroffizier, der so einfach die Kontrollen an der Grenze bewältigt hatte. Kleider machten eben doch Leute. »Was soll sie denn kosten?«, fragte er vorsichtig.

»Hundert Mark«, forderte der Händler listig.

Nach einigem Hin und Her und vier weiteren Schnäpsen einigten sie sich auf die Hälfte. Johann probierte die Uniform an. Sie passte ausgezeichnet. Für einen Augenblick kam ihm der Gedanke, als Feldwebel verkleidet die Flucht nach Schweden zu wagen. Schließlich hatte er einen Gutteil des Weges bereits hinter sich.

Dann aber siegten seine Bedenken. Je näher er der schwedischen Grenze kam, umso mehr Häscher dürften auf den Straßen unterwegs sein. Nein, es wäre besser, nach Itzehoe zurückzukehren.

Später fragte er sich oft, ob es der Einfluss der Schnäpse gewesen war, der ihn auf die dumme Idee brachte, seine Kleidung nicht wieder zu wechseln. Wie auch immer, er packte die Uniform des Panzerjägers in den Kofferraum, die Kisten mit den Lebensmitteln und den Pelzen daneben und fuhr als Feldwebel zurück Richtung Heimat.

Dumm war nur, dass an der Grenze immer noch die zwei Feldgendarmen Dienst schoben, die ihn bereits am Morgen kontrolliert hatten. Und die geschenkte Flasche Wein hatte ihn den beiden Kettenhunden in besonders guter Erinnerung bleiben lassen. Als sie nun keinen einfachen Panzerjäger, sondern einen Unteroffizier vor sich hatten, beschäftigten sie sich verständlicherweise nicht mit der Frage, wie es der Mann vor ihnen geschafft hatte, binnen weniger Stunden so weit aufzusteigen, sondern nahmen Johann auf der Stelle fest.

60

Am Abend war er in Itzehoe. Allerdings nicht auf seiner Stube, sondern in der Arrestzelle hinter der Wache. Und schon am nächsten Morgen stand er vor dem Militärrichter.

9

Der Lebensretter

Arnsberg, 2. Oktober 1950

Das Gericht verurteilte Sie wegen Amtsanmaßung zu zwei Jahren und drei Monaten Haft. Sie wurden im Herbst 1944 entlassen. Dann sind Sie erneut eingezogen worden?«

»Ja. Wieder zu den Panzerjägern. Was anderes hatte ich in meiner Ausbildung nicht gelernt. Aber nach dem Rückzug nach Kurland im Oktober 1944 wurde meine Einheit an die Westfront verlegt. Als die Ardennenoffensive gescheitert war, war ich im Bereich von Düren stationiert. Jedoch nicht für lange. Die Amis und die Tommys haben uns quasi vor sich hergetrieben.« Bos zuckte mit den Schultern. »Wir wussten damals alle, dass der Krieg verloren war. Die Nazis haben uns verheizt.«

»Und dann sind Sie wieder in Osnabrück angekommen?«

»Ja. Wie gesagt, wir waren auf der Flucht. Geordneter Rückzug hieß das damals allerdings. Frontbegradigung. Wer hätte gedacht, dass meine Einheit genau in meine Heimatstadt verlegt wurde.«

»Wann war das?«

»Ende Februar, Anfang März 1945.«

»Und da haben Sie auch den Zeugen Baumann kennengelernt?« Dr. Döring blätterte zum wiederholten Mal in seinen Unterlagen.

»Ja.«

Der Gerichtsvorsitzende schien endlich das gefunden zu haben, wonach er gesucht hatte. »Ich möchte den Prozessbeteiligten die Aussage dieses Herrn Paul Baumann zur Kenntnis bringen. Ich bin mir bewusst, dass es eigentlich nicht in die Angaben zur Person gehört, sondern Bestandteil der Zeugenvernehmung ist, aber es passt zeitlich in den Kontext und Herr Baumann ist ohnehin nicht anwesend. Irgendwelche Einwände?« Er sah in die Runde. »Nein? Gut. Herr Baumann hat ausgesagt, Herr Bos habe ihm in den letzten Kriegstagen in Osnabrück das Leben gerettet. Wann war das genau?«

»Den genauen Tag weiß ich nicht mehr. Kurz vor dem Einmarsch der Tommys auf jeden Fall. Am 31. März vielleicht. Oder auch ein, zwei Tage später.«

»Was ist vorgefallen?«

»Paule, also ich meine Herr Baumann, hatte etwas zu viel getrunken und konnte dann sein loses Maul nicht halten.«

»Was hat er gesagt?«

»Keine Ahnung.« Bos guckte treuherzig. »Ich war ja nicht dabei.«

»Dann will ich Ihnen helfen. Baumanns Aussage zufolge hat er in der Öffentlichkeit geäußert, dass der Krieg verloren sei und er an die Wunderwaffen erst dann glauben würde, wenn er sie mit eigenen Augen gesehen habe. In der Gaststätte hielt sich – laut Baumann – ein hoher Nazifunktionär in Zivil auf. Er verständigte eine Wehrmachtsstreife, die Baumann festnahm und vor ein

62

Standgericht schleppte, welches ihn wegen Wehrkraftzersetzung in einem Schnellverfahren zum Tode verurteilte. Wie Baumann es darstellt, war zu seinem Glück gerade niemand greifbar, um das Todesurteil zu vollstrecken. Das Standgericht ordnete daraufhin seine Überstellung in ein nahe gelegenes Militärgefängnis an, um ihn später vor ein Erschießungskommando stellen zu können. Und mit dieser Aufgabe wurde Johann Bos betraut. Warum ausgerechnet Sie?«

Bos zuckte mit den Schultern. »Weiß nicht. Vielleicht, weil ich gerade da war?«

»Bitte?«

»Na ja, ich war als Wachsoldat eingeteilt.«

»Wachsoldat? In diesen Tagen? Da wurde doch jeder Mann an der Front gebraucht.«

»Mag sein. Aber ich nicht.«

»Was haben Sie denn bewacht?«

»Na, das Gebäude, in dem die Militärrichter saßen.«

»Und das war wo?«

»Daran kann ich mich nicht erinnern. Irgendwo in Osnabrück, glaube ich. War ja alles kaputt. Und Ruinen sehen für mich gleich aus. Ich hab mich damals in der eigenen Heimatstadt nicht mehr zurechtgefunden.«

»So so. Und dann haben Sie Baumann laufen lassen?«

»Sicher. Der arme Kerl wäre ja sonst zu Tode gekommen.«

Dr. Döring schüttelte den Kopf. »Und Sie wurden nicht belangt?«

»Nee. Von wem denn?«

»Von den Militärrichtern beispielsweise.«

»Die waren längst nicht mehr da. Der Tommy stand vor den Türen der Stadt. Die hatten Wichtigeres zu tun. Will sagen, die sind abgehauen. «

63

»Das traf sich ja prima.«

Bos grinste. »Nicht wahr?«

Der Landgerichtsrat wandte sich an seine Kollegen. »Sie müssen wissen, dass dieser Paul Baumann später den Angeklagten ganz zufällig wiedergetroffen hat. Und zwar in Herne. Dort stellte er den Kontakt zu einem gewissen Fritz Petri her. Wir werden später noch auf diesen Mann zurückkommen. Und er führte den Angeklagten in die Familie Redmann ein, deren Tochter die heutige Frau Bos ist. Und wie es der Zufall will, verkehrte in dieser Familie auch ein Willi Krönert, der mit der Familie Redmann aktiv in Schwarzmarktgeschäften tätig war. Auch dieser Herr wird in diesem Verfahren noch eine nicht unwichtige Rolle spielen. Herr Bos, wissen Sie, was ich glaube?«

Bos schüttelte den Kopf.

»Diese Aussage Baumanns riecht geradezu danach, bestellt worden zu sein, um Sie in einem besseren Licht erscheinen zu lassen.«

Sofort intervenierte Verteidiger Kaessmann. »Herr Vorsitzender, das kann ich nicht so stehen lassen. Herr Baumann hat seine Aussage beeidet. Es ist durch nichts bewiesen, dass sie nicht der Wahrheit entspricht.«

»Herr Dr. Kaessmann, Sie sind ein erfahrener Strafverteidiger. Sie wissen so gut wie ich, dass – Eide hin oder her – nirgendwo so viel gelogen wird wie vor deutschen Gerichten.«

Dieses Mal rügte der Landgerichtsrat die aufkommende Heiterkeit in den Zuhörerreihen nicht.

10

Die Kapitulation

Osnabrück, 4. April 1945

Tagelang war das Donnern der Geschütze aus Westen zu hören gewesen. Dann herrschte plötzlich Ruhe. Die geschlagenen Wehrmachtsteile sammelten sich kurzzeitig in der Stadt und zogen sich schließlich nordöstlich Richtung Weser zurück. Mit den Soldaten flüchteten auch die letzten Nazibonzen, sofern sie nicht schon vorher das Weite gesucht hatten. Eine seltsame Stille breitete sich in den Straßen aus. Osnabrück hielt den Atem an.

Dann, am Morgen des zweiten April, erreichten die ersten Einheiten der britischen Armee die Stadtgrenzen. Sie überquerten das Flüsschen Hase bei Eversburg und rechneten wohl mit Widerstand, denn sie zündeten Nebelgranaten, um Kreuzungen und unübersichtliche Stellen gefahrlos passieren zu können. Das letzte deutsche Aufgebot, der Volkssturm, zog es vor, angesichts der erdrückenden militärischen Übermacht ebenfalls sein Heil in der Flucht zu suchen. Nur vereinzelt kam es noch zu Kämpfen.

Johann Bos hatte entschieden, nicht mit seiner Einheit Richtung Bremen abzuziehen, sondern sich still und heimlich von der Truppe abzusetzen. Für ihn war der Krieg seit gestern beendet.

Er hatte die letzten zwei Nächte gemeinsam mit anderen Ausgebombten im Keller eines zerstörten Hauses in der

Nähe des Parks am Gertrudenberg verbracht. Nach Hause traute er sich nicht, da er zum einen befürchtete, dass ihn mögliche Greiftrupps der Feldjäger genau da suchen würden, und zum anderen wusste er nicht, wo der genaue Frontverlauf war. Und er hatte wenig Lust, beim Durchqueren der Linien erschossen zu werden.

Überraschenderweise gab es im Keller Strom. Und der Blockwart hatte einen Volksempfänger aufgetrieben und nervte die Schutzsuchenden damit, dass ständig irgendwelche Durchhalteparolen aus dem Radio durch den Keller schallten: »... Westfront«, erklärte der Sprecher gerade mit energischer Stimme. »Der Feind steht mit starken Kräften vor Osnabrück. In heroischen Abwehrkämpfen stehen Wehrmacht und Volkssturm im erbitterten Kampf Mann gegen Mann und verteidigen ihre deutsche Heimat. Vereinzelte Durchbrüche durch unsere Linien, die die britischen Streitkräfte mit einer großen Zahl an Gefallenen bezahlt haben, wurden durch den heldenhaften Kampf unserer Truppen trotz der materiellen Überlegenheit des Feindes zurückgeschlagen.«

Irgendwann schaltete der Nazi den Apparat aus und Johann döste vor sich hin. Er wurde durch Rufe aufgeschreckt. »Die Engländer kommen!«, schallte es an sein Ohr. Der Blockwart war der Erste, der das Weite suchte.

Rasch zog Johann die Uniformjacke aus, ersetzte sie durch einen löchrigen Mantel, den er aus einem zerstörten Haus organisiert hatte, und schlüpfte in seine Stiefel. Auch die Hose wechselte er. Als Soldat hatte er sich in dem Keller verkrochen, als Zivilist betrat er die Straße. Sie war menschenleer. Ein jeder versteckte sich in den Wohnungen und Kellern der unzerstörten Häuser, sofern man nicht geflohen war. Aber wohin sollten sie fliehen? Der Vormarsch der Briten konnte von den wenigen versprengten deutschen Truppen und dem letzten Aufgebot des Volkssturms nicht aufgehalten werden. Hitlerdeutschland lag am Boden.

Es roch nach Rauch. An vielen Stellen qualmten immer noch die Feuer, die der letzte Bombenangriff ausgelöst hatte. Überall lagen Trümmer herum. Ratten flitzten durch die Ruinen.

Von fern war das Dröhnen von Panzerketten zu hören. Johann sah sich nach einer Fluchtmöglichkeit um. Dabei entdeckte er die Reste eines weißen Bettlakens. Kurz entschlossen schnappte er sich das Wäschestück, knotete es an eine halb verkohlte Holzlatte und ging – die Fahne der Kapitulation vor sich hertragend – nach Westen, den Engländern entgegen. Es war der vierte April. Ein sonniger Tag.

Dem ersten Spähwagen begegnete er nach nur wenigen Minuten. Die englischen Soldaten lachten ihn an. Einer von ihnen sprang vom Fahrzeug und gab ihm mit Gesten zu verstehen, nicht mitten auf der Straße zu warten und den Weg zu versperren. Als Johann nicht sofort reagierte, schob er ihn mit sanftem Druck zur Seite und rief seinen Kameraden etwas in seiner Sprache zu. Diese setzten ihren Vormarsch fort. Einige Minuten später erreichte ein Jeep die Stelle. Und darin saß ein Offizier, der Johann auf Deutsch ansprach. »Sind noch deutsche Truppen in der Stadt?«

»Herr General, ich übergebe Ihnen hiermit die Stadt Osnabrück«, antworte Bos.

Der Offizier lachte. »Ich bin kein General, sondern leider nur Lieutenant Colonel. Sind Truppen in der Stadt?«

»Soweit ich weiß, nein«, erwiderte Johann wahrheitsgemäß.

67

»Und was ist mit Ihnen?«, wollte der Colonel wissen und zeigte auf Johanns Stiefel, die verdächtig nach Wehrmacht aussahen.

»Ich habe mich vor zwei Tagen ausgemustert«, erklärte Johann eilig. »Ich hatte vom Krieg die Nase voll. Passende Schuhe habe ich nicht gefunden. So etwas ist selten in diesen Tagen.«

»Das glaube ich Ihnen gerne. Sie sind ein tapferer Mann, Herr ...?«

»Johann Bos.«

Der britische Offizier gab dem Fahrer eines vorbeirollenden Panzerspähwagens zu verstehen, anzuhalten. Dann meinte er zu Johann: »Setzen Sie sich mit Ihrer Fahne vorne auf die Motorhaube. Es kann nicht schaden, wenn Ihre Landsleute sehen, dass es unter ihnen auch welche gibt, die friedliche Absichten hegen.«

Und so rückte Johann Bos, heftig seine weiße Fahne schwenkend, gemeinsam mit den englischen Truppen ohne den geringsten Widerstand in die Innenstadt Osnabrücks ein. Es war wie ein Spaziergang, verkündete die britische Presse später.

11

Der Kripochef

Arnsberg, 2. Oktober 1950

Staatsanwalt Dr. Bergmann fragte den Angeklagten, nachdem dieser geendet hatte: »Diese Räuberpistole sollen wir Ihnen abnehmen?« Er hielt ein Schreiben hoch. »Dies ist eine offizielle Erklärung der britischen Militärverwaltung. Die Briten wissen nichts von dem Geschehen, das Sie uns eben geschildert haben. Was sagen Sie dazu, Angeklagter?«

Dr. Kaessmann erhob sich langsam von seinem Stuhl. »Herr Kollege, das ist doch nicht weiter verwunderlich. Mein Mandant kennt den Namen des Offiziers nicht, der ihn aufgefordert hat, auf dem Panzerwagen mitzufahren. Und die Besatzungsbehörden werden anderes zu tun haben, als jeden Colonel der ersten britischen Kommandobrigade zu befragen.«

»Aber es bestätigt auch sonst niemand.«

»Wen haben Sie denn gefragt?«, erwiderte Kaessmann mit feinem Spott. »Den damaligen Oberbürgermeister? Oder dessen Stellvertreter? Vielleicht den Gauleiter der NSDAP? Keiner dieser Herren hat das Kriegsende in Osnabrück miterlebt. Sie haben ausnahmslos Fersengeld gegeben. Nein, es war mein Mandant, der durch sein beherztes Handeln Schlimmeres verhindert hat. Ohne ihn wäre der Einmarsch vermutlich nicht so friedlich vonstattengegangen.«

Der Staatsanwalt schwieg.

»Wie auch immer.« Dr. Döring ergriff wieder das Wort. »Auf jeden Fall haben Sie, Herr Bos, Kontakt zu den Engländern bekommen. Was ist denn dann passiert?«

Bos dachte einen Moment nach. »Der Colonel hat mich am Rathaus abgesetzt und ist dann weitergefahren. Ich suchte Arbeit, um Geld zu verdienen. Schließlich musste ich essen. Und Geld für meine Tabletten verdienen. Die gab es ja nicht in der Apotheke zu kaufen, sondern nur auf dem Schwarzmarkt. Und das war teuer. Eine Schachtel kostete …«

69

Der Landgerichtsrat unterbrach den Angeklagten. »Kommen Sie bitte zur Sache.«

»Aber das gehört doch dazu. Also, ich bin zunächst zu der Wohnung gegangen, in der ich früher mit meiner Frau gewohnt habe. Aber dort war nur noch ein Trümmerberg. Nachbarn, die ich gefragt habe, hatten keine Ahnung, wo meine Familie geblieben war. Das Einzige, was sie wussten, war, dass sie nicht unter den Trümmern lagen. Zu meinen Eltern wollte ich nicht. Das Verhältnis war immer noch, sagen wir, zerrüttet. Außerdem hätte mich mein Vater ohnehin wieder vor die Tür gesetzt. Da ich nicht wusste, was ich sonst tun sollte, bin ich täglich zum Rathaus gegangen. Am vierten Tag nach dem Einmarsch der Tommys erschien der Offizier wieder. Ich habe ihn angesprochen und gefragt, ob er nicht Arbeit für einen ehemaligen KZ-Häftling hat. Daraufhin hat er mich einem hohen Tier vorgestellt, der sich nach meiner Vergangenheit erkundigt hat.«

»Und was haben Sie ihm erzählt?«

»Dass ich im KZ war.«

»Mehr nicht? Kein Wort über Ihre kriminelle Vergangenheit?«

Bos strahlte den Landgerichtsrat an. »Herr Vorsitzender, so blöd bin ich nun auch wieder nicht!«

»Da könnten Sie recht haben. Und hat er Ihnen Arbeit verschafft?«

»Darauf können Sie einen lassen ... Entschuldigung, das ist mir so rausgerutscht.«

»Und um welche Tätigkeit handelte es sich?«

Bos machte eine längere Pause und sagte dann: »Ob Sie's glauben oder nicht: Ich wurde zum Kriminalrat befördert und als Leiter der Osnabrücker Kripo eingesetzt.«

Ein Raunen ging durch den Gerichtssaal. Einige der Zuhörer lachten laut auf, andere schüttelten nur entgeistert den Kopf.

»Da haben die Briten den Bock zum Gärtner gemacht«, murmelte der Staatsanwalt.

12

Eine ganz normale Familie

Osnabrück, 19. Juli 1945

Johann Bos schloss die Flurtür auf und betrat die neue Wohnung. Vor drei Wochen war sie ihnen zugewiesen worden. Ihre jetzige Bleibe hatte früher einem NS-Funktionär gehört, der als einer der wenigen sein eigenes Geschwafel vom süßen Heldentod ernst genommen hatte und in den letzten Kriegstagen als Leiter eines Volkssturmtrupps gefallen war. Die Briten hatten die Wohnung beschlagnahmt, die Ehefrau des Nazis vor die Tür gesetzt und zunächst britische Offiziere, dann Johann mit seiner Familie dort einquartiert. Möbel befanden sich in der Wohnung keine. Die hatten die Briten akquiriert, sodass zwei der fünf Zimmer völlig leer standen und auch die anderen nur spärlich mit dem möbliert waren, was Bos organisiert hatte. Aber ihre Wohnung verfügte über ein eigenes Bad mit sogar warmem Wasser – sofern es dem Hausbesitzer gelang, auf dem Schwarzmarkt genügend Brennstoff für die Heizung zu organisieren. Dank Johanns Kontakten mussten sie bisher nie kalt baden.

»Hallo? Jemand zu Hause?«, rief er, nachdem er die Tür hinter sich zugezogen hatte.

»Ich«, antwortete seine vierzehnjährige Tochter Christfried.

Johann folgte ihrer Stimme ins Wohnzimmer. »Wo ist Mama? Sie hat doch heute keinen Auftritt, oder?«

Christfried hockte auf der Chaiselongue und knuddelte ihr Stofftier. »Nein. Aber sie musste noch einmal fort, hat sie mir gesagt.«

Johann verzog das Gesicht. Er ahnte den Grund für ihre Abwesenheit. »War sie in Begleitung?«, fragte er vorsichtig.

»Weiß nicht. Aber sie ist in ein großes Auto eingestiegen und fortgefahren.«

Dieses verdammte Luder! Johann spürte, wie sich sein Gesicht vor Wut rötete. Nie bekam sie den Hals voll genug. »Ist sie schon lange weg?«, fragte er weiter.

»Vielleicht zwei Stunden. Eigentlich wollte sie schon vor einer zurück sein.«

»Was gibt es zu essen?«

Seine Tochter zuckte mit den Schultern. »Keine Ahnung. Mama hat die Lebensmittelmarken mitgenommen. Sie wollte etwas auf dem Weg besorgen.«

Auf dem Weg also. Die Frage war nur, wohin dieser führte. Sicher nicht nur zum nächsten Lebensmittelgeschäft. Manchmal fragte sich Johann, ob seine Tochter wirklich so ahnungslos war, wie sie tat. Oder übersah sie das Treiben ihrer Mutter nur geflissentlich?

Johann nahm auf einem der beiden Sessel Platz. Sie stammten noch aus der alten Wohnung, ebenso wie der altersschwache Schrank an der gegenüberliegenden Wand. Den Teppich – angeblich ein echter Perser – hatte er vor Kurzem gegen eine Stange englischer Zigaretten eingetauscht. Und die gemusterten Vorhänge hatte seine Tochter genäht, die sehr geschickt mit Nadel und Faden umgehen konnte.

»Wir haben noch etwas altes Brot, wenn du Hunger hast«, erklärte Christfried. »Und Schiebewurst ist auch noch da.«

Johann hasste halb trockenes Brot. Und Schiebewurst erst recht. Trotzdem musste er grinsen, als seine Tochter das Wort aussprach. Sie hatte es in der Schule von Flüchtlingskindern aus dem Ruhrgebiet aufgeschnappt. Schiebewurst war ein Stück Wust, welches in mehrere Teile geschnitten wurde. Eines davon wurde an einer Seite auf eine Scheibe Brot gelegt, welches nach Möglichkeit mit Streichfett beschmiert worden war. Dann hob man die Scheibe zum Mund, roch an dem Wurststückchen und schob es, unmittelbar, bevor man in das Brot biss, mit dem Zeigefinger weiter nach hinten. Der Geruch der Wurst blieb in der Nase und man hatte beim Kauen die Illusion, nicht nur auf Brot zu beißen. So verfuhr man, bis die Brotscheibe fast vollständig verspeist war. Erst mit dem letzten Bissen aß man auch die Schiebewurst. Johann erhob sich. »Was ist mit Bier?«

»Weiß nicht«, bekam er zur Antwort.

»Hast du deine Schulaufgaben gemacht?«, erkundigte sich Johann auf dem Weg in die Küche.

»Ja«, rief Christfried.

»Ehrlich?«

»Papa!« Es klang vorwurfsvoll.

Neben dem Küchenschrank stand noch eine Flasche. Johann klappte den Verschluss beiseite, sodass der Bügel mit einem ploppenden Geräusch aufsprang. Schaum stieg auf. Ehe er auf den Boden tropfen konnte, führte

Johann die Flasche an den Mund und trank einige Schlucke. Dann kehrte er ins Wohnzimmer zurück, ging zu dem Radiogerät – ein Vorkriegs-Volksempfänger – und schaltete den Apparat ein. BBC sendete englische Schlagermusik. Er lehnte sich an die Kommode, auf der das Radio stand, die Bierflasche in der Linken und schaute zu Christfried, die zum Fenster gelaufen war.

»Mama kommt«, meinte sie. »Da ist wieder dieses Auto.«

Kurz darauf hörten sie das Geräusch der sich öffnenden und dann zufallenden Wohnungstür. »Ich bin daha«, flötete Mechthild, schwebte in das Wohnzimmer und ließ sich in einen der Sessel fallen. »Ich bin wie zerschlagen.«

»Hast du eingekauft?«, wollte Johann wissen.

Sie blickte ihn entgeistert an. »Nein. Das wolltest doch du tun«, entgegnete sie.

»Ich?«, brauste Johann auf. »Mechthild, du ...«

»Du sollst mich nicht Mechthild nennen. Das habe ich dir schon Hunderte Mal gesagt. Nenn mich Rose.« Sie hatte sich, kaum waren die Engländer in der Stadt einmarschiert, die Haare rot gefärbt und trat in den einschlägigen Klubs nun als die Schottin Rose MacCullum auf. Kein Mensch, so ihre Begründung, hätte heute in Osnabrück noch Interesse an Französinnen. Aber Schottinnen seien der letzte Schrei. Eine Besatzerin nackt zu sehen, rege die Fantasie an und locke die Gäste in die Bars. Und je mehr Gäste, desto höher der Umsatz und ihre Gage.

Johann hatte da so seine Zweifel, behielt sie aber für sich. Und da er bei Wörtern wie Chantal mit einem ›Sch‹ am Anfang ohnehin Schwierigkeiten mit der Aussprache hatte, konnte er sich mit Rose schon eher anfreunden.

74

Allerdings wollte ihm das rollende R am Wortanfang nicht gelingen. Und an das stille E am Ende konnte er sich erst recht nicht gewöhnen. Also sprach er Rose deutsch aus, sehr zum Ärger von Mechthild. »Nicht wie die Blume«, hatte sie ihn anfangs immer wieder gerügt, es dann aber irgendwann aufgegeben. Und er wechselte zwischen Mechthild und Rose, je nach Laune und gutem Willen. Und jetzt hatte er ziemlich schlechte Laune.

»Mechthild, du hast die Lebensmittelmarken. Also wolltest du einkaufen. Aber anscheinend hattest du ja was Besseres vor.«

»Meinst du etwa, diese Art von Arbeit macht mir Spaß?« Sie kramte wütend in ihrer Handtasche und knallte dann einige Pfundnoten auf den Tisch. »Hier. Davon kannst du mehr kaufen als von den Marken. Und was schaffst du ran? Der Herr ist zwar Leiter der Kripo, aber von deinem Gehalt können wir nur verhungern, nicht leben. Hast du mir vor ein paar Wochen nicht versprochen, ich müsste nie mehr arbeiten? Was ist daraus geworden? Ich will es dir sagen. Heiße Luft, sonst nichts.«

»Ach, tatsächlich? Und was ist mit den Fotoapparaten im Schlafzimmer?«

»Was soll damit sein? Sie setzen Staub an.«

»Ich kann sie verkaufen«, schnaubte Johann.

»Ja, dann tu es doch endlich. Und bring mir und dem Kind Butter und Fleisch dafür. Dann bekommst du auch etwas zu essen.« Sie sprang hoch und stampfte wütend mit dem Fuß auf. »Und wenn du nicht aufpasst, kommen deine Kollegen oder gar die britische Militärpolizei irgendwann zu uns, finden die ganze Chose und aus ist es mit der Kripoherrlichkeit.«

»Pah! Eine Hausdurchsuchung bei mir? Nie im Leben. Und wenn, bekomme ich rechtzeitig davon Wind und lass alles verschwinden. Glaubst du, ich bin so ein Anfänger?«

»Hoffentlich nicht«, blaffte Mechthild zurück.

»Jetzt hört auf zu streiten«, bat Christfried. »Soll ich etwas Essen einholen?«

»Da hast du es«, giftete Mechthild ihren Mann an. »Du hast das Kind verstört.«

»Ich? Das schlägt doch dem Fass den Boden aus! Du bist es doch, die bis mittags schläft, sich dann aufdonnert und anderen Männern an den Hals wirft.«

Mechthild sprang auf und kam auf Johann zu. »Du lebst von meiner Hände Arbeit und machst mir Vorwürfe?«, zischte sie.

»Wenn du mit ›Hände‹ auch den Rest deines Körpers meinst, stimmt das sogar. Aber nur teilweise.« Johann machte eine abweisende Handbewegung und flüsterte: »Ich hätte es besser wissen müssen. Einmal Nutte, immer Nutte.«

Mechthild erblasste. Dann griff sie den erstbesten Gegenstand, der ihr in die Finger kam, und schleuderte ihn auf Johann. Der duckte sich und der Aschenbecher zerschellte an der Wand neben der Kommode. Christfried weinte. Johann drehte sich wortlos um und verließ das Zimmer.

13

Aus und vorbei

Arnsberg, 2. Oktober 1950

Wie lange haben Sie denn diese Position ausgeübt?«, erkundigte sich Dr. Döring.

»Leider nur einige Monate. Die Engländer und ich hatten zuletzt, sagen wir, Meinungsverschiedenheiten.«

»Worüber?«

»Ich hatte ja keine Probleme damit, ehemalige Nazis verhaften zu lassen und in die Internierungslager einzuliefern. Ich hasse die Nazis, müssen Sie wissen«, holte Bos aus. »Aber nur weil jemand ein wenig auf dem Schwarzmarkt gehandelt hat, muss man ihn doch nicht gleich in den Knast stecken, oder? Und außerdem kannte ich ja die meisten der Jungs von früher. Ich verpfeife doch meine alten Kumpels nicht. So einer bin ich nicht, Herr Vorsitzender, das müssen Sie mir glauben.«

»Tue ich ja. Aber als Kriminalrat mussten Sie doch hart durchgreifen?«

Bos kratzte sich am Kopf. »Das war in der Tat das Problem. Aber die Engländer wollten das einfach nicht verstehen. Und dann gab ein Wort das andere. Schade, die Stelle hatte mir wirklich gefallen. Und ich glaube, ich habe meine Aufgabe ganz ordentlich erledigt. Außer den Briten hat sich ja auch niemand beschwert. Meine Frau war ja schließlich auch zurückgekommen. Sie hat in der Zeitung von meiner Beförderung gelesen und war wohl der Meinung, dass ein Kriminalrat geradezu im Geld schwimmt. Wie auch immer, eines Tages stand sie in

77

meinem Büro. Wir sind dann auch wieder zusammengezogen. Na ja.« Bos kratzte sich erneut. »Um noch einmal auf meine Arbeit als Kriminalrat zurückzukommen. Ich muss einräumen, dass ich sicher auch nicht alles richtig gemacht habe.«

»Das sind ja ganz neue Töne«, ließ der Staatsanwalt hören.

Bos ignorierte diese Bemerkung. »Vielleicht hätte ich meine ältesten Freunde nicht in den Polizeidienst berufen sollen. Bei einigen von ihnen ist es dann zu Unregelmäßigkeiten gekommen – behaupteten zumindest die Tommys. Also, ich konnte mich nie über deren Arbeit beklagen.«

»Welche Unregelmäßigkeiten denn?«

»Ach, angeblich haben meine Freunde die Schwarzmarkthändler vor Razzien gewarnt. Mag ja sein, dass das in dem einen oder anderen Fall vorgekommen ist. Aber wenn man sich doch von früher her kennt ... Da spricht man schon einmal über solche Sachen. Oder, Herr Staatsanwalt, reden Sie nie mit Ihren Kollegen über Ihre Fälle?«

Dr. Bergmann schnappte nach Luft.

Der Gerichtsvorsitzende hielt ein Stück Papier hoch und ergriff das Wort: »Die Besatzungsbehörden haben dem Gericht mitgeteilt, dass sich schon kurz nach Ihrer Amtsübernahme Verdachtsmomente gegen Sie einstellten. Sie sollen die Termine für Razzien verraten und sich persönlich bereichert haben. Stimmt das?«

»Das hört sich so unfreundlich an«, erwiderte Bos.

»Stimmten die Vorwürfe?«, hakte Dr. Döring nach. »Hier steht, man habe Ihre Büro- und Privaträume durchsucht und Belastendes gefunden. Was?«

»Die paar Kameras und die Pelze waren doch nicht der Rede wert. Deswegen hätten die Tommys doch nicht so ein Theater machen müssen.«

»Sie wurden dann von Ihren Aufgaben entbunden.«

»Ja. Im Spätsommer 45 war Schluss mit der schönen Arbeit. Richtig übel genommen aber hab ich den Tommys, dass sie mich wieder in ein Lager gesteckt haben. Wo ich ihnen doch die Stadt Osnabrück quasi kampflos übergeben habe! Hunderte, ach, was sage ich, Tausende von britischen Soldaten haben mir ihr Leben zu verdanken. Das war nicht in Ordnung von denen. Oder was denken Sie, Herr Vorsitzender?«

»Meine Meinung spielt erst eine Rolle, wenn es um die Urteilsfindung geht. Noch eine Frage: Hatten Sie damals von Amts wegen eine Waffe?«

»Nein.«

»Und was war mit Ihrer Dienstmarke?«

»Die haben mir die Tommys gelassen.«

»Wie bitte?«

»Na ja, sie wollten sie mir natürlich wegnehmen, aber ich hatte zwei davon. Eine habe ich selbstverständlich brav ausgehändigt.«

»Und woher hatten Sie die zweite Marke?«

»Herr Vorsitzender, ich war Leiter der Kripo und hatte damit Zugriff auf das Lager. Da wurden die Dinger aufbewahrt. Jede Menge lagen da herum. Ich hätte Ihnen auch eine besorgen können«, versicherte er treuherzig.

»Dann haben Sie schon am Anfang Ihrer Tätigkeit damit gerechnet, dass diese nicht von langer Dauer war?«, warf der Staatsanwalt ein.

»Natürlich nicht. Aber ich benötigte doch zwei Marken. Wie schnell kann man so ein Teil verlegen. Und dann braucht man die Marke plötzlich und findet sie

79

nicht. Da ist es besser, schnell Ersatz zur Hand zu haben, meinen Sie nicht auch?«

Dr. Bergmann zog es vor, nicht zu antworten.

»Die Briten steckten Sie in das Internierungslager Westertimke?«, setzte der Landgerichtsrat das Verhör fort.

»Ja.«

»Und da begann Ihre Karriere als Hochstapler?«

»Wenn Sie das so sagen.«

Landgerichtsrat Döring sah auf die Uhr und schaute zu seinen Kollegen und den anderen Prozessbeteiligten. Schließlich stellte er fest: »Ich sehe, dass es keine weiteren Nachfragen an den Angeklagten gibt. Wir vertagen die Verhandlung auf morgen, neun Uhr.«

14

Eine überzeugende Geschäftsidee

Westertimke, September 1945

Mit Chuzpe und ein wenig Glück hatte es Johann Bos schon wenige Wochen nach seiner Einlieferung in das Lager Westertimke, rund fünfunddreißig Kilometer nordöstlich von Bremen, geschafft, in die dortige Küche versetzt zu werden. Und da er sich anstellig zeigte, den Anordnungen der britischen Wachmannschaften auf das Wort folgte und sich aus allem heraushielt, was nach Ärger roch, schaffte er es, als Küchenchef eingesetzt zu werden.

Diese Arbeit brachte einige Vorteile mit sich. Zum einen musste sich Johann nicht mehr mit dem stumpfsinnigen Schälen von zentnerweise Kartoffeln beschäftigen, zum anderen bekam er das bessere Essen. Vor allem aber konnte er hier und da etwas von den Nahrungsvorräten abzweigen und verkaufen, was seine Stellung in der Lagerhierarchie langsam, aber stetig verbesserte. Natürlich achtete er darauf, nicht zu viel zu organisieren. Schließlich sollten seine Beschaffungsaktionen den Briten nicht auffallen. Denn er wollte Küchenchef bleiben.

Schon bald hatte er sich den Ruf erworben, über beste Kontakte zu den Engländern zu verfügen, was auch stimmte. Er verkaufte den Wachmannschaften Uhren, Schmuck und auch Orden und Rangabzeichen der Gefangenen und kassierte dafür eine kleine Provision von beiden Seiten. Dieses Geld reinvestierte er in Zigaretten und Schnaps, die er wieder an die Gefangenen verhökerte. Während seiner Zeit als Kripochef in Osnabrück hatte er einige Brocken Englisch aufgeschnappt, sodass er sich mit den Soldaten in deren Muttersprache verständigen konnte. Das kam ihm nun bei seinen Geschäften zugute.

In Westertimke waren kleine und große Nationalsozialisten und Kriegsverbrecher inhaftiert. Hinter vorgehaltener Hand raunten diejenigen der Gefangenen, die bereits seit Kriegsende hier einsaßen, dass sogar der SS-Führer Heinrich Himmler kurzzeitig im Lager gewesen sei.

Johann war das egal. Er vergrößerte seinen schwungvollen Handel von Woche zu Woche und schon bald hielten seine Mitgefangenen ihn für einen Mann, der fast alles besorgen konnte.

Johann empfand das Leben im Lager nicht als schlimm. Gewiss, er war eingesperrt und konnte sich nicht frei bewegen, aber niemand wurde geschlagen oder gefoltert, niemand ermordet, keiner musste ernsthaft hungern und die ärztliche Versorgung war völlig ausreichend. Im Vergleich zu den Konzentrationslagern, die er kennengelernt hatte, erwies sich Westertimke geradezu als Himmel auf Erden.

Nach einigen Wochen Gefangenschaft durfte Johann dann zum ersten Mal den Verpflegungstransport begleiten, der einmal wöchentlich Nahrungsmittel aus einem Depot bei Bremen herbeischaffte. Der Lastkraftwagen wurde auf der Hinfahrt mit schmutziger Wäsche, leeren Säcken und Ähnlichem beladen, auf der Rückfahrt stapelten sich dann Kisten mit Lebensmitteln auf der Ladefläche. Diese Fahrten nutzte Johann, um auch mit den Lagerarbeitern in Bremen seine Geschäfte zu machen. Er war nicht unzufrieden mit seinem Schicksal. Seine Bargeldbestände wuchsen und ewig würde seine Haft ja auch nicht mehr dauern. Die Tommys hatten ihn ohne Gerichtsverfahren in das Lager gesteckt und würden ihn auch ohne wieder entlassen. Davon war er überzeugt.

Einer der Gefangenen war ein hochgewachsener, schlanker Mann von aristokratischer Gestalt, vielleicht Mitte vierzig. Es hieß, er sei ein Adeliger, der sich schon früh den Nationalsozialisten angeschlossen und in seinem Heimatort eine führende Rolle in der NSDAP gespielt habe. Baron von Strahlenhain, so lautete dessen Name, hielt sich im Allgemeinen immer ein wenig abseits von den anderen Gefangenen, sprach mit ihnen nur das

Nötigste und wirkte unnahbar. Vor allem aber nahm er nie Johanns Dienste in Anspruch.

Umso erstaunter war Johann, als dieser Baron ihn eines Tages ansprach. Er kam nach der Essensausgabe an das Fenster der Küchenbaracke, welches Johann als Verkaufstheke diente und an dem er die Bestellungen für die nächste Woche entgegennahm.

Der Baron sah sich zunächst um, so als ob er sich vergewissern wollte, dass ihnen niemand zuhörte. Dann flüsterte er: »Mir ist zu Ohren gekommen, dass Sie mit den Engländern Handel treiben.«

Johann lächelte. Das war nun wirklich kein Geheimnis. Es gab wohl keinen Gefangenen und nur wenige Bewacher, die nichts von seinen Geschäften wussten. »Stimmt. Und was benötigen Sie?«

»Die Freiheit.«

»Was Sie nicht sagen.« Johann grinste breit.

»Ich bin bereit, dafür zu bezahlen.«

Für einen Moment vermutete Johann, dass es sich bei dem Baron um einen Spitzel der Engländer handelte. Im Lager waren immer wieder Gerüchte im Umlauf, dass manche der Gefangenen ihre Kameraden aushorchten, um sich in den anstehenden Spruchkammerverfahren Vorteile zu verschaffen und so mit einer geringeren Strafe davonzukommen. Aber dieser Baron machte so ein unschuldiges und gleichzeitig flehendes Gesicht, dass Johann diesen Gedanken sofort wieder verwarf. »Das kommt darauf an, was Sie zahlen können. Haben Sie englische Pfund?«

Der Baron schüttelte enttäuscht den Kopf.

»Reichsmark interessieren die Tommys nicht.«

»Ich habe Schmuck.«

Jetzt war Johanns Interesse geweckt. »Welche Art von Schmuck?«

»Einige Goldringe. Und Brillanten natürlich.«

In Johanns Bauch begann es zu kribbeln. Das passierte immer, wenn er ein gutes Geschäft witterte. Und wenn ihn der Baron nicht anlog, versprach das ein verdammt gutes Geschäft zu werden. »Der Lagerkommandant wird sich nicht mit Almosen abspeisen lassen und die Ware vorher prüfen wollen«, log Johann. »Sollten Sie annehmen, ihn übers Ohr hauen zu können, wird das nicht funktionieren. Und Sie werden hier im Lager verschimmeln.«

»Nein, nein«, beteuerte der Baron, »mein Schmuck ist echt. Das versichere ich Ihnen.«

»Ich brauche aber vorab ein Stück, um dessen Qualität zu prüfen. Ist es in Ordnung, behalte ich es. Quasi als Anzahlung für meine Bemühungen.«

»Einverstanden.«

Natürlich dachte Johann nicht im Geringsten daran, tatsächlich den Kommandanten einzuschalten. Seine Kontakte beschränkten sich im Allgemeinen auf die einfachen Wachsoldaten, mit denen er Handel trieb. Nur selten nahm einer der Offiziere seine Dienste in Anspruch. Aber auch die gehörten zu den unteren Chargen. Nein, nicht der Kommandeur. Ihm würde schon etwas anderes einfallen.

Nach einigen Stunden Nachdenken kam ihm eine Idee. Aber um diese umzusetzen, benötigte er die Hilfe von mindestens drei, besser vier weiteren Inhaftierten. Er hörte sich ein wenig um und sprach dann gezielt die Männer an, die er für geeignet hielt. Eine Absage kassierte er von keinem. Alle vier wollten sie sich die Flasche Schnaps und die drei Schachteln Zigaretten ver-

84

dienen, die er für jeden als Lohn für dessen Mitwirken ausgelobt hatte. Eingeweiht in sein Vorhaben waren sie nicht – sie mussten nur ihre Rolle so überzeugend wie möglich spielen. Das war alles.

Eines Nachmittags betrat Johann die Schreibstube des Lagers. Um diese Zeit tat dort ein in Ehren ergrauter Sergeant Dienst, dem Johann bei jedem seiner wöchentlichen Besuche eine Kleinigkeit mitbrachte: mal eine Postkarte mit einem Adolf-Hitler-Porträt, mal eine Ausgabe von *Mein Kampf*, mal die Rangabzeichen eines Hauptmanns. Wie viele andere Soldaten auch sammelte er solche Devotionalien mit Inbrunst. Mittlerweile hatte der Sergeant schon so viel Vertrauen zu Johann gefasst, dass der dem Soldaten bei dessen Arbeit über die Schulter schauen durfte. Manchmal bat der Sergeant ihn sogar, ihm das eine oder andere Formular aus dem Schrank zu holen, damit er seine gichtgeplagten Knochen weiter auf dem breiten Stuhl ausruhen konnte, der hinter dem Schreibtisch stand.

Auf eben diese Vordrucke hatte es Johann abgesehen. Denn neben den üblichen standardisierten Anträgen und Vordrucken, ohne die anscheinend kein Krieg und keine Armee geführt werden konnten, befanden sich darin auch die Formblätter zur Entlassung von Gefangenen.

Johann wechselte einige freundliche Worte mit dem Sergeanten und überreichte ihm die übliche Wochengabe, dieses Mal ein NSDAP-Mitgliedsbuch, für das er immerhin zwei Schachteln Zigaretten hatte hinblättern müssen. Der Sergeant schaute sich interessiert die Eintragungen an und lächelte Johann dankbar zu, als hinter der Baracke Unruhe entstand.

Die vier von Johann engagierten Gefangenen schrien lautstark, beschimpften und schubsten sich und wenig später war eine wilde Rangelei im Gange. Johann warf einen Blick durch ein Fenster und fand, dass seine Investition gut angelegt war. Die Männer boten wirklich ein beeindruckendes Schauspiel: Sie wälzten sich, ineinander verkrallt, auf dem Boden, brüllten, stöhnten und jeder Beobachter musste den Eindruck gewinnen, dass es nur eine Frage der Zeit war, bis einer von ihnen ernstlich verletzt wurde.

Der Sergeant stand auf, sah ebenfalls kurz aus dem Fenster und schlurfte zur Tür, um nachzusehen, ob jemand kam, um den Kampf zu unterbinden. Aber die Wachsoldaten hatten keine Notiz von dem Vorfall genommen, lag der Ort des Geschehens doch jenseits ihres Blickfeldes.

Fluchend ging der Sergeant nach draußen, um die Schlägerei zu beenden. Die Tür des Formularschranks ließ er in der Eile unverschlossen. Genau darauf hatte Johann gesetzt. Blitzschnell lief er zum Schrank, öffnete ihn und ergriff einige der Formulare, mit der die ordnungsgemäße Entlassung von Häftlingen bescheinigt wurde. Außerdem schnappte er sich eine Handvoll Vordrucke, die ausgefüllt einen vorläufigen Identitätsnachweis darstellten. Und zu guter Letzt griff er sich noch einen der Stempel, die den Schreibtisch des Sergeants zierten. Der Soldat, so hoffte Johann, würde ihn nicht vermissen. Denn Stempeln stellte anscheinend dessen heimliche Leidenschaft dar, so viele dieser Arbeitsgeräte hatte er gehortet.

Kaum war Johann ins Freie und zu den Prügelnden getreten, gaben diese ihren Kampf auch sofort auf, klopften sich den Staub von der Kleidung und suchten unter zahlreichen Verbeugungen Richtung Sergeant das Weite. Der war sich sicher, nur sein Auftreten habe den kleinen Tumult beseitigt, und dementsprechend zufrieden kehrte er in sein Büro zurück.

Da auch nach Stunden niemand Johann wegen des Stempels und der gemopsten Formulare zur Rede stellte, konnte er sicher sein, dass dieser Teil seines Planes aufgegangen war.

Einen Tag danach brachte ihm der Baron einen Brillantensplitter. Später saß Johann in der Nachbarbaracke einem Juwelier gegenüber, der sein Geschäft vor dem Krieg äußerst günstig erwerben konnte – von einem Juden, welchen er vorher bei den Nazis denunziert hatte. Eine Schachtel Zigaretten wechselte den Besitzer und Johann wusste, dass zumindest der Edelstein, den ihm der Baron ausgehändigt hatte, echt war.

Er vereinbarte mit dem Aristokraten ein Treffen in den Abendstunden in der Nähe der Latrinen. Hier stank es im wahrsten Sinne des Wortes zum Himmel und niemand, der nicht musste, hielt sich an diesem Ort länger auf als unbedingt nötig.

»Haben Sie den Schmuck?«, erkundigte sich Johann, als ihm Baron von Strahlenhain gegenüberstand.

»Ja.« Der Adelige klopfte auf seine Tasche. »Ein Verwandter hat ihn bei seinem Besuch ins Lager geschmuggelt.«

»Darf ich ihn sehen?«

Der Baron zog einige Ringe und eine Kette hervor. »Schauen Sie«, meinte er und zeigte auf den Kettenanhänger. »Hier habe ich den Brillantensplitter herausgebrochen.«

Die Stelle war deutlich auszumachen.

87

»Mehr haben Sie nicht?« Bos versuchte, enttäuscht zu klingen, und das fiel ihm auch nicht besonders schwer. Zwar stellten die Schmuckstücke, wenn sie denn echt waren, ein kleines Vermögen dar, aber von einem echten Baron hatte Johann doch ein wenig mehr erwartet.

»Nein.«

Johann dachte kurz nach. Dann meinte er: »Ich werde sehen, was ich machen kann.« Mit diesen Worten ließ er den Schmuck in seine Hosentasche gleiten.

»Aber ...«, wagte der Adelige einen Einwand.

»Nichts aber«, unterbrach ihn Johann. »Ich muss dem Kommandanten die Stücke schließlich zeigen. Oder glauben Sie, er lässt Sie nur auf Ihr Ehrenwort hin aus dem Lager?« Damit erstickte er jeden Widerstand des Aristokraten im Keim. »Wir treffen uns morgen zur gleichen Zeit wieder an dieser Stelle.« Er drehte sich um und ging grußlos.

Der Juwelier bestätigte Johann noch am Abend die Echtheit des Schmucks. Und am nächsten Tag erfragte Johann Namen, Adresse und Geburtsdatum seines Auftraggebers.

Mit einem Federhalter und Tinte, die er unter dem Vorwand, einen Brief schreiben zu wollen, bei dem Sergeant der Schreibstube ausgeliehen hatte, füllte er Entlassungsformular und Identitätsausweis aus und setzte unter beide eine schwungvolle Unterschrift. Mittels Schuhwichse gestempelt, machte er sie zu Dokumenten, die zwar nicht die Wachen am Tor täuschen konnten – diese kannten wahrscheinlich die Unterschrift ihres Vorgesetzten –, einer flüchtigen Kontrolle einer Streife außerhalb des Lagers aber wohl standhalten würden. Allerdings musste er den Baron dafür erst einmal aus dem Lager schmuggeln. Und das gedachte

Johann mit der nächsten Versorgungsfahrt zu bewerkstelligen.

Er teilte den Baron ein, um Transportkisten auf den Wagen zu schleppen. In einem unbeobachteten Moment sollte er auf die Ladefläche klettern und sich unter den leeren Säcken verbergen. Johann kostete es einiges an Überredungskunst, Baron von Strahlenhain davon zu überzeugen, dass nur dieser Fluchtweg infrage käme.

»Aber wenn der Kommandant doch meinen Entlassungsschein unterschrieben hat, warum kann ich dann nicht einfach das Tor passieren?«, fragte der Adelige mehrmals. Diese Bedenken konnte Johann nachvollziehen. Ähnliche Überlegungen wären ihm auch gekommen.

»Wie soll der Kommandant bei einer späteren Überprüfung begründen, warum ausgerechnet Sie fehlen?«, antwortete er darauf. »Er kann nicht behaupten, Sie seien geflohen. Wenn sich nur einer der Wachen daran erinnert, dass Sie einfach durch das Tor spaziert sind, dürfte er erheblichen Ärger bekommen, Kommandant hin oder her. Oder soll ich die Wachen auch bestechen? Dann benötigen wir vermutlich noch einmal das Doppelte von dem, was Sie bisher aufgebracht haben.«

Diese Drohung hatte den Baron schließlich überzeugt. »Einverstanden.«

»Prima. Aber Sie dürfen unter keinen Umständen in Ihre Heimatstadt zurückkehren. Denn fliegt Ihre Flucht auf, werden die Tommys dort als Erstes nach Ihnen suchen.«

»Das leuchtet ein.«

Der Baron nickte zum Zeichen des Einverständnisses. »Nur meine Frau wird sich Sorgen machen, wenn Sie erfährt, dass ich nicht mehr im Lager bin.«

Johann dachte einen Moment nach. Dann fiel ihm etwas ein. »Ich muss nicht mehr lange im Lager bleiben«, behauptete er. »Mein Verfahren findet in der nächsten Woche statt. Dann werde ich entnazifiziert und erhalte die Freiheit wieder. Ich kann Ihrer Frau Nachricht von Ihnen überbringen, wenn Sie möchten.«

»Das würden Sie für mich tun?«, freute sich der Baron.

»Für Freunde tue ich alles«, bekräftigte Bos. »Was soll ich ihr sagen?«

»Dass es mir gut geht und ich bald wieder bei ihr sein werde. Und sie mir Geld schicken soll.«

In Johanns Gehirn blitzten etliche Synapsen. Ihm kam eine Idee. Eine verdammt gute Idee sogar. »Wohin?«

»Ich werde mich in unserem Sommerhaus an der Küste verstecken. Sie soll nicht selbst kommen, sondern ihren Bruder darum bitten.«

»Und wie erreiche ich sie?«

Der Adelige erklärte es ihm.

»Was, wenn sie mir nicht glaubt?«

Von Strahlenhain überlegte nur kurz. Dann erklärte er: »Berichten Sie meiner Frau von unserer Bekanntschaft.« Er krempelte den linken Arm hoch. »Sehen Sie dieses Brandmal? Ich habe es mir als Kind in eben diesem Sommerhaus beim Spielen mit dem Kaminfeuer zugezogen. Das war uns strengstens untersagt. Deshalb habe ich gelogen, als meine Mutter mich nach dem Grund für die Verletzung fragte. Ich erzählte ihr, es sei passiert, als ich den Bauern beim Abbrennen der Kartoffelfelder half.« Er lächelte versonnen. »Meine Eltern erfuhren nie die Wahrheit. Später war das auch nicht mehr berichtenswert. Nur meine Frau kennt dieses kleine Geheimnis. Und jetzt Sie. So wird sie Ihnen glauben.«

Johann sah sich um. Keine britischen Wachen waren in der Nähe.

»Los, auf die Ladefläche«, ordnete er an. »Und viel Glück.«

»Kann ich brauchen. Eine Woche, sagten Sie?«

»Ungefähr.«

»Danke für alles.« Mit diesen Worten schlüpfte Baron von Strahlenhain in sein Versteck.

Und alles klappte ohne Komplikationen.

Johann, der das Prozedere quasi als bezahlte Generalprobe für seine eigene Flucht betrachtete, folgte Baron von Strahlenhain acht Tage danach auf demselben Weg. Die Taschen voller Geld und Schmuck, die sein Auskommen in den nächsten Monaten sicherstellen würden.

Und dank des Gesprächs mit von Strahlenhain hatte er den Plan im Kopf, wie er ohne großes Risiko sehr schnell an noch mehr Geld kommen könnte.

15

Das Gutachten

Arnsberg, 3. Oktober 1950

»Der König der Hochstapler sammelt Diamanten«
Schlagzeile Osnabrücker Neues Tageblatt vom 3.10.1950

Landgerichtsrat Döring eröffnete pünktlich die Sitzung. »Gibt es noch Fragen von der Staatsanwaltschaft oder der Verteidigung zur Person des Angeklagten?«

Er blickte in die Runde. »Das ist nicht der Fall. Dann kommen wir zur Beweisaufnahme. Sollten noch geladene Zeugen im Saal anwesend sein, bitte ich diese, auf dem Flur zu warten. Sie werden für Ihre Aussagen aufgerufen.« Einige Personen erhoben sich und gingen hinaus.

Döring sah ihnen nach und fuhr fort, als die Tür ins Schloss gefallen war. »Der Angeklagte hat in diesem Prozess mehrmals auf die Tatsache hingewiesen, dass er starke Medikamente einnehmen musste. In den Vernehmungen durch Kriminalpolizei und Staatsanwaltschaft hat er öfter betont, von diesen Medikamenten abhängig zu sein. Ohne ihre Wirkung hätte er die ihm zur Last gelegten Taten niemals verübt.«

»Das stimmt, Herr Vorsitzender.« Bos war aufgesprungen und gestikulierte heftig. »Ich fühle mich unschuldig! Ich bestreite ja nicht, was ich damals getan habe, dass ich Leute geschädigt habe, aber das war alles nur meinem damaligen Zustand geschuldet. Er brachte etwas in mir zum Vorschein, zu dem ich heute gar nicht mehr in der Lage wäre. Dass ich für meine Handlungen die alleinige Verantwortung trage, streite ich ab. Dafür sind auch andere verantwortlich«, rief er in den Saal. »Und diese sollten sich vorrangig verantworten müssen, nicht ich.«

»Herr Bos, mäßigen Sie sich«, ordnete der Landgerichtsrat an.

Einmal in Gang gesetzt, ließ sich der Redefluss nicht so einfach unterbinden. »Glauben Sie nicht, dass mir das nicht wehtut. Die ganzen Lügen, die hier über mich erzählt werden. Und das Fehlen meiner Familie. Ich habe meine Mutter, Frau und Kind seit drei Jahren nicht gesehen.«

»Herr Bos, Sie haben nicht das Wort!«, schnaubte Döring und Verteidiger Kaessmann gelang es endlich, seinen Mandanten wieder auf seinen Platz zu zerren.

»Wenn Sie sich beruhigt haben, können wir dann die Verhandlung fortsetzen?«, fragte der Landgerichtsrat und erwartete wohl keine Antwort.

»Gerne«, erwiderte Bos jedoch.

Einen Moment schien der Vorsitzende perplex. Dann gab er einem der Justizwachtmeister, der an der Saaltür wartete, ein knappes Zeichen. »Ich rufe auf: den Sachverständigen Herrn Oberarzt Dr. Raether aus der Provinzialheilanstalt Eickelborn.«

Ein drahtiger Mann betrat federnden Schrittes den Gerichtssaal, grüßte Verteidiger und Staatsanwalt mit einer schnellen Kopfbewegung und stellte sich dann hinter den für ihn vorgesehenen Tisch. Als er vom Vorsitzenden dazu aufgefordert wurde, nahm er Platz.

»Dr. Raether«, begann Dr. Döring. »Konnten Sie sich ein Bild von dem Angeklagten machen?«

»Jawohl. Herr Bos verbrachte insgesamt achtzehn Monate in der Anstalt Eickelborn. In der meisten Zeit habe ich ihn in meiner Abteilung behandelt.«

»Und wie schätzen Sie den Angeklagten ein?«

Der Facharzt für Neurologie und Psychiatrie hielt einen umfangreichen Monolog, der etwa dreißig Minuten dauerte. Dann kam Raether zum Schluss: »Zusammenfassend kann ich feststellen: Der Lebensweg von Herrn Johann Bos trägt seit der Pubertät die charakteristischen Züge eines gemütsarmen, halt- und hemmungslosen Psychopathen. 1947 brach bei ihm eine chroni-

93

sche und vor allem schleichende Meningitis aus. Diese Erkrankung führte zu ...«

»Eine was?«, wollte einer der Schöffen wissen.

»Entschuldigung. Eine Hirnhautentzündung. Sie tritt häufig bei einer nicht behandelten Syphilis auf, an der der Patient litt.«

»Eine tolle Klinik, wenn man sich da so was holen kann«, hörte man deutlich aus dem Zuschauersaal.

»Ruhe!«, blaffte Dr. Döring.

»Die Syphilis kann lange schlummern«, führte Dr. Raether etwas konsterniert aus. »Er wird sich Jahre früher angesteckt haben. Selbstverständlich nicht in unserem Haus.«

Die Zuschauer quittierten diese Bemerkung mit verhaltenem Kichern, was den Vorsitzenden erneut streng über den Rand seiner Brille schauen ließ.

»Diese Erkrankung dürfte vermutlich dazu beigetragen haben, dass die Hemmschwelle, Straftaten zu begehen, gesenkt wurde.«

»Sie würden also sagen, der Angeklagte war zum Zeitpunkt seiner Taten strafunmündig?«

Döring warf einen schnellen Blick zum Angeklagten, der über beide Ohren grinste.

»Das würde ich in dieser Pauschalität nicht behaupten. Er konnte sehr wohl zwischen Recht und Unrecht unterscheiden, möglicherweise jedoch nicht in ausreichendem Maße.«

»Also vermindert schuldfähig?«

»Das schon eher. Aber auch nicht in jedem Fall.«

Bos' Zuversicht schien einer gewissen Enttäuschung gewichen zu sein.

»Und wie geht es dem Angeklagten heute?«, wollte der Vorsitzende wissen.

»Gut. Nach Ausheilung des luetischen Krankheitsprozesses konnte der Patient die Heilanstalt wieder verlassen.«

»Und Ihre Prognose für die Zukunft?«

»Ich gehe davon aus, dass der Angeklagte nach seiner Entlassung über kurz oder lang erneut straffällig werden wird. Dafür sprechen seine narzisstische Geltungssucht und seine Gemütsarmut.«

»Kann es sein, dass der Angeklagte Ihnen etwas vorgespielt hat?«

Der Gutachter straffte sich. »Ich bin seit zwanzig Jahren als Neurologe und Psychiater tätig. Glauben Sie mir, da erkennt man Simulanten am Gang, wenn ich das so salopp formulieren darf.« Entrüstung sprach aus seinen Worten.

Dr. Döring ließ die Gemütslage des Arztes kalt. Ruhig machte er sich Notizen. Als er diese beendet hatte, meinte er: »Fragen an den Sachverständigen?«

Dr. Kaessmann meldete sich zu Wort. »Herr Dr. Raether, sind Sie sicher, dass mein Mandant zukünftig nicht straffrei bleiben wird?«

»Ja.«

»Wie sicher? Achtzig Prozent? Neunzig? Oder doch eher nur fünfzig?«

»Ich schätze, etwa fünfundsiebzig Prozent.«

»Also sind Sie sich nicht sicher, sondern spekulieren nur«, stellte Kaessmann trocken fest. »Ich habe keine weiteren Fragen.«

Bos war während der letzten Sätze in seinem Stuhl zusammengesunken. Er wusste, was die Aussage des Gutachters für ihn bedeuten konnte. Denn wenn sich das Gericht dessen Prognose anschloss, drohte ihm Sicherungsverwahrung. Mit ein paar Jahren Knast hatte

95

er sich gedanklich bereits abgefunden. Aber Sicherungsverwahrung wurde auf unbestimmte Zeit verhängt. Wenn er Pech hatte, verschwand er bis zu seinem Lebensende hinter Gefängnismauern.

Sein Verteidiger stieß ihn in die Seite. Das riss ihn aus seiner Lethargie.

»Herr Bos, ich habe Sie etwas gefragt.« Der Vorsitzende wirkte leicht ungehalten.

»Entschuldigung«, erwiderte der Angeklagte mit leiser Stimme. »Ich war gerade ganz woanders.«

»Das habe ich gemerkt. Vermutlich an einem angenehmeren Ort als hier. Habe ich jetzt wieder Ihre ungeteilte Aufmerksamkeit?«

Bos nickte.

»Gut. Mir liegt die schriftliche Aussage des Kriminalbeamten vor, welcher Sie in der Untersuchungshaft mehrmals vernommen hat. Demnach haben Sie dem Beamten gegenüber erklärt – ich zitiere: ›Man kann mich noch lange nicht überführen. Ich spiele den Verrückten.‹ Waren das Ihre Worte?«

»Ich kann mich nicht erinnern.«

»Dem Kriminalbeamten Schröder – das ist der Polizist, der Sie in Hamburg verhaftet hat – haben Sie sinngemäß gesagt, dass Sie wegen Ihrer Taten für drei Jahre in den Bau gehen würden, danach aber nicht mehr zu arbeiten bräuchten. Stimmt das?«

»Herr Vorsitzender, Sie haben ja eben von dem Herrn Doktor gehört, dass ich es am Kopf gehabt habe. Ohne meine Tabletten ...« Er grinste schief. »Ich kann mich wirklich nicht erinnern, glaube aber eher, dass sich die Herren Polizisten verhört haben müssen.«

»So so. Verhört also. Na, das lassen wir dann mal so ste

hen. Aber in diesem Zusammenhang: Herr Bos, Sie haben uns gestern mitgeteilt, dass Sie alles gestehen würden. Dann mal raus mit der Sprache: Nur ein geringer Teil Ihrer Beute ist bisher gefunden worden. Wo steckt der Rest? Wenn Sie die Wahrheit sagen, wirkt sich das mit Sicherheit positiv auf das Strafmaß aus. Das kann ich Ihnen versprechen. Also?«

Bos dachte kaum nach. »Ja, Herr Vorsitzender, ist denn das Zeug nicht zurückgegeben worden?«

»Nein.«

»Das tut mir aber leid. Dann kann ich Ihnen auch nicht helfen. Wahrscheinlich haben die anderen den ganzen Schmuck beiseitegeschafft.«

»Welche anderen?«

»Na, die mich zu meinen Straftaten angestiftet haben. Und jetzt ist es zu spät. Ich kann Ihnen nur sagen, dass ich während der Untersuchungshaft mehrmals angeboten habe, Teile der Beute wiederzubeschaffen. An Händen und Füßen hätte man mich fesseln können und ich hätte die Polizei trotzdem zu den Verstecken geführt. Aber man ließ mich ja nicht. Und jetzt ist das Zeug bestimmt weggeschafft worden. Dafür kann man mich doch nicht verantwortlich machen, nicht wahr?«

Der Vorsitzende richtete die Augen Richtung Saaldecke und atmete tief durch. »Dann eben nicht. Ich stelle fest: Der Angeklagte will keine Aussage zum Verbleib des ergaunertenSchmucks machen.«

»Ich will schon, kann aber nicht«, krähte Bos fröhlich dazwischen.

»Wie auch immer. Kommen wir nun zu Ihrer ersten Station nach dem Inhaftierungslager. Sie sind dann nach Northeim gefahren. Warum ausgerechnet dorthin?

Weil der Baron von Strahlenhain aus dieser Stadt stammte?«

»Kann schon sein«, erwiderte Bos wahrheitsgemäß.

16

Der erste Betrug

Northeim, 29. September 1945

Johann hatte auf seiner Flucht bisher Glück gehabt. Er war aus zwei Gründen zunächst in seine Heimatstadt zurückgekehrt: zum einen, um seine Frau und Tochter zu sehen, ein Unterfangen, welches nicht von Erfolg gekrönt war. Seine Frau wollte nicht mit ihm sprechen und verbot es auch seiner Tochter. Zum anderen benötigte er dringend neue Papiere und natürlich seine frühere Dienstmarke. Beides lagerte in einem Versteck, in dem er gleichzeitig einen Teil der Wertsachen deponierte, die er im Lager beiseitegeschafft hatte. Den Rest wollte er später zu Geld machen.

Er blieb nur wenige Stunden in Osnabrück. Die Stadt war ein zu heißes Pflaster für ihn. Zu viele kannten ihn dort und nicht jeder davon war sein Freund. Und auch die Polizei würde ihn zunächst in der Nähe seiner Familie vermuten. Außerdem galt es, seinen sorgsam geschmiedeten Plan in die Tat umzusetzen.

Zufällig traf er auf der Straße einen der Schwarzhändler, den er von früher kannte und der ihm einiges zu verdanken hatte. Dieser besorgte ihm eine Mitfahrgelegenheit bis nach Bielefeld.

Dort angekommen, stand er geschlagene drei Stunden an der Straße Richtung Osten und winkte, bis sein Arm lahm zu werden drohte. Endlich stoppte ein Versorgungsfahrzeug der Briten. Der Fahrer und dessen Begleiter nahmen ihn auf. Die beiden Soldaten waren auf dem Weg nach Göttingen. Sie freuten sich über ein wenig Abwechslung und Johann, dessen Englischkenntnisse sich im Lager weiter verbessert hatten, tat alles, um die beiden bei Laune zu halten.

Sie setzten ihn mitten in Northeim ab, direkt neben den Resten des ausgebombten Hauptbahnhofs. Es war schon spät am Samstagabend, als er auf die Straße trat und dem Lkw nachsah, der in einer Staubwolke verschwand. Johann gedachte, am nächsten Morgen bei der Baronin von Strahlenhain vorzusprechen. Jetzt brauchte er zunächst ein Quartier für die Nacht.

Er reiste auf den Namen Hans Bayer. Seine Papiere waren erstklassig, eine sehr gute Arbeit. Der Fälscher war ein Könner, vergeudete jetzt allerdings sein Talent als Kopist alter Meister und hielt sich mit dem Verkauf echt wirkender Rembrandts und Dürers zu Schnäppchenpreisen über Wasser.

Johann fand nur ein geöffnetes Hotel im Stadtzentrum. Er bezahlte für drei Nächte im Voraus, stellte seinen Koffer auf dem Zimmer ab und ging dann wieder nach unten in die zum Hotel gehörende Gaststube, um etwas zu essen.

Das Restaurant war fast leer. Nur an einem der Tische am Fenster saß ein einzelner Gast und löffelte schweigend seine Suppe.

»Sie wünschen?«, fragte die dralle Bedienung, die ihm eben mit piepsiger Stimme an der Rezeption den Zimmerschlüssel ausgehändigt hatte.

»Ein Bier. Und was kann ich zu essen bekommen?«

»Schweinebraten. Und Ochsenschwanzsuppe. Der Braten ist von gestern, die Suppe von heute.«

»Ich nehme die Suppe.«

»Kommt sofort. Ist das Zimmer nach Ihrem Geschmack?«

»Danke, ja.«

Die Suppe entpuppte sich als dünn und fad. Wenigstens war sie heiß. Das Bier hingegen eiskalt, so wie er es mochte. Also bestellte er ein weiteres. Und dann noch eins. Nach dem fünften Halben kam er über zwei Tische hinweg mit dem anderen einsamen Trinker ins Gespräch. Sie unterhielten sich über Gott und die Welt. Und nach zwei weiteren Bieren fanden sie sich so sympathisch, dass sie beschlossen, den Rest des Abends gemeinsam an einem Tisch zu verbringen.

Walter Kurries, so nannte sich Johanns neuer Freund, sprach schon mit schwerer Zunge. Und auch Johann, nicht mehr gewöhnt an Alkohol, machten die Biere mittlerweile zu schaffen. Da der Pegel beider Männer gleich hoch war, unterhielten sie sich prächtig. Und die gegenseitige Sympathie steigerte sich noch, als Kurries sich als Polizist zu erkennen gab und auch Johann demonstrativ seine Polizeimarke aus der Tasche zog und auf den Tisch legte.

»Das gibt es doch gar nicht«, staunte Kurries. »Du bist auch einer von uns?«

»Seit dem Ende des Krieges.«

»Und wo kommst du her?«

Johann steckte die Marke wieder ein und wollte schon den Namen seiner Heimatstadt nennen, entschied sich aber dagegen. Und da Kurries nicht die Rückseite der Marke gesehen hatte, in die der Name der ausstellenden Behörde gestanzt war, schwindelte er: »Hannover.«

»Und was machst du bei der Kripo?«

»Ich bin Hauptkommissar. Derzeit unterwegs mit einer Sonderaufgabe für die britischen Behörden.«

Kurries beugte sich zu Johann hin. »Kannst du darüber sprechen?«

Der schüttelte den Kopf. »Leider nein. Streng vertraulich.«

»Verstehe.«

»Und du? Welche Aufgabe hast du?«

»Ich bin der Leiter der Kripo hier in Northeim.«

Johann lachte auf. »Was für ein Zufall. Ich hätte dich oh-nehin am Montag aufgesucht.« Das war gelogen, hörte sich aber überzeugend genug an.

»Tatsächlich? Hast du denn hier bei uns zu tun? Ich weiß nämlich nichts davon.«

Johann senkte die Stimme, obwohl niemand sonst im Raum war, der hätte lauschen können: »Kannst du auch nicht. Nur so viel: Es geht um inhaftierte Naziverbrecher. Ich bin angewiesen, mit deren Angehörigen zu reden, um die Aussagen, die sie vor den Ausschüssen gemacht haben, zu überprüfen.«

Der andere Mann nickte. »Eine verantwortungsvolle Aufgabe.«

»Die besonders diskret gehandhabt werden muss.«

»Klar.«

»Ich muss auch zu der Familie des Barons von Strahlenhain. Weiß du, wo sie wohnt?«

»Natürlich. Das weiß hier jeder Mensch. In der Nähe des Schlosses draußen.«

»Ist das weit?«

»Etwa sieben Kilometer von hier. Hast du einen Wagen?«

»Nein. Mein Fahrer musste zurück. Habt ihr denn hier keine Busse?«

»Doch. Aber sie fahren nicht bis dorthin.«

»Ärgerlich. Da werde ich wohl laufen müssen.«

Die Bedienung schaute in die Gaststube und Kurries und Johann bestellten noch ein Bier und dazu je einen Korn, um ihre neue Freundschaft zu begießen.

Nachdem sie sich zugeprostet hatten, meinte Walter Kurries: »Ich stelle dir einen Wagen nebst Fahrer zur Verfügung. Wie lange wirst du bleiben?«

»Vielleicht zwei, drei Tage. Aber ich möchte keine Umstände machen.«

Der Polizeichef beugte sich vor und klopfte Johann gönnerhaft auf die Schulter. »Das macht keine Umstände. Wir Kollegen müssen uns doch unterstützen, oder?«

Das fand Johann auch. Und so besiegelten sie diese Übereinkunft mit Bier und Korn.

Als gegen Mitternacht die Bedienung mit genervter Stimme daran erinnerte, dass sie nun aufräumen und ins Bett gehen wolle, entschieden Johann und Walter, dass ein Besuch am heiligen Sonntag bei der Baronin sicher keinen besonders guten Eindruck hinterlassen würde. Vor allem nicht nach dieser Nacht. Es sei wohl besser, Johanns Ermittlungen auf den Montag zu verschieben.

Johann wankte die Treppe zu seinem Zimmer hoch. Nur mit Mühe gelang es ihm, das Türschloss zu öffnen. Beim Versuch, sich die Hose abzustreifen, schlug er lang auf das Bett. Als er sich dann endlich seiner Kleidung entledigt hatte und auf seiner Schlafstatt lag, drehte sich alles um ihn herum und ihm wurde übel. Er schaffte es so eben noch bis ins Badezimmer. Dort allerdings kotzte er in das Waschbecken.

Zu seiner Überraschung fuhr tatsächlich am Montagmorgen ein Streifenwagen der Northeimer Polizei vor dem Hotel vor und der Fahrer, ein korpulenter Hauptwachtmeister von Mitte dreißig, kam in die Gaststube, um sich Johann vorzustellen. Er sei abgestellt, ihn zu fahren, erklärte er. Allerdings nur im Zuständigkeitsbereich des Präsidiums Northeim.

Johann bat den Beamten, Platz zu nehmen, und rief die Bedienung, um für seinen Fahrer einen Kaffee zu bestellen. Die Dralle mit der piepsigen Stimme brachte das Gewünschte, knallte es aber recht lieblos auf den Tisch. Denn sie war nicht nur die Tochter des Hauses, sondern musste alle anfallenden Arbeiten in dem Hotel erledigen, wozu die Reinigung des Zimmers samt Waschbecken gehörte. Und selbst das fürstliche Trinkgeld, welches Johann ihr am gestrigen Morgen mit seiner Entschuldigung für sein Malheur über den Tisch geschoben hatte, konnte ihr Verhältnis nicht wieder kitten. Das Tischtuch zwischen ihnen blieb zerschnitten.

Der Sitz der von Strahlenhains diente mittlerweile als Kadettenschule. Die Familie selbst wohnte in einem kleinen Haus wenige Hundert Meter entfernt.

Johann ließ sich direkt vor der Haustür absetzen. Aus den Augenwinkeln nahm er eine Bewegung der Gardinen wahr. Er wurde also beachtet. Gut so. Denn das Polizeifahrzeug würde seine Glaubwürdigkeit nur erhöhen.

Die Baronin öffnete selbst. Johann zeigte seine Marke und stellte sich als Hauptkommissar Hans Bayer vor. Sie bat ihn in das Wohnzimmer.

Johann schaute sich diskret um. Der Raum war vollgestellt mit antiken Möbeln, die echt und teuer wirkten. An den Wänden hingen Ölgemälde. Johann verstand nicht das Geringste von Kunst, aber er hatte einen sechsten Sinn für Geld – und hier roch alles danach.

»Ich habe Ihren Gatten im Internierungslager Westertimke während eines Verhörs durch die Briten getroffen«, begann er das Gespräch. »Er bat mich, mit Ihnen Kontakt aufzunehmen.«

»Wie geht es ihm?«, erkundigte sich die Baronin aufgeregt.

»Den Umständen entsprechend«, erwiderte Johann. »Er ist gesund und bei Kräften. Nur …«

»Was?« Diese Frage klang besorgt.

»Kann ich offen sprechen?«

»Natürlich.«

»Es steht nicht gut um seine Sache. Die Briten werden ihn wohl wegen Kriegsverbrechen anklagen. Ihm droht lebenslange Haft.«

Die Baronin schlug die Hände vor das Gesicht. »O Gott«, stammelte sie. »Aber er hat nie etwas Böses getan.« Sie begann zu zittern.

»Er war Parteigenosse, oder?«

»Selbstverständlich. Das waren doch viele.«

»Ich nicht«, erwiderte Johann wahrheitsgemäß.

Die Baronin schwieg und tupfte ihre Tränen trocken.

Johann ließ ihr Zeit zum Nachdenken. Dann sagte er vorsichtig: »Es gäbe vielleicht eine Möglichkeit, Ihren

104

Mann zu befreien. Er hat mir gegenüber so etwas angedeutet.«

»Sprechen Sie.« Ein Hoffnungsschimmer glitt über ihre Züge.

»Er meinte, der Kommandant des Lagers sei bestechlich. Er habe ihm bereits etwas zugesteckt, wenn Sie verstehen, was ich meine. Aber das wäre nicht genug gewesen. Und nun brauche er mehr von Wert, am besten Schmuckstücke.«

Die Baronin sprang auf. »Danke, dass Sie mich informiert haben. Ich werde ihm den Schmuck sofort bringen.«

»Das wäre nicht in seinem Sinne«, behauptete Johann. »Zu leicht könnten Sie durchsucht werden und die Wachposten reißen die Wertsachen an sich. Nein, er hat mich gebeten, Ihr Bote zu sein.«

»Sie? Ein Polizist?«

»Sehen Sie, Ihre Skepsis hat er vorausgeahnt. Deshalb hat er mir auch etwas erzählt, was nur Sie und er wissen. Das würde Ihnen als Beweis genügen, dass ich in seinem Namen spreche.« Er gab die Geschichte von der Brandverletzung wieder. Als er geendet hatte, war die Baronin überzeugt und händigte Johann mehrere brillantenbesetzte Ketten und Ringe aus massivem Gold aus.

Johann sicherte der Baronin zu, noch heute ins Internierungslager zu fahren und ihren Mann zu befreien. »Schon bald können sie ihn wieder in die Arme schließen«, versprach er beim Abschied.

17

Ein großes Herz

Arnsberg, 3. Oktober 1950

Und am nächsten Tag haben Sie die Baronin von Strahlenhain ein weiteres Mal aufgesucht?«, wollte Landgerichtsrat Döring wissen.

»Ja.«

»Warum?«

»Herr Vorsitzender, auf der Rückfahrt saß am Wegesrand eine Frau. Ich habe den Fahrer anhalten lassen, bin ausgestiegen und habe mit ihr gesprochen. Sie war die Witwe eines Landsers, die mir eine herzzerreißende Geschichte erzählte. Sie habe bei der Frau Baronin um Hilfe nachgesucht, woraufhin diese ihre Hunde auf sie gehetzt habe.«

»Hunde haben Sie aber eben nicht erwähnt.«

»Sie waren ja auch in ihrem Zwinger.«

»Auch davon haben Sie nichts gesagt.«

Bos hob drei Finger. »Ich schwöre bei Gott …«

»Das lassen Sie besser bleiben. Der wird in diesem Saal schon oft genug in Anspruch genommen. Meistens allerdings völlig ungerechtfertigt. Und dann?«

»Bin ich am nächsten Tag wieder hin und habe noch m a l eine Ladung abgeholt.«

»Wieder Schmuck?«

»Nein, Kleidung. Um sie der armen Landserfrau zu geben.«

»Ach so. Und was schwindelten Sie der Frau Baronin vor?«

»Dass ihr Mann bei der Flucht ins Wasser gefallen sei und deshalb trockene Kleidung brauche.«

»Das hat sie Ihnen abgenommen? Nur wenige Stunden später?«

»Ich bin eben sehr glaubwürdig, Herr Vorsitzender.«

Döring ignorierte diese Bemerkung. »Die Kleidungsstücke gaben Sie dann der Witwe?«

»Ich wollte ja, Herr Vorsitzender. Aber ich habe sie nicht wiedergefunden«, behauptete Bos sofort.

»Und die Kleidung?«

»Na, ich hatte sie ja nun schon mal. Und die Klamotten passten. Da habe ich sie eben behalten.«

»Sie finden das bestimmt folgerichtig, oder?«

»Genau. Schön, dass wir uns verstehen, Herr Vorsitzender.«

»Und wo ist der Schmuck geblieben?«

»Den musste ich meinem Freund geben. Für mich blieb bloß die Kleidung. Ein paar alte Hosen, ein Hemd, eine Jacke. Nicht der Rede wert.«

»Mit Freund meinen Sie den Northeimer Polizeichef? Der hat den Schmuck bekommen?« Döring wirkte entgeistert.

»Genau. Er und der Fahrer. Beide waren ja eingeweiht. Und der Polizeichef hat mir alles abgenommen.«

»Das habe ich aber eben ganz anders verstanden.«

»Da irren Sie sich, Herr Vorsitzender. Für mich habe ich nichts behalten, von der Kleidung abgesehen. Das gebe ich zu, ohne Ausflüchte. Und das bei der Mühe, die ich mir gemacht habe. Diesen Kerl, den Kurries, müssten Sie verhaften lassen. Der ist schuldig, nicht ich. Ich wusste ja nicht, was ich tat. Immer diese Kopfschmerzen. Und dann ohne meine Tabletten! Der Polizeichef hat mich schamlos ausgenutzt! Jawohl!«

Dr. Döring schüttelte den Kopf. »Das lassen wir jetzt so stehen. Sie waren danach in Alfhausen?«

»Das stimmt.«

»Wie sind Sie auf die Idee gekommen, gerade in diesen Ort zu fahren?«

»Och, das hat sich einfach so ergeben.«

»Sonst gibt es keinen Grund?«

»Ich verstehe nicht, wovon Sie sprechen, Herr Vorsitzender.«

»Sie haben dort am 5. Januar 1946 die Frau eines ehemaligen Ortsgruppenleiters der NSDAP aufgesucht. Woher wussten Sie eigentlich, dass deren Mann ein Parteifunktionär war?«

Bos kratzte sich am Kinn. »Das kann ich Ihnen heute nicht mehr sagen.« Er machte eine Pause. »Nein, warten Sie. Bestimmt von Krönert. Der hat mich dazu angestiftet.«

»Über Krönert sprechen wir noch. Allerdings haben Sie den doch erst etwa ein Jahr später kennengelernt. In Alfhausen kann er noch nicht bei Ihnen gewesen sein.«

»Nein?«

»Nein!«

»Ja, dann weiß ich auch nicht weiter.«

»Könnte es sein, dass Sie die Information aus den örtlichen Tageszeitungen hatten? Schließlich wurde damals über die Sitzungen der Spruchkammern häufig berichtet.«

»Wenn Sie das sagen, Herr Vorsitzender.«

Dr. Döring seufzte tief. »Dann schildern Sie uns bitte den Vorfall in Alfhausen.«

108

»Das kann ich nicht. Ich habe es vergessen. Das waren so viele Orte und Namen.«

»Das kann man wohl sagen. Ich will Ihrem Gedächtnis auf die Sprünge helfen. Sie haben die Frau um eine goldene Armbanduhr, eine goldene Kette mit Anhänger, Wäsche und Lebensmittel betrogen. Auch ihr haben Sie vorgelogen, Sie könnten ihren Mann aus dem britischen Internierungslager befreien. Stimmt das?«

Bos zuckte ratlos mit den Schultern.

»Was haben Sie denn mit den ergaunerten Wertsachen gemacht?«

»Den Schmuck habe ich vermutlich verkauft, die Lebensmittel und die Wäsche an Bedürftige verschenkt. Die Menschen hatten ja nichts zu essen. Und sie haben mir doch so leidgetan.«

»Sie entpuppen sich als echter Wohltäter.«

Bos strahlte. »Nicht wahr, Herr Vorsitzender?«

»Ich finde es merkwürdig, dass Sie sich nicht mehr an den Betrug, an die Verwendung Ihrer Beute jedoch umso besser erinnern.«

»Das kann ich Ihnen jetzt im Moment auch nicht erklären, Herr Vorsitzender.«

Der Landgerichtsrat grinste gequält. »Das habe ich mir fast gedacht. Von Alfhausen sind Sie weiter nach Bielefeld gereist. Dort lief es aber nicht so gut für Sie, oder?«

»Darauf können Sie einen lassen, Herr Vorsitzender.«

18

In Polizeigewahrsam

Bielefeld, 8. Januar 1946

Langsam versiegten Johanns finanzielle Mittel. Entweder er ging arbeiten – was er eigentlich für keine besonders gute Idee hielt – oder er suchte sich ein leichtgläubiges Opfer, um seinen Lagertrick auch bei ihm anzuwenden. Dumm war nur, dass er in den Tageszeitungen der Stadt keine brauchbaren Informationen fand. Und ohne diese Informationen schwamm er auf dem Trockenen.

Von seiner Frau hatte er erfahren, dass er mittlerweile mit Haftbefehl gesucht wurde. Keine guten Voraussetzungen, um nach Osnabrück zurückzukehren.

Er war in Bielefeld in einer kleinen Pension untergekommen. Das Zimmer war nicht groß, dafür sauber, und er nutzte es ohnehin nur zum Schlafen. Ziellos streifte er durch die Stadt, immer auf der Suche nach einem zündenden Einfall, wie er ohne große Anstrengung an Geld kommen könnte.

Er hatte es sich zur Angewohnheit gemacht, in einem kleinen Restaurant in der Innenstadt bei einem Kaffee und Mineralwasser jeden Morgen die *Neue Westfälische* zu studieren, bisher leider erfolglos. Nie fand er einen Bericht über die Spruchkammersitzungen, nicht einen Artikel über frühere Parteifunktionäre.

Er hatte sich gerade den dritten Kaffee bestellt, als ihn jemand überraschend ansprach.

110

»Das gibt es doch nicht. Der Johann Bos in Bielefeld. Wie lange haben wir uns nicht gesehen?«

Erstaunt sah Johann auf. Vor ihm stand ein Mann mittleren Alters mit einem zu weiten Anzug und schütterem Haar. Irgendwie kam ihm der Kerl bekannt vor, aber so sehr er sich auch das Gehirn zermarterte, er konnte sich nicht daran erinnern, wer der Unbekannte war und woher er ihn kannte.

Der andere Mann musste ihm die Unsicherheit angesehen haben. Lachend zog er einen Stuhl heran und setzte sich unaufgefordert an Johanns Tisch. »Du erkennst mich nicht mehr, was?« Er klopfte auf seinen Bauch. »Kein Wunder. Zwanzig Kilo habe ich seit Kriegsende verloren. Das verändert einen Mann.« Er musterte Johann. »Dir scheint es aber gut zu gehen. Schmalhans ist bei dir nicht Küchenmeister, wie ich sehe.« Er grinste. »Dämmert's immer noch nicht? Nein? Gut, dann will ich dir helfen. März 45. In unserer Heimatstadt. Du in der Zelle im Wehrmachtsknast, ich davor. Mensch, ich war Obergefreiter. Im Wachdienst. Na?«

Langsam kehrte Johanns Erinnerung zurück. Diese kalten Augen. Die fahrigen Bewegungen. Und die Stimme. Irgendwie krächzend, wie nach einer durchzechten Nacht. Der Schließer, der ihn auch dann noch bewacht hatte, als alle anderen schon stiften gegangen waren. Ein Hundertzwanzigprozentiger. Ein Mistkerl. »Sie sind Werner Kaufmann.«

»Nun sei doch nicht so förmlich. Ich bin Werner. Wir sind doch alte Kumpels.«

Das sah Johann anders. Ein Schließer würde nie sein Kumpel sein, egal unter welchen Umständen.

Die Bedienung trat an ihren Tisch. Kaufmann bestellte einen Kaffee und einen Cognac. »Und? Was machst du hier in Bielefeld?«

»Geschäfte«, erwiderte Johann ausweichend.

»Was denn für welche?«

»Dies und das.«

Kaufmann lachte gekünstelt. »Dies und das. Echt witzig. So wie früher, was? Nie den Humor verlieren.« Er wurde wieder ernst. »Ich bin auch geschäftlich unterwegs. Und ich suche einen Partner. Dich schickt der Himmel! Hättest du Interesse?«

»Was sind das genau für Geschäfte?«, erkundigte sich Johann vorsichtig. Eigentlich widerstrebte es ihm, sich mit Kaufmann einzulassen. Aber er war blank. Wenn es so weiterginge, müsste er tatsächlich zurück an sein Versteck in Osnabrück. Das wäre ihm nicht recht. Sowohl wegen des Haftbefehls, aber auch wegen der Rücklagen. Seine eiserne Reserve wollte er so lange wie möglich unangetastet lassen.

Kaufmann schaute über seine Schulter. »Es gibt eine Menge Firmen, die selbst in diesen Zeiten blendende Umsätze machen. Da bleibt so einiges hängen, sag ich dir. Manche packen die Moneten in einen Tresor in ihrem Laden und schleppen ihr Geld nur einmal in der Woche zur Sparkasse. Verstehst du, was ich meine?«

Natürlich verstand Johann. Aber das war nicht die Art von Geschäften, die ihm vorschwebte. »Kein Interesse«, meinte er nur und griff zu seiner Zeitung. »Wenn Sie mich jetzt bitte entschuldigen würden.«

»So kannst du mit mir nicht umgehen, sag ich dir. So nicht.« Wutschnaubend sprang Kaufmann auf und stolzierte zum Ausgang. An der Tür blieb er noch einmal stehen, drehte sich um und schüttelte die Faust in Jo-

112

hanns Richtung. »Ich werde dich fertigmachen, das verspreche ich!«, rief er durch den Raum und stürmte polternd aus der Tür.

Johann seufzte. Ihm blieb auch nichts erspart. Um noch mehr Aufsehen zu vermeiden, musste er auch noch für einen Schließer die Rechnung begleichen. Ausgerechnet!

Eine Stunde später machte er sich zu einem Mittagsschläfchen in seine Pension auf. Er bemerkte nicht, dass ihm Werner Kaufmann im sicheren Abstand folgte.

Heftiges Hämmern an seiner Tür ließ ihn hochschrecken. »Aufmachen, Polizei«, rief jemand. »Machen Sie sofort auf, sonst treten wir die Tür ein.«

Johann sprang aus dem Bett und schlüpfte in seine Klamotten. Was nun? Das Zimmer lag im dritten Stock, eine Brandschutztreppe gab es nicht und verstecken konnte er sich ebenso wenig. Resigniert stopfte er sein Hemd in die Hose.

»Ich komme«, antwortete er und drehte den Schlüssel im Schloss. Kaum hatte er geöffnet, stürmten drei Zivilbeamte das Zimmer. Einer hielt seine Pistole gezückt. »Hände an die Wand«, blaffte er ihn an, »Füße nach hinten und auseinander.«

Johann kannte das Prozedere. Es war schließlich nicht seine erste Festnahme.

»Sind Sie Johann Bos, geboren am 3. April 1912 in Osna-brück?«, schnarrte einer der Greifer.

Für einen kurzen Moment war Johann geneigt, seine Identität zu offenbaren. Aber dann setzte er auf die Qualität seiner Personaldokumente. »Bos? Nein. Ich bin Hans Bayer. Wie kommen Sie dazu, mit Gewalt ...«

»Papiere!«, befahl der Kriminaler.

»In meiner Anzugjacke«, erklärte Johann. »Sie hängt im Schrank.«

Der Polizist gab einem seiner Kollegen mit einer Kopfbewegung zu verstehen, nachzusehen. Kurz darauf blätterte der Wortführer in Johanns Ausweis. Der hielt den Atem an. Jetzt würde sich zeigen, wie gut der Fälscher wirklich war.

»Sie kommen mit zur Wache«, ordnete der Befehlshaber an. »Aber vorher werden wir uns hier etwas umsehen.«

Da könnt ihr lange suchen, dachte Johann. Seine Bude war sauber. Und mit etwas Glück würde er seinen Kopf erneut aus der Schlinge ziehen.

Johann saß in einem Büro im Polizeipräsidium dem Beamten gegenüber, der bei seiner Festnahme die Befehle erteilt hatte. Dieser war in der Tat der Vorgesetzte der anderen beiden Polizisten. Pfeiffer war sein Name, Hauptkommissar sein Dienstgrad.

Pfeiffer schob ihm eine Zigarettenschachtel hin. »Sie behaupten also, Hans Bayer zu sein?«

Johann steckte sich die Lucky Strike an. »Selbstverständlich.«

»Wir haben einen Zeugen, der behauptet, dass Sie Johann Bos heißen.«

»Ich kenne keinen Bos. Und entweder Ihr Zeuge lügt oder er irrt sich.«

»Das werden wir sehen. Stehen Sie auf und drehen Sie sich zur Tür.«

Johann tat wie geheißen.

Pfeiffer rief: »Ihr könnt ihn reinbringen.«

Die Tür öffnete sich und Werner Kaufmann trat in den Raum. Er warf einen kurzen Blick auf Johann und nickte zur Bestätigung. Dann verließ er das Büro wieder.

»Kennen Sie diesen Mann?«, fragte Pfeiffer.

Johann inhalierte tief. Dann ließ er den Rauch langsam durch die Nasenlöcher kriechen. »Selbstverständlich. Ich habe ihn in einem Café in der Innenstadt kennengelernt. Er ist zu mir an den Tisch gekommen und hat mich um Geld angebettelt. Er hat Getränke bestellt, die er nicht bezahlt hat. Und dann hat er, nachdem ich es abgelehnt habe, ihm Geld zu geben, kurz darauf unter Drohungen das Lokal verlassen. Er war höchstens fünf Minuten mit mir zusammen. Ich habe den Mann vorher nie im Leben gesehen. Vermutlich will er sich rächen, weil ich ihm nicht zu Willen gewesen bin. Anders kann ich mir diese Denunziation nicht erklären.«

»Gibt es Zeugen für den Vorfall?«

»Natürlich. Die Gäste des Cafés. Und die Bedienung natürlich.«

Pfeiffer stand auf. »Wir werden das nachprüfen. Bis dahin bleiben Sie in unserem Gewahrsam.«

Zwei Stunden später stand Johann wieder dem Hauptkommissar gegenüber. »Die Bedienung des Cafés bestätigt Ihre Aussage. Obwohl Sie mich nicht vollkommen überzeugt haben, lasse ich Sie zunächst wieder frei. Es gibt keinen Grund, Sie festzuhalten. Sie können gehen.«

Mit weichen Knien verließ Johann das Gebäude. Er war sicher, dass die Polizisten die Daten, die in seinem Ausweis standen, überprüfen würden. Da diese frei erfunden waren, dürfte es nur eine Frage der Zeit sein, bis sie ihm auf die Schliche kamen. Wollte er keine gesiebte

Luft atmen, war es besser, Bielefeld schnellstmöglich zu verlassen.

19

Der Wohltäter

Arnsberg, 3. Oktober 1950

Aus den Gerichtsakten
Polizei Neumünster, 20. Februar 1946
Heute erschien auf der Polizeiwache Neumünster der Kaufmann Hubertus Krawanke, Neumünster, Hauptstraße 3, um Anzeige wegen Betruges gegen einen Johann Bos, zuletzt wohnhaft Neumünster, Waldweg 12, zu erstatten.

H. Krawanke führte aus, dass am 11. Januar d. J. in seinem Geschäft (obige Anschrift) der ihm nicht persönlich bekannte Beschuldigte erschienen war und nachgefragt hatte, ob er bei ihm ohne Lebensmittelmarken Nahrungsmittel erwerben könne. Der Beschuldigte wies sich mit einer Polizeimarke aus und erklärte, die Lebensmittel für mittellose Häftlinge zu benötigen, die in den nächsten Tagen in Neumünster ankämen. Der Anzeigenerstatter wies den vermeintlichen Beamten darauf hin, dass er sich strafbar mache, wenn er Lebensmittel ohne Karten abgebe. Der angebliche Polizist versicherte ihm glaubwürdig, dass dieses Vorgehen mit den höchsten Stellen abgesprochen sei und er deswegen nichts zu befürchten habe. Außerdem würden doch alle Händler über unangemeldete und gehortete Vorräte verfügen, die sie unter der Hand verkaufen würden, wenn nur genug dafür bezahlt werde.

116

Er sei sicher, dass dieses auch bei dem Anzeigenerstatter der Fall sei und er, würde er nur lange genug suchen, bestimmt Beweise für ein solches Verhalten finden würde.

Krawanke fühlte sich erpresst. Außerdem hatte er ein schlechtes Gewissen, da er in der Vergangenheit in der Tat kleinere Mengen Lebensmittel für Verwandte beiseitegeschafft hatte. Lebensmittel allerdings, die er selbst rechtmäßig von einem Bauern aus der Umgebung erworben hatte. Nach einigem Zögern willigte er ein und händigte dem angeblichen Polizeibeamten Bos die gewünschten Lebensmittel aus (Liste anhängend). Bos erklärte, die Rechnung i. H. v. 250.- RM in den nächsten Tagen zu begleichen.

Nachdem Bos auch nach einigen Tagen seine Schuld nicht beglichen hatte, suchte der Anzeigenerstatter ihn unter der o. a. Anschrift auf. Bos erklärte dem Anzeigenerstatter, er werde in den nächsten Tagen sicher zahlen. Da bis heute die Schuld nicht beglichen sei, müsse er nun den Rechtsweg einschalten.

Notiz v. 13. Februar d. J.

Zwei Beamte der Schutzpolizei suchten den Beschuldigten auf Anweisung der Staatsanwaltschaft unter der o. a. Anschrift auf. Sie konfrontierten ihn mit der gegen ihn eingegangenen Anzeige und verlangten, die Polizeimarke zu sehen, mit der er bei dem Kaufmann vorstellig geworden war. Bos erklärte, er habe niemals eine solche Marke besessen. Deshalb könne er sie auch dem Kaufmann nicht gezeigt haben und erst recht nicht den Beamten aushändigen. Den ermittelnden Beamten erschien der Beschuldigte glaubwürdig, zumal er versicherte, noch am selbigen Tage den ausstehenden Betrag zu bezahlen.

117

Dann haben Sie Ihr Tätigkeitsfeld nach Neumünster verlegt?« Landgerichtsrat Döring musterte den Angeklagten.

»Ja.«

»Aber vorher bin ich noch auf den Bielefelder Markt gefahren.«

»Um was zu tun?«

»Ich habe Eier gekauft und sie körbeweise an die Armen verschenkt.«

»Auf dem Markt? Eier?«

»Natürlich nicht da. Ich bin durch die Straßen gelaufen und habe sie den Passanten gegeben, deren Kleidung abgegriffen aussah.«

»Sie sind ja ein wahrer Menschenfreund.«

»So bin ich eben veranlagt.«

»Was haben Sie dann in Neumünster gemacht? Und kommen Sie mir nicht wieder mit Ausflüchten!«

»Ich habe entlassene KZ-Häftlinge betreut. Schließlich war ich ja selber einer von ihnen.«

»Das mit der Betreuung behaupten Sie. Die Polizei in Neumünster allerdings weiß nichts von Ihrem sozialen Engagement.«

»Ist das denn verwunderlich, Herr Vorsitzender? Die Polizisten wissen doch vieles nicht.«

Wieder lachten einige Zuhörer. Dr. Döring nahm diese Störung seines Prozesses mit dem üblichen Gesichtsausdruck zur Kenntnis, rügte aber niemanden. Vermutlich hatte er eingesehen, dass gewisse Heiterkeitsausbrüche bei den Einlassungen dieses speziellen Angeklagten nur zu verständlich waren. »Dann erzählen Sie dem Gericht doch genau, was Sie dort getan haben.«

»Wie gesagt, in Neumünster bin ich auf KZ-Häftlinge gestoßen.«

»Einfach so?«

»Ja.«

»Und wo?«

»Ich glaube, bei der Bahnhofsmission. Oder war es die Heilsarmee?«

»Das müssen Sie schon sagen. Sie sollten bei Ihrer Aussage nur berücksichtigen, dass es zu der Zeit keinen Stützpunkt der Heilsarme in Neumünster gab.«

Bos machte ein überraschtes Gesicht. »Nein?«

»Nein.«

»Dann war es eben die Bahnhofsmission. Herr Vorsitzender, diese Menschen waren doch entwurzelt, ihrer Familien und Angehörigen beraubt. Sie wussten nicht wohin, hatten kein Dach über dem Kopf, kein Geld, nichts zu essen. Sie froren, wärmten sich in der Bahnhofshalle. Dort aber war es zugig und kalt und ...«

»Herr Angeklagter«, unterbrach ihn erneut der Landgerichtsrat. »Wir können uns vorstellen, wie es ist, wenn man im Winter auf der Straße leben muss.«

»Ach, mussten Sie auch diese Erfahrung machen?« Bos schaute den Vorsitzenden mitleidig an.

Dr. Döring überging die Bemerkung, nur einer der Beisitzer unterdrückte mit Mühe ein Glucksen. »Fahren Sie fort.«

»Also, ich habe diesen armen Leuten Essen besorgt.«

»Eier?«

»Nein.«

»Und wie haben Sie das angestellt?«

»Ich bin zu einem der Kaufleute gegangen, habe mein Anliegen geschildert und daraufhin hat er mir Lebensmittel gegeben.«

»Tatsächlich?«

»Sie können mir ruhig glauben, Herr Vorsitzender. Es war nicht sehr viel.«

»Nicht viel? Laut Protokoll immerhin einige Pfund Butter, Eier, Brot und Wurstwaren.«

»Sag ich ja. Für so viele Arme ist das nur ein Tropfen auf den heißen Stein.«

»Das mag stimmen, wenn es denn in Neumünster tatsächlich diese ehemaligen Häftlinge gegeben hätte. Davon weiß aber niemand der Verantwortlichen.«

»Das wundert mich nicht. Wer wird schon gerne an die Gräueltaten der Nazis erinnert.«

Dr. Dörings Augenbrauen wanderten ein Stück in die Höhe. »Das scheint mir in diesem Prozess der erste uneingeschränkt wahre Satz aus Ihrem Mund gewesen zu sein, Herr Bos.«

»Herr Vorsitzender, da tun Sie mir bitter unrecht. Ich bin kein schlechter Kerl, sollten Sie wissen.«

»Das müssen sie nicht ständig wiederholen. Dem Kaufmann haben Sie versichert, die Rechnung bald zu begleichen, was Sie nicht getan haben. Sie haben dem Mann unvorsichtigerweise Ihre richtige Anschrift in Neumünster gegeben. Warum haben sie denn das getan?«

»Da sehen Sie, dass ich die besten Absichten hegte. Wäre ich sonst so blöd gewesen, das zu tun?«

»Ich vermute, ja.«

»Herr Vorsitzender, es ist aber nicht nett von Ihnen, dass Sie so von mir denken.«

»Der Kaufmann hat Ihnen später die Polizei ins Haus geschickt, die Sie dann auch folgerichtig vorläufig festgenommen hat.«

»Das stimmt. Und wenn ich jetzt darüber nachdenke, war das mit der Adresse wohl doch ein Fehler.«

»Aus Ihrer Sicht bestimmt. Wie ging es weiter?«

»Ich bin vor einen Richter gebracht worden. Ich habe dem Herrn alles erklärt und er hat mich laufen lassen.«

Dr. Döring wandte sich an die Prozessbeteiligten. »Die anderen Strafsachen, wegen derer der Angeklagte gesucht wurde, waren dem Kollegen dort schlicht nicht bekannt. Sie müssen bedenken, dieses Ereignis fand in der unmittelbaren Nachkriegszeit statt. Jedwede nachrichtentechnische Infrastruktur war zerstört und befand sich erst im Wiederaufbau.«

Nach dieser Erklärung sprach er wieder Bos an. »Und der Strafbefehl, in dem Sie zu einem Monat Gefängnis verurteilt wurden, hat Sie unter Ihrer Anschrift nicht mehr erreicht, weil Sie Neumünster fluchtartig verlassen haben, richtig?«

»Fluchtartig würde ich das nun nicht gerade nennen. Ich bin einfach umgezogen. Ich konnte schließlich nicht in einer Stadt bleiben, in der mir nur Böses unterstellt wurde.«

»Wo Sie doch nur Gutes im Sinn hatten.«

»Genau.«

»Hätten Sie die Strafe denn angetreten?«

»Warum? Weil ich Menschen helfen wollte? Würden Sie deswegen freiwillig in den Knast gehen?«

Als der Landgerichtsrat diese Frage ignorierte, setzte Bos nach: »Sehen Sie. Ich auch nicht. Und ich wollte doch nur Gutes tun. Steht eigentlich in Ihren Akten, dass ich zwanzigtausend Mark für ein Kinderheim gespendet habe? Oder die achtzig Dosen Fleisch, die ich in Minden an Schulkinder verschenkt habe? Und was, Herr Vorsitzender, ist mit den Geldbeträgen, die ich an aus Kriegsgefangenschaft heimkehrende Landser verteilt habe?«

»Ja. Das ist dem Gericht bekannt. Wir werden das in unsere Überlegungen einbeziehen, dessen können Sie gewiss sein. Aber es geht im Moment nicht um Ihre Wohltaten, sondern um Ihre strafbaren Handlungen. Sie haben Ihre Betrügereien in Oldenburg und Schüttorf fortgesetzt und dort Ringe, drei Uhren, Textilien, Bekleidung und andere Wertgegenstände erbeutet. Was haben Sie mit den Sachen gemacht? Verkauft?«

»Das weiß ich nicht mehr, Herr Vorsitzender. Meine Tabletten waren wieder einmal aufgebraucht und ich litt in diesen Tagen ständig unter quälenden Kopfschmerzen.«

»Das dachte ich mir fast. Von Schüttorf ging es dann nach Hagen?«

»Ich glaube schon.«

»Sie glauben?«

»Ja, Herr Vorsitzender, liegen die Akten, in denen das genau steht, denn nun vor mir oder Ihnen?«

20

Die gewitzte Kauffrau

Hagen, 18. März 1946

Es schneite heftig. Die Straßen und Plätze der Stadt waren in Weiß getaucht. Wer nicht unbedingt nach draußen musste, blieb im Haus. Glücklich diejenigen, die eine nicht ausgebombte Bleibe besaßen, in denen ein Ofen bollerte. Viele froren, auch wenn sie im Trockenen saßen. Heizmaterial war knapp in diesen Tagen.

Johann war auf dem Weg zu einem unscheinbaren Kolonialwarengeschäft in Hagen-Haspe. Geführt wurde der Laden von Elisabeth Müller, der Ehefrau eines kleinen NSDAP-Funktionärs.

Johann hatte durch einen Leserbrief in der Tageszeitung von der Familie erfahren. Ein früheres Mitglied der KPD hatte sich heftig darüber beschwert, dass die Verfolgten der Nazis in dem vergangenen Hungerwinter Kohldampf schieben mussten, während eine Frau wie Elisabeth Müller anscheinend in Saus und Braus lebte.

Als Johann vor dem winzigen Laden stand, wurde ihm klar, dass der Leserbriefschreiber hemmungslos übertrieben hatte. Dieses Geschäft ernährte seine Inhaberin eher schlecht als recht. Trotzdem wollte er sein Glück versuchen, eine Entscheidung, die er schon bald bitter bereuen sollte.

Elisabeth Müller entpuppte sich als drahtige Mittvierzigerin, die ihn hinter der Theke ihres Ladens erwartete. »Sie wünschen?«, fragte sie in einem Ton, der Kunden eher verschrecken denn zum Kauf animieren dürfte.

»Guten Tag«, begann Johann. »Ich heiße Hans Bayer und überbringe Ihnen Nachricht von Ihrem Mann.«

Ein Leuchten zeigte sich auf ihren Zügen. »Von Heinz?« Ihr Tonfall wurde hörbar freundlicher.

»Sofern er im Internierungslager Paderborn sitzt. Es gibt ja schließlich so einige dieses Namens, nicht wahr?«

»Ja, da haben Sie recht. Heinz sitzt in Paderborn, das stimmt. Sie haben ihn getroffen?«

»Erst vor Kurzem. Sagen Sie, könnte ich etwas zu trinken bekommen? Etwas Heißes vielleicht?« Er zeigte in das Schneetreiben draußen. »Ich musste etwas länger suchen, bis ich Ihr Geschäft gefunden habe. Die Straßenschilder fehlen ja fast vollständig und bei diesem

Wetter waren kaum Leute unterwegs, die ich nach dem Weg hätte fragen können.«

»Natürlich. Entschuldigen Sie.« Elisabeth Müller lief zur Tür, verriegelte sie und hängte ein Schild auf: *Vorübergehend geschlossen*, stand darauf. Dann kehrte sie zu Johann zurück. »Dass der Winter auch noch einmal zurückkommt«, meinte sie. »Es war doch kalt genug in den letzten Monaten. Ich habe mich oft gefragt, ob mein Heinz auch genug zu essen hat in dem Lager. Ob er frieren musste. Und ob es ihm gut geht. Es geht ihm doch gut, oder?«

»Den Umständen entsprechend«, benutzte er seine Standardantwort auf solche Fragen.

»Und Sie haben ihn gesehen?«

»Ja. Er hat mir eine Nachricht für Sie aufgetragen. Ich solle ausrichten, er halte es im Lager nicht mehr aus und würde darin kaputtgehen. Das waren seine Worte. Dann meinte er noch, er würde Sie schrecklich vermissen und dem Tag entgegenfiebern, an dem er Sie in die Arme schließen kann.«

Sie schlug eine Hand vor den Mund. »Mein armer Heinz«, stieß sie hervor. Ihre Augen wurden feucht. Schnell hatte sie sich wieder gefasst. »Was bin ich doch für ein Schussel«, sagte sie. »Da schließe ich den Laden ab, um Ihnen einen Kaffee zu machen … Kaffee ist übertrieben. Muckefuck. Und auch der ist nur dünn.« Sie hob entschuldigend die Schultern. »Ich habe nicht so viel.« Elisabeth Müller ging durch eine Tür hinter der Verkaufstheke in einen angrenzenden Raum. »Nun kommen Sie schon«, forderte sie Johann auf. »Sie sollen Ihren Kaffee nicht im Stehen trinken.«

Johann nahm am Küchentisch Platz und schaute sich verstohlen um. Der Eindruck, den er draußen vor dem

Geschäft gehabt hatte, verstärkte sich. Die Küche war spärlich möbliert, der Kohlenherd schon alt, die Stuhlbeine wackelten. Wertgegenstände konnte er keine ausmachen. Hier dürfte nicht viel zu holen sein. Da er nun schon einmal den weiten Weg auf sich genommen hatte, wollte er sein Glück trotzdem versuchen. Schließlich konnte er immer noch unverrichteter Dinge abziehen, sollten sich seine Bemühungen als erfolglos erweisen.

Die Händlerin stellte Johann eine Tasse mit einer dampfenden, braunen Brühe hin, die eine entfernte Ähnlichkeit mit Kaffee aufwies. »Milch habe ich leider keine. Und auch nur Sirup zum Süßen.«

»Das macht doch nichts.«

»Sind Sie ... Waren Sie auch Gefangener im Lager?«, erkundigte sie sich dann.

»Ja und nein. Ich war dort wie Ihr Mann inhaftiert, bin dann aber nach meiner erwiesenen Unschuld als Spieß eingestellt worden.«

»Ein Deutscher als Spieß bei den Briten?« Sie blickte ihn erstaunt an.

»Ja. Die Tommys greifen häufiger auf Deutsche zurück, weil sie unsere Sprache nicht so gut sprechen.«

»Ach so.« Doch ganz überzeugt schien sie nicht zu sein.

»Es gäbe da eine Möglichkeit, Ihren Mann freizubekommen. Ich muss mich aber hundertprozentig auf Ihre Diskretion verlassen können.«

»Wie das?«

»Sie sind verschwiegen?«

»Wenn ich meinem Heinz damit helfen kann ...«

»Das können Sie sicher. Sehen Sie, ich halte Ihren Mann für unschuldig. Der Lagerkommandant übrigens auch. Wir sind dagegen, dass Unschuldige ohne Anklage und Urteil unter unmenschlichen Bedingungen festgehalten, regelmäßig geschlagen werden und ständig vom Hungertod bedroht sind ...«

»Ist es so schlimm?«, fragte Elisabeth Müller und kaute auf ihrer Unterlippe herum. Die Verzweiflung war ihr anzusehen.

»Ja. Kein leichtes Los, das kann ich Ihnen sagen.«

»Und wie kann ich Heinz helfen?«

»Der Kommandant wäre unter Umständen bereit, Ihren Mann zu entlassen. Allerdings möchte er wegen des Risikos, welches er eingeht, verständlicherweise eine Art Belohnung erhalten.«

»Er will Geld?«

»Wertsachen wären ihm lieber. Am besten Schmuck.« Johann warf einen kurzen Blick auf den Ring an ihrer rechten Hand. »Ihr Mann meinte, Ihr Hochzeitsring und Ihre goldene Kette könnten vielleicht genügen. Mehr wäre natürlich besser.« Er machte ein möglichst unschuldiges Gesicht und schlürfte den Kaffee.

»Meine goldene Kette? Das Erbstück meiner Mutter?«

Johann wähnte sich fast am Ziel. Möglicherweise überhörte er deshalb den veränderten Ton in ihrer Stimme und übersah ihren misstrauischen Gesichtsausdruck.

»Das hat er gesagt, ja.«

Elisabeth Müller drehte nervös ihren Ring. »Wie sieht Heinz eigentlich heute aus? Wenn er nicht richtig zu essen bekommt, ist er wahrscheinlich noch schmaler geworden als früher?«

»Ja. Recht schmächtig, würde ich sagen. Dem Verhungern näher als dem Leben.«

126

»Mein Armer. Geht er immer noch so gebeugt? Er war ja nur unwesentlich größer als ich. Sein Rücken, müssen Sie wissen.«

»Seine Körperhaltung hat sich auch verschlimmert. Wahrscheinlich muss er jetzt zu Ihnen aufsehen.«

Elisabeth Müller stand auf. »Da müssen wir Heinz natürlich freibekommen. Ich gehe nur schnell nach oben in meine Wohnung und hole den Schmuck. Können Sie auch Kleidung für meinen Heinz mitnehmen und ihm geben?«

»Selbstverständlich.«

»Ich erwarte Sie in etwa einer halben Stunde. Bis dahin habe ich alles zusammengesucht und den Koffer gepackt. Etwas die Straße hinunter ist eine Gaststätte, wo Sie warten können. Kommen Sie, ich lasse Sie hinaus.«

Befriedigt verließ Johann das Geschäft. Er hätte nicht erwartet, doch noch zum Ziel zu kommen. Umso erfreuter war er über diesen Ausgang.

Wie verabredet, stand Johann kurz darauf erneut vor dem Laden. Es hatte aufgehört zu schneien und Passanten waren jetzt unterwegs. Auf der gegenüberliegenden Straßenseite standen zwei Männer und rauchten. Eine Frau mit einem Kinderwagen schob sich an ihnen vorbei und schimpfte, als die beiden Kerle nicht sofort Platz machten. Johann grinste. Dann drückte er die Klinke der Ladentür. Sie war noch verschlossen. Er klopfte und Elisabeth Müller ließ ihn hinein, schloss aber nicht mehr hinter ihm ab.

»Kommen Sie in die Küche«, lächelte sie. »Dort bekommen Sie das, was Ihnen zusteht.«

Johann wunderte sich ein wenig über ihre Wortwahl und folgte ihr, obwohl er ein seltsames Bauchgefühl

127

hatte. Eine unerklärliche Unruhe ergriff ihn. Und als er dann durch die schmale Tür in den Hinterraum trat, wusste er, dass er auf seinen Bauch hätte hören sollen.

Dort erwartete ihn kein Schmuck, dafür aber zwei kräftige Männer. »Polizei«, schnarrte einer von ihnen und hielt Johann seine Marke unter die Nase. »Ihre Papiere.«

»Mein Heinz ist fast zwei Meter groß und breitschultrig«, schnaubte Elisabeth Müller empört. »Er hat nichts am Rücken. Und ich besitze keine goldene Kette. Schon gar kein Erbstück meiner Mutter. Spieß in einem britischen Internierungslager.« Sie schüttelte den Kopf. »Wer fällt denn auf so etwas rein?«

Johann überlegte nicht lange, sondern stieß den Polizisten, der neben ihm stand, zur Seite, schlüpfte durch die Tür und spurtete Richtung Ausgang. Als er ins Freie rannte, musste er erkennen, dass die beiden Männer auf der anderen Straßenseite augenscheinlich keine unbeteiligten Passanten, sondern ebenfalls Polizisten waren. Denn sie liefen von rechts und links auf ihn zu, um ihm so den Weg abzuschneiden.

Hektisch blickte sich Johann um. Ihm blieb nur die Flucht in eine wenige Meter entfernte Einfahrt. Diese führte zu einem Hof, der keinen anderen Ausgang hatte und dummerweise von einer etwa drei Meter hohen Mauer umgeben war. Im Hof selber stand nichts, was er als Leiter benutzen konnte. Er saß in der Falle. Die Schritte der ihn verfolgenden Beamten hallten in der Einfahrt. Johann hatte wieder einmal verloren. Resigniert steckte er sich eine Zigarette an und wartete auf seine Verhaftung.

Knast oder Anstalt?

Arnsberg, 5. Oktober 1950

Der Gerichtssaal in dem klassizistischen Gebäude am Brückenplatz war auch an diesem Tag wieder gut gefüllt. Entsprechend stickig war die Luft. Landgerichtsrat Döring hatte die Fenster öffnen lassen, aber auch diese Maßnahme brachte kaum Linderung. Trotzdem blieben die Zuhörer. Denn so ein Spektakel bekamen sie in der beschaulichen Beamtenstadt nicht alle Tage geboten.

Nach den üblichen Formalien kam Dr. Döring gleich zur Sache: »Wir haben gestern Ihre Festnahme in Hagen erörtert und dazu die Zeugin Müller gehört. Sie wurden zunächst in Untersuchungshaft genommen und in das dortige Gefängnis eingeliefert. Das stimmt doch?«

»Ja, Herr Vorsitzender. Ein guter Knast, das muss ich schon sagen!«

»Wenn es Ihnen so gut im Gefängnis gefallen hat, warum sind Sie dann immer wieder getürmt beziehungsweise haben versucht, sich Ihrer Verhaftung durch Flucht zu entziehen?«

»Das ist eigentlich ganz einfach, Herr Vorsitzender. Wenn ich draußen war, wollte ich nicht rein, und wenn ich drin war, nicht raus.«

Döring schüttelte entgeistert den Kopf. »Das verstehe, wer will. Können Sie sich vorstellen, was ich vermute, Herr Bos?«

»Nein. Aber Sie werden es mir sicher gleich sagen.«

»Sie machen dem Gericht etwas vor, damit wir uns der Auffassung des Gutachters anschließen und Ihnen verminderte Zurechnungsfähigkeit zubilligen. Und das haben Sie auch schon damals so gehalten. Die Heilanstalt war Ihnen immer lieber als das Gefängnis, habe ich recht?«

»Herr Vorsitzender, wenn ich wirklich so ein abgefeimter Hund wäre, wie Sie es mir unterstellen, würde ich Ihnen doch nie im Leben eine ehrliche Antwort auf Ihre Frage geben, oder? Aber ich bin nicht so ein Schlitzohr. Deshalb sage ich Ihnen was: Sie wissen Bescheid.« Er tippte sich an den Kopf. »Ganz schön was auf dem Kasten haben Sie, das muss ich sagen.«

»Wenigstens einer, dem das auffällt«, lächelte Dr. Döring zynisch. »Und warum ziehen Sie eine Heilanstalt dem Gefängnis vor?«

»Da ist meistens das Essen besser.«

Im Gerichtssaal kam Heiterkeit auf. Der Verteidiger meldete sich zu Wort.

»Ja, Herr Dr. Kaessmann?«

»Mein Mandant möchte damit zum Ausdruck bringen, dass nicht nur die Verpflegung, sondern insbesondere die ärztliche Versorgung in einer Heilanstalt besser ist und er genau diese so dringend benötigte, um seine Krankheit, an der er in dieser Zeit litt, zu bekämpfen.«

»Das hat er so nicht gesagt.«

»Aber er wollte es so formulieren.«

Johann Bos nickte heftig.

»Das Gericht nimmt Ihre Auffassung zur Kenntnis, Herr Verteidiger.«

»Danke.« Kaessmann setzte sich wieder.

»Angeklagter, unabhängig davon, was dieses Gericht von Ihren Einlassungen hält und wie es diese bewerten wird, den Amtsarzt in Hagen jedenfalls scheinen Sie in der Tat beeindruckt zu haben, denn er hat am 25. April 1946 beantragt, Sie in eine Heil- und Pflegeanstalt einzuweisen. Aber dazu kam es dann ja nicht, weil Sie wieder das Weite suchten. Berichten Sie dem Gericht, wie Sie das angestellt haben.«

Aus den Gerichtsakten

Stellungnahme des Leiters der JVA Hagen

Der Häftling Johann Bos wurde am 20. März 1946 auf richterliche Anordnung als Untersuchungshäftling in die JVA Hagen eingeliefert. Bereits am zweiten Tag nach seiner Inhaftierung zeigte der Gefangene ein recht ungewöhnliches Verhalten.

Auf dem Weg zu einer Vernehmung durch die Staatsanwaltschaft nahm B. den ihn begleitenden Justizvollzugsbeamten in den Arm und forderte ihn, wie er es nannte, »zu einem Tänzchen« auf. Erst durch das massive Eingreifen eines zweiten Beamten war B. dazu zu bewegen, die Umklammerung, in der er den ersten Beamten hielt, zu lösen. Dabei rief er immer wieder aus: »Ein Tänzchen in Ehren kann niemand verwehren.«

Schließlich sang er bekannte Schlagermelodien und versuchte, sich, trotz der Anwendung körperlichen Zwangs durch die Justizwachtmeister, im Kreis zu drehen.

Es handelte sich bei dieser Verhaltensweise nicht um einen tätlichen Angriff. Der Beamte fühlte sich nach eigener Aussage nicht bedroht, sondern nur unwohl, da er die Situation nicht einschätzen konnte. Deshalb wurde gegenüber B. auf Disziplinarmaßnahmen oder gar eine Anzeige verzichtet. Solche oder ähnliche Vorfälle wiederholten sich täglich.

Des Weiteren führte B. stundenlange Selbstgespräche, in denen er sich einerseits beschuldigte, ein schlechter Mensch zu sein, der sich jedoch dankbar zeigte, endlich seiner gerechten Strafe zugeführt worden zu sein.

Und schließlich hat er mehrmals versucht, den Justizvollzugsbeamten die Hand zu küssen, weil er ja, so seine Aussage, »so froh sei, endlich im Gefängnis zu sein«.

Zusammenfassend hatte ich den Eindruck, dass B. entweder ein begnadeter Simulant war, der seine Rolle als Geisteskranker perfekt spielte, oder aber tatsächlich psychisch krank war. Aus diesem Grund wurde B. auch dem zuständigen Amtsarzt zur Beurteilung zugeführt.

22

Der klamme Oberwachtmeister

Hagen, 3. und 4. Juni 1946

Oberwachtmeister Heinz Binder hatte ein Problem: Seine Gläubiger saßen ihm im Nacken. Wochenlang hatte er sie hinhalten können, aber nun wurde die Lage langsam ernst. Es waren nicht die Banken, die ihm zu schaffen machten. Mit solchen Kontrahenten wäre er vielleicht noch fertiggeworden. Nein, die Jungs, die jetzt ihr Geld einforderten, waren ein anderes Kaliber. Sie schickten keine höflich formulierten Mahnschreiben, sondern Geldeintreiber, die absolut keinen Spaß kannten. Sie kamen meistens zu zweit oder zu dritt und ihre Argumente waren schlagend.

Einer derjenigen, die sich mit Heinz Binder seit einigen Monaten im Hinterzimmer einer Kaschemme in der Nähe des Hauptbahnhofs zum Zocken trafen, hatte ebenfalls einen Batzen Schulden. Gestern hatte Binder gehört, dass sein Mitspieler seit einigen Tagen mit zerbrochenen Knochen und blau geschlagenem Gesicht im Krankenhaus lag.

Und auch Binders Schulden wuchsen von Tag zu Tag. Die Zinssätze, die er zahlen musste, waren horrend. Und er verlor fast ständig. Dass er auch nicht die Finger von den verdammten Karten lassen konnte!

Mit einem tiefen Seufzer schlurfte er den Gefängnisgang entlang. Wie so häufig hörte er Gesang aus Zelle siebenundzwanzig, in der dieser komische Vogel hockte. Unter den Kollegen erzählte man sich hinter vorgehaltener Hand, dieser Häftling sei ein Hochstapler, der Hunderttausende ergaunert und beiseitegeschafft habe. Niemand wisse, wo er das Vermögen versteckt halte, und er selbst würde eisern schweigen.

Wie es hieß, werde dieser Johann Bos in Kürze in eine Heilanstalt überführt. Aber – so die einhellige Meinung der Schließer – Bos tat nur so, als ob er nicht richtig im Kopf sei. Tatsächlich sei er cleverer, als alle ahnten, und warte nur auf eine Gelegenheit zur Flucht. Und die sei in der Heilanstalt eher gegeben als im Knast.

Binder griff zu der schweren Kette, die seine Schlüssel hielt, und steckte einen von ihnen in das Türschloss von Zelle siebenundzwanzig. Der Gesang verstummte. Nachdem der Oberwachtmeister die Tür geöffnet hatte, rief er: »Häftling, heraustreten. Der Arzt will Sie sehen.«

Johann Bos gehorchte sofort. Als er vor Binder stand, schaute er ihn aufmerksam an. »Haben Sie Sorgen, Herr Wachtmeister? Sie sehen so bedrückt aus.«

133

»Das geht Sie nichts an.« Binder schob Johann vorwärts. »Gehen Sie schon. Sie kennen ja den Weg. Und keine Tänzchen zwischendurch, verstanden?«

»Jawohl, Herr Wachtmeister.«

Die Krankenstation, in der der Amtsarzt seine Sprechstunden abhielt, lag nicht weit entfernt im selben Block. Sie brauchten keine fünf Minuten, um den Flur zu erreichen. Die Arzthelferin, die hier Dienst tat, hieß Binder und Johann vor dem Behandlungszimmer Platz nehmen. »Der Doktor wurde zu einem Notfall gerufen«, erklärte sie. »Er müsste aber bald zurück sein.«

»Soll ich den Häftling in seine Zelle bringen?«, erkundigte sich Binder.

»Nein, ich glaube nicht, dass das notwendig sein wird. Warten Sie einfach.«

Der Oberwachtmeister kontrollierte, ob alle Türen, die in den Flur führten, verschlossen waren. Dann stand er auf und ging zu dem vergitterten Fenster am Ende des Ganges, öffnete es und steckte sich eine Zigarette an.

Er sog den Rauch tief ein und verfluchte den Tag, an dem er zum ersten Mal das Hinterzimmer betreten hatte, um – wie er damals glaubte – sein Glück zu machen. Was für ein Treppenwitz! Er wollte spielen, um seine Geldprobleme zu lösen, und hatte sich im Gegenteil immer tiefer in die Scheiße geritten. Und jetzt stand sie ihm bis zum Hals und er hatte keine Ahnung, wie er jemals aus diesem Schlamassel herauskommen sollte.

»Haben Sie etwas dagegen, wenn ich auch rauche?«

Binder hatte nicht bemerkt, dass der Untersuchungshäftling an seine Seite getreten war.

Er schüttelte den Kopf.

Johann zog eine Schachtel Filterlose aus der Hemdtasche. »Haben Sie Feuer?«

Schweigend zündete der Oberwachtmeister ihm die Kippe an. Für einen Moment standen die beiden Männer so nebeneinander und sahen hinunter auf den leeren Gefängnishof.

»Ärger zu Hause?«, fragte Johann.

Binder schüttelte den Kopf.

»Berufliche Probleme?«

»Nein.« Der Oberwachtmeister ärgerte sich sofort, geantwortet zu haben. Die Dienstanweisungen waren eindeutig: Jeder private Kontakt zu den Häftlingen war streng untersagt. Aber sie waren allein auf dem Flur. Und es tat gut, mit jemanden über sein Problem zu sprechen.

»Dann sind es Geldsorgen«, stellte Johann fest.

»Ja.«

»Dumme Sache. Viel?«

»Zu viel für mein schmales Beamtengehalt.«

»Wird schon gepfändet?«, fragte Johann mitleidig.

»Die Gläubiger, mit denen ich es zu tun habe, pfänden nicht.«

Johann dachte einen Augenblick nach. »Alles klar«, meinte er dann. »Pferde oder Karten?«

»Karten.«

»Siebzehn und vier?«

»Genau.«

»Ich könnte vielleicht helfen.« Sein Tonfall wurde berechnend. »Wären mit einer goldenen Uhr Ihre Probleme gelöst?«

»Was erlauben Sie sich«, fuhr Binder ihn an. »Ich bin doch nicht bestechlich.«

»Es muss ja keiner erfahren. Sie schicken mich mit einem Ihrer Kollegen kurz in die Stadt und am nächsten Tag sind Sie Ihre Geldsorgen los. Wäre das nichts für Sie?«

»Kommt überhaupt nicht infrage«, blaffte Binder, drückte seine Zigarette im Fensterrahmen aus und schnippte sie in den Hof. »Zurück auf die Bank«, ordnete er an.

Sie warteten noch etwa eine halbe Stunde. Dann öffnete die Helferin die Tür zum Behandlungszimmer. »Der Arzt hat angerufen. Es wird heute nichts mehr. Morgen um dieselbe Zeit.«

»Könnte ich den Doktor nicht heute im Gesundheitsamt aufsuchen?«, bat Johann. »Ich laufe auch nicht weg. Aber meine Tabletten – morgen nehme ich die letzte. Und wenn der Herr Doktor dann wieder verhindert ist ...«

»Das ist leider nicht möglich«, erwiderte die Arzthelferin mit einem eisigen Lächeln.

Binder brachte Johann zurück in seine Zelle. Und grübelte den Rest seiner Schicht über den Vorschlag des Gefangenen nach.

In dieser Nacht wälzte sich Binder in seinem Bett stundenlang von links nach rechts. Als die Sonne aufging, hatte er eine Lösung gefunden.

Johann war es gewesen, der ihn mit seiner unschuldig klingenden Frage auf den Gedanken gebracht hatte. Ein dringender Arztbesuch. So könnte es gehen.

Der Oberwachtmeister kannte einen Hilfsaufseher, der gegen ein geringes Salär die Häftlinge mit Zigaretten und Alkohol versorgte. Obwohl schon mehrmals verwarnt, besserte der Mann immer noch sein kümmerliches Gehalt auf diese Weise auf. Binder wusste, dass dieser unwiderruflich seine Stelle verlieren würde, sollte er noch einmal bei solchen Geschäften erwischt werden.

Es war nicht schwer, den Hilfsaufseher für seinen Plan zu gewinnen. Die Drohung, ihn wegen des Zigarettenhandels anzuzeigen, und die in Aussicht gestellte Belohnung von fünfzig Mark reichten.

Der Oberwachtmeister schloss die Tür zu Johanns Zelle auf und betrat den Raum. »Wie soll das mit der Uhr vor sich gehen, wenn ich Ihnen helfe?«, fragte er direkt.

Wenn Johann Bos überrascht war, zeigte er es nicht. Er lächelte nur, ging zur Toilette und beugte sich herunter. Etwas klapperte. Dann kratzte Metall auf Porzellan. Kurz darauf stand Johann vor Binder, eine goldene Sprungdeckeluhr in der Hand.

»Wie haben Sie denn die hier einschmuggeln können?«, wunderte sich der Wachtmeister und griff zur Uhr, um diese zu begutachten. Dann meinte er: »Ich könnte Sie einfach einstecken.«

»Sicher«, antwortete Johann. »Das könnten Sie tun. Aber spätestens nach meiner Entlassung bekommen Sie Besuch von meinen Leuten. Und glauben Sie mir, Ihre Schuldeneintreiber sind gegen meine Jungs die wahren Waisenknaben.«

Binder nickte und hielt Johann die Uhr hin.

»Behalten Sie sie«, erwiderte Johann. »Wie gehen wir vor?«

Zwei Stunden später musste der Hilfsaufseher, der Johann zum Gesundheitshaus begleitete, dringend einem menschlichen Bedürfnis nachkommen. Er ging mit Johann in eine Gaststätte in der Nähe des Bahnhofs und ließ sich in der dortigen Toilette von ihm ein blaues Auge verpassen. Als Johann verschwunden war, wartete er noch zehn Minuten, bis er Alarm schlug. Dieser Vorsprung reichte dem Flüchtigen, um den nächsten Zug zu erreichen, der von Hagen aus abfuhr.

23

Die unbekannten Hintermänner

Arnsberg, 5. Oktober 1950

Wie haben Sie es nur geschafft, einen bis dato unbescholtenen Oberwachtmeister zu einem solchen Schwachsinn zu überreden?« Landgerichtsrat Döring schüttelte entgeistert den Kopf. »Hat er wirklich geglaubt, mit dieser Erklärung durchzukommen? Wie hat er sich herauszureden versucht? Er habe die Arzthelferin falsch verstanden und angenommen, der Gefangene Bos sei dem Amtsarzt im Gesundheitsamt vorzuführen? Was für ein Blödsinn. Nicht besonders helle, dieser Oberwachtmeister. Na ja, die vier Monate Gefängnis werden ihm sicher eine Lehre gewesen sein. Und der Hilfsaufseher war nicht nur seine Stelle los, sondern musste darüber hinaus auch noch dreihundert Mark Geldstrafe bezahlen. Ein schlechtes Geschäft für beide, aber ein gutes für Sie, vermute ich. Wessen Uhr haben Sie für Ihre Freiheit eingesetzt?«

Bos machte ein unwissendes Gesicht.

»Also wieder einmal keine Antwort.«

138

»Ich weiß es nicht mehr, ehrlich. Es waren doch so viele.«

»Wenigstens damit haben Sie recht. Nach Ihrer Flucht sind Sie nach Osnabrück zurückgegangen. Warum?«

»Ich brauchte doch neue Papiere, Herr Vorsitzender.«

»Natürlich. Davon scheinen Sie ja genug gehabt zu haben. Und welche Identität haben Sie angenommen?«

»Hans Bayer natürlich.«

»Warum natürlich?«

»Na, zum einen hatte ich mich an den Namen gewöhnt und zum anderen hatte ich ja noch einen entsprechenden Ausweis in meinem Versteck gebunkert. Ich hätte ja sonst einen Neuen in Auftrag geben müssen. Und gute Papiere kosten schließlich gutes Geld. Diese Ausgabe wollte ich mir sparen.«

»Das leuchtet ein.«

»Nicht wahr, das hätten Sie ebenfalls so gemacht.« Bos strahlte übers ganze Gesicht.

Der Vorsitzende rollte mit den Augen und griff zu der Akte, die vor ihm lag. »Was haben Sie in Ihrer Heimatstadt außerdem getrieben?«

»Meine Familie besucht.«

»Sonst nichts?«

»Nein. Aber Urlaub steht doch jedem Menschen zu, nicht wahr?«

»Und nachdem Sie sich ausreichend erholt hatten, sind Sie in den Taunus aufgebrochen. Sollte dieser Ausflug nach Hessen auch Ihrer Erholung dienen?«

»Teils, teils. Ich habe mich zunächst in der Nähe von Königsstein in einem Bauernhof eingemietet. Wegen der guten Luft, verstehen Sie? Andererseits musste ich Geld verdienen. Und da mir auch dort meine Tabletten fehlten ...«

»... hatten Sie keine Kontrolle mehr über das, was Sie taten, ich weiß. Herr Angeklagter, Sie haben das Gericht jetzt schon mehrmals mit diesem Hinweis unterhalten. Ich sage Ihnen: Langsam reicht es mir.« Er sah in die Runde. »Ja, Herr Verteidiger?«

Dr. Kaessmann erhob sich und meinte bedächtig: »Ich kann ja nachvollziehen, dass das Gericht im Interesse eines zügigen Verhandlungsverlaufs Wiederholungen in den Aussagen meines Mandanten nach Möglichkeit vermeiden möchte. Andererseits aber sind diese wiederkehrenden Hinweise insofern bemerkenswert, als dass sie nur seine Seelenpein widerspiegeln, unter der er damals gelitten haben muss. Einerseits fühlte er sich schuldig bei den Taten, die er beging, andererseits konnte er nicht anders. Ich bitte, das entsprechend zu würdigen.«

»Werden wir, Herr Verteidiger, werden wir.« Der Vorsitzende wandte sich wieder Bos zu. »Also, Sie haben dann mit Ihrem Trick der Ehefrau eines früheren Ortsgruppenleiters eine goldene Armbanduhr abgenommen. Wo befindet sich die Uhr heute?«

»Hat sie nicht der Oberwachtmeister aus Hagen?«

»Das würde mich verblüffen«, antwortete der Landgerichtsrat. »Denn Ihr Beutezug im Taunus fand einige Wochen nach Ihrer Flucht aus der U-Haft statt.«

»Dann weiß ich es auch nicht.«

»Ich habe Ihnen das schon einmal gesagt: Es ist für die Höhe des Strafmaßes nicht unerheblich, wenn Sie dem Gericht endlich erklären, wo all die Schmuckstücke geblieben sind, die Sie ergaunert haben. Oder wollen Sie bis zum Ende Ihrer Tage im Gefängnis beziehungsweise in Sicherungsverwahrung schmoren?«

Bos zuckte zusammen. Sicherungsverwahrung. Jetzt war es gefallen, das Wort, vor dem er solchen Respekt hatte. »Nein, natürlich nicht. Aber ich kann mich wirklich nicht erinnern. Aber wenn ich erst richtig gesund bin und in Freiheit, dann werde ich alles erzählen.«

»Wollen Sie damit sagen, dass Sie nur bei einem Freispruch auspacken?« Dr. Döring schob sich halb aus seinem Stuhl und blickte den Angeklagten streng an. »Ich habe mich wohl verhört?«

»Nein, Herr Vorsitzender. Aber ich kann jetzt noch nicht aussagen. Das geht einfach nicht. Das müssen Sie doch verstehen.«

»Nein, das tue ich keineswegs.«

»Wissen Sie, ich kann hinter Gittern einfach nicht klar denken. Außerdem fühle ich mich immer noch krank. Wenn ich aber frei wäre ... Dann werden Sie noch genug zu tun bekommen. Einen Rattenschwanz von Prozessen werden Sie führen müssen, wenn erst einmal die eigentlich Schuldigen wie ich vor Gericht stehen. Die haben mich armes Würstchen und meine Krankheit ausgenutzt. Aber die Wahrheit wird eines Tages ans Licht kommen. Sie werden es erleben, Herr Vorsitzender.«

»Mir reichen Ihre Andeutungen, Angeklagter. Der große Unbekannte ist also schuld. Solche Sprüche hören wir immer wieder. Packen Sie endlich aus und machen Sie diesem Schauspiel ein Ende.« Er klappte den roten Aktenordner zu. »Ich vertage den Prozess auf den 6. Oktober. Die Kammer setzt die Verhandlung in Frankfurt fort.«

24

Ein gutgläubiges Ehepaar

Bad Nauheim, 15.–17. Juni 1946

»Gemeines Gaunerstück in Bad Nauheim«
Schlagzeile Osnabrücker Neues Tageblatt vom 12.10.1950

Die Abendsonne schien über den *Großen Teich* auf das Haus an der Frankfurter Straße. Der 62-jährige Hubert Kling schnitt die Hecke, die das zweistöckige Gebäude begrenzte. Die Arbeit fiel ihm nicht mehr so leicht wie früher. Immer wieder plagte ihn das steife Kreuz. Sein Sohn, der sich sonst um die Gartenarbeit kümmerte, war an diesem Tag unterwegs.

»Guten Abend«, grüßte ihn jemand.

Hubert Kling drehte sich um und erblickte einen freundlich ausschauenden Mann, neben dem ein kleiner Koffer auf dem Bürgersteig stand.

»Entschuldigen Sie, dass ich Sie so einfach anspreche.« Der Unbekannte lüpfte seinen Hut. »Mein Name ist Hans Bayer. Ich bin auf der Durchreise und suche eine Bleibe für einige Tage.« Johann Bos zeigte auf das handgeschriebene Pappschild mit der Aufschrift *Zimmer frei,* welches in einem der Parterrefenster stand. »Ist das noch zu vermieten?«

Hubert Kling ließ die Gartenschere sinken. »Ja, sicher. Möchten Sie es sehen?«

»Gerne.«

Johann nickte zur Schubkarre, in der der Heckenschnitt lag. »Wenn es Ihnen recht ist, helfe ich gerne. Ich

142

habe den ganzen Tag im Wagen gesessen und etwas Bewegung tut mir gut.«

»Das wäre sehr freundlich von Ihnen. Mein Rücken macht mir heute besonders zu schaffen.« Kling führte seinen neuen Gast zum Haus. Er freute sich. Das Geld konnten seine Frau und er gut gebrauchen. Schon lange war niemand mehr bei ihnen abgestiegen. Obwohl der Mietpreis recht niedrig war, konnte sich kaum jemand eine Kur in Bad Nauheim leisten. Und die wenigen, die das Geld dafür hatten, quartierten sich in einem der Hotels ein und nicht in einer kleinen Privatpension wie der ihren, auch wenn diese in unmittelbarer Nähe des Teiches und nur einen Steinwurf entfernt vom Kurpark lag.

»Anneliese«, rief er, als sie im Hausflur standen. »Es möchte jemand eines der Zimmer mieten.«

Anneliese Kling kam aus der Küche und trocknete sich schnell die Hände an der Schürze ab. »Herzlich willkommen«, lächelte sie und streckte Johann die Hand entgegen. »Ich bereite gerade das Abendessen zu. Wenn Sie wollen, können Sie mitessen. Es ist zwar nicht viel, aber ...«

»Anneliese«, tadelte ihr Mann sie sanft. »Herr ...« Er warf Johann einen entschuldigenden Blick zu. »Ich habe Ihren Namen eben nicht richtig verstanden. Das Gehör, wissen Sie.«

»Hans Bayer.«

»Herr Bayer hat doch das Zimmer noch nicht gesehen. Vielleicht gefällt es ihm ja bei uns nicht.«

»Das kann ich mir nicht vorstellen«, schmeichelte Johann. »Die Lage, der Ausblick auf den Teich. Geht das Zimmer zur Straße hinaus?«

»Ja.«

143

»Dann nehme ich es bestimmt. Und vielen Dank für die Essenseinladung. Ich nehme Sie gerne an. Selbstverständlich werde ich dafür bezahlen.«

Anneliese Kling hob abwehrend die Hände.

»Doch, doch. Keine Widerrede, gnädige Frau. In einem Hotel oder Gasthof müsste ich auch meine Rechnung begleichen. Und ich bin mir sicher, bei Ihnen schmeckt es viel besser.«

Anneliese Kling wurde verlegen. »Da warten wir aber erst einmal ab«, meinte sie und zog sich wieder in ihre Küche zurück, um ihr gerötetes Gesicht zu verbergen.

Wie versprochen, hatte Johann bei der Gartenarbeit tüchtig mit angepackt und war im Gegenzug von den Eheleuten Kling nach dem Abendessen zu einem Glas Bier auf ihre Terrasse eingeladen worden.

»Können Sie denn von den Einnahmen Ihrer Pension leben?«, erkundigte sich Johann. »Entschuldigen Sie, dass ich so direkt frage. Ich denke schon seit geraumer Zeit darüber nach, mich in der Gastronomie selbstständig zu machen. Mir schwebt jedoch eher ein Hotel garni vor, vielleicht zehn Zimmer oder so. Das ist auch der Grund meines Aufenthalts hier. Ich suche nach einem geeigneten Objekt.«

»In Bad Nauheim?«

»Und Umgebung. Aber noch habe ich nichts Passendes gefunden.«

»Wir wohnen schon seit Jahrzehnten hier. Ich habe nicht gehört, dass jemand verkaufen möchte.«

Johann lachte. »Nicht kaufen. Dafür fehlt mir das Geld. Ich möchte pachten.«

»Ich kann mir beim besten Willen nicht vorstellen, dass Sie in Nauheim Erfolg haben.«

144

»Dann werde ich es wohl in der Umgebung versuchen müssen. Sobald mein Wagen repariert ist, sehe ich mich um.«

Kling nahm einen Schluck Bier. »Um auf Ihre Frage zurückzukommen: Um ehrlich zu sein, bringt die Zimmervermietung nicht viel ein. Im Krieg waren die meisten Hotels und Pensionen mit den Evakuierten belegt. Und jetzt fehlen den Leuten die Mittel, um in die Sommerfrische zu fahren.«

»Üben Sie noch einen Beruf aus?«

»Ich war Justizinspektor.«

»War? Sie beziehen eine Pension? Sie Glücklicher.«

»Wenn es doch so wäre.« Klings Tonfall wurde bitter. »Wissen Sie, ich war vor 33 ein Zentrumsmann. Aber nach der Machtergreifung haben die Nazis uns Beamte unter Druck gesetzt, um der Partei beizutreten. Wenn auch widerstrebend.« Er machte ein zerknirschtes Gesicht. »Ja, natürlich hätte ich mich weigern können. Aber dann hätte die Gefahr bestanden, dass mich die Kerle rauswerfen. Also bin ich Parteigenosse geworden. Sie müssen mir glauben, gerne habe ich das nicht getan.«

Johann griff zum Bierglas und grinste in sich hinein. Einer von den unbescholtenen Millionen, die von den Nazis in die Partei gezwungen wurden. Und gleich erzählt er mir, dass er eigentlich im Widerstand war, dachte Johann. Wenn auch nur in Gedanken ...

»Ich bin dann wegen meiner immer noch bestehenden Sympathien für das Zentrum von den Nazis strafversetzt worden. Nach Frankfurt. Keine leichte Zeit, das kann ich Ihnen sagen.«

145

Na bitte, dachte Johann und meinte voller Anteilnahme: »Das kann ich mir vorstellen. Den vertrauten Arbeitsplatz aufgeben zu müssen.«

»Und dann kommen die Amerikaner und entheben mich meines Amtes. Ohne Fortzahlung meiner Bezüge. Natürlich habe ich eine Klage erwogen. Aber wie? Die Besatzungsmächte unterstehen ihrem eigenen Recht. Dagegen kommt man als Deutscher nicht an. Also leben wir von unseren Rücklagen und der Vermietung. Wenn uns unser Sohn nicht unterstützen würde ... Nein, es sind schwere Zeiten.«

»Wo ist denn Ihr Sohn heute?«

»Er besucht Verwandte in Heidelberg. Er kommt erst im Laufe der nächsten Woche zurück.«

Johann strich sich durch die Haare. »Ich kenne einige Amerikaner aus deren Frankfurter Verwaltung. Vielleicht kann ich ein gutes Wort für Sie einlegen.«

»Das würden Sie tun?«

»Selbstverständlich. Sie wurden ja zu Unrecht beschuldigt. Das kann so nicht stehen bleiben.«

»Sie haben tatsächlich Kontakt zu den Amerikanern?«

»Ja. Ich habe denen schon mehrmals geholfen.«

Kling schaute misstrauisch. »Wie das denn?«

»Ich war in Buchenwald mit Ernst Thälmann in einer Baracke. Und die Amis interessieren sich für alles, was mit den Kommunisten zusammenhängt. Da habe ich denen die eine oder andere Information gesteckt.«

»Sagen Sie bloß, Sie sind auch einer von denen.« Kling rutschte etwas von Johann weg.

»Wo denken Sie hin! Ich war Sozialdemokrat. Aber im KZ bekommt man ja so einiges mit. Und das interessiert die Amis eben. Soll ich mich nun für Sie einsetzen?«

146

Kling war beruhigt. »Wenn es Ihnen nicht zu viel Mühe macht.«

»Ach was. Ungerechtigkeiten haben mich noch nie ruhen lassen. Ich bin ein Mann des Rechts. Schon immer gewesen.«

»Das haben wir dann ja gemeinsam. Noch ein Bier?«

»Da sage ich nicht Nein.«

Am Nachmittag des nächsten Tages traf Johann Anneliese Kling im Flur. »Mein Mann und ich fahren am Montag nach Ober-Mörlen. Wir haben dort einen Garten, in dem wir Obst und Gemüse ziehen. Wir müssen nach dem Rechten sehen, Unkraut zupfen und gießen. Aber Sie haben ja einen Schlüssel für die Haustür.«

Die Klings bewohnten das Erdgeschoss. In der ersten Etage befanden sich die zwei Fremdenzimmer, ein Bad, welches von allen Gästen gemeinsam genutzt werden musste, und die kleine Wohnung des Sohnes.

Johann kam ein spontaner Einfall. »Ich kann meinen Wagen morgen früh abholen. Ich wollte ohnehin in diese Richtung. Soll ich Sie mitnehmen?«

»Wohin wollen Sie denn?«

Jetzt hatten sie Johann auf dem falschen Fuß erwischt. Er hatte nicht die geringste Ahnung, wo dieses Ober-Mörlen eigentlich lag. Also nannte er die erstbeste Stadt in der Gegend, die ihm in den Sinn kam. »Usingen.«

»Ja, das liegt auf dem Weg. Wann wollten Sie fahren?«

Um Punkt neun Uhr stoppte Johann den Mercedes 170 V vor dem Haus der Klings. Die Eheleute warteten schon auf ihn.

147

»Schöner Wagen«, bewunderte Hubert Kling die Vorkriegslimousine. »So etwas konnte ich mir nie leisten.«

»Ich habe ihn gebraucht recht günstig gekauft«, erklärte Johann. »Von einem Malermeister, der nach Kanada ausgewandert ist. Sonst wäre mir der Wagen auch zu teuer gewesen.«

Als sie eingestiegen waren, meinte Johann: »Wie lange bleiben Sie denn in Ihrem Garten?«

»Warum fragen Sie?«

»Ich bin vermutlich den ganzen Tag in Usingen beschäftigt. Ich könnte Sie auf der Rückfahrt am Nachmittag wieder mitnehmen.«

»Das wäre wunderbar«, strahlte Anneliese und strich mit der linken Hand über das Lederpolster. »Die Busse fahren nur alle zwei Stunden und es ist immer so heiß darin. Wenn es Ihnen keine Mühe macht?«

»Ach, woher«, versicherte Johann und gab Gas.

Eine halbe Stunde später stand er wieder vor dem Haus in der Frankfurter Straße. Es war ein Leichtes, die Wohnungstür der Klings mit einem Dietrich zu öffnen. Systematisch durchsuchte Johann alle Räume nach Wertsachen und packte sie in einen Koffer, den er auf dem Schrank im Schlafzimmer entdeckt hatte.

Schließlich brach er auch noch in die Wohnung des Sohnes ein. Dort fand sich Kleidung, aber leider weder Geld noch Uhren. Er probierte einen leichten Sommermantel an. Er passte wie angegossen. Da es mittlerweile leicht regnete, behielt er ihn an und setzte auch den neuwertigen Hut auf, der am Garderobenhaken hing. Dann raffte er seine Sachen zusammen, achtete darauf, nichts Persönliches liegen gelassen zu haben, und verließ mit zwei Koffern das Gebäude, um auf Nimmerwiedersehen zu verschwinden.

25

Die verschollene Beute

Frankfurt, 6. Oktober 1950

Wie angekündigt, waren der Vorsitzende und die anderen Prozessbeteiligten mit dem Zug gen Süden gereist – mit Ausnahme des Angeklagten, der, an Händen und Füßen gefesselt, die Reise in einem Personenwagen antrat, gut bewacht von einigen Arnsberger Beamten.

Nach seiner Vernehmung entließ der Landgerichtsrat den Zeugen Hubert Kling ohne Vereidigung. Dieser nahm neben seiner Gattin im Zuhörerraum Platz.

Dann sprach Dr. Döring den Angeklagten an: »Sie haben bei der Familie Kling unter anderem einen Pelz gestohlen. Ein Silberfuchs ist hier in den Akten aufgeführt. Wo ist der geblieben?«

»Der Pelz ... Warten Sie ... War das nicht ...? ... Nein ...

Jetzt hab ich es. Den hat meine damalige Verlobte bekommen.«

»Die aus Herne?«

»Nein, die aus Hamburg.«

»Aber mit der Dame haben Sie sich doch erst im Januar 1948 verlobt?«

»Dann muss es die aus Herne gewesen sein.«

149

Dr. Döring zog eine Augenbraue hoch. »Das wissen Sie nicht mehr?«

»Wenn ich ehrlich bin, nein. Es ist eben ein Kreuz mit den Frauen.«

»Vor allem, wenn man mit einer verheiratet und zwei anderen verlobt ist«, grinste der Landgerichtsrat.

»Sie sagen es, Herr Vorsitzender.«

»Also schon wieder die alte Leier. Ich nehme an, über den Verbleib der restlichen Beute im Wert von etwa zweitausendfünfhundert Mark können Sie uns auch nichts sagen?«

Bos schüttelte den Kopf.

»Das dachte ich mir. Was ist mit der Briefmarkensammlung? Sie enthielt seltene Deutschlandmarken, darunter einen kompletten Satz aller Marken der Thurn und Taxis. Ihr Wert beläuft sich auf etwa zwanzigtausend Mark. Was ist mit der geschehen?«

Bos legte die Stirn in Falten. »Die Briefmarken, warten Sie.« Er machte eine längere Pause. Dr. Döring spielte derweil ungeduldig mit seiner Lesebrille. »Hat der Kommissar, der mich in Hamburg verhaftete, sie dem Herrn Kling nicht zurückgegeben?«

»Sie meinen Hauptkommissar Schröder?«

»Ja.«

Dr. Döring schaute zu dem Zeugen Kling, der heftig den Kopf schüttelte. »Wie ich sehe, bestreitet Herr Kling das ausdrücklich. In den Akten steht davon auch nichts, genauso wenig in dem Protokoll, welches der Hauptkommissar nach Ihrer Festnahme angefertigt hat. Es wurden in Ihrem Hotelzimmer keine Briefmarken gefunden. Wo sind sie?«

»Dann weiß ich das auch nicht.«

150

»Also alles wie gehabt.« Dr. Döring atmete tief ein. »Ich rufe auf: den Zeugen Dieter Waldhof, wohnhaft in Bad Nauheim.«

Ein Justizbeamter ließ Waldhof eintreten. Der Mann war jenseits der Sechzig und korpulent.

Nach Feststellung der Personalien bat Dr. Döring Waldhof um die Schilderung seiner Beobachtungen.

»Ich stand vor meiner Haustür, um zu rauchen. Meine Frau verträgt den Qualm nicht so gut, deshalb gehe ich immer nach draußen, wenn ich mir eine Zigarette anstecke. Vor dem Haus unserer Nachbarn Kling stand ein Mercedes. Der Wagen war mir schon am Morgen aufgefallen. Wir Nachbarn kennen uns schon seit Jahrzehnten. Da weiß man, ob jemand ein Automobil besitzt und welches Modell das ist. Die Klings jedenfalls hatten keinen Wagen. Ihr Sohn auch nicht. Und Urlaubsgäste waren damals eher selten. Und dann ein Mercedes … Auf jeden Fall sah ich einen Mann, der mit zwei Koffern das Haus verließ und das Gepäck im Wagen verstaute.«

»War dieser Mann der Angeklagte?«

»Das kann ich nicht mit Sicherheit sagen. Ich hielt ihn erst für Kling junior. Schließlich trug die Person seinen Mantel und seinen Hut und war auch etwa gleich groß.«

»Sein Gesicht haben Sie nicht gesehen?«

»Nein, Herr Richter. Er hatte den Hut tief in die Stirn gezogen. Ich habe mir nichts dabei gedacht, schließlich hat es geregnet. Außerdem sind meine Augen nicht mehr die Besten.«

»Und bei dem Wetter stehen Sie vor der Tür und rauchen?«, warf Dr. Kaessmann ein, was ihm sofort einen ungehaltenen Blick des Vorsitzenden einbrachte. Schließlich hatte er ungefragt das Wort ergriffen.

151

»Der Eingang ist überdacht«, erklärte Waldhof. »Komisch war nur, dass Kling junior nicht grüßte. Er ist eigentlich ein sehr höflicher junger Mann.«

»Und was machte der Fremde dann?«, wollte Dr. Döring wissen.

»Er stieg in den Mercedes und fuhr Richtung Innenstadt. Erst als am späten Nachmittag der richtige Sohn mit seinen Eltern bei mir auftauchte und sie mir von dem Diebstahl erzählten, wurde mir klar, dass ich den Gauner hätte aufhalten können.«

»Die Klings sind zu Ihnen gekommen? Warum?«

»Um die Polizei zu rufen. Sie haben ja kein Telefon.«

»Ich danke Ihnen, Herr Waldhof. Hat noch jemand Fragen an den Zeugen? Nein? Sie sind hiermit entlassen.«

»Äh, Herr Richter?«

»Ja?«

Waldhofs Stimme wurde zu einem Flüstern. »Ich hatte Auslagen, wissen Sie, und ich ...«

»Im Erdgeschoss, erste Tür neben der Treppe.«

»Danke.« Waldhof verließ erleichtert den Gerichtssaal. Beim Hinausgehen nickte er den Klings freundlich zu. Sie erwiderten seinen Gruß.

»Herr Bos, weshalb haben Sie sich ausgerechnet bei der Familie Kling einquartiert? Absicht oder Zufall?«

»Zufall. Mein Mercedes musste tatsächlich in die Reparatur. Eigentlich wollte ich nach Wiesbaden.«

»Es hat Ihnen also niemand einen Tipp gegeben?«

»Sie meinen, wegen der Briefmarken?«

»Unter anderem.«

»Das konnte ja niemand wissen. Aber die Details sind mir leider entfallen. Auf jeden Fall bedauere ich diesen Vorfall sehr. Es tut mir wirklich leid.«

»Ihre Reue wäre glaubwürdiger, wenn Sie uns und den Klings sagen würden, wo die Beute geblieben ist.«

»Was ich weiß, habe ich gesagt. Und was ich nicht weiß, kann ich ja auch nicht gestehen, oder? Wenn die Briefmarken nicht mehr bei dem Kommissar sind, müssen sie von den anderen genommen worden sein, die mich zu meinen Taten angestiftet haben.«

Der Landgerichtsrat verdrehte die Augen, erwiderte aber nichts. »Dann kommen wir zu Ihrem Auftritt in Wiesbaden, der exemplarisch zeigt, wie vertrauensselig manche Zeitgenossen waren.«

26

Eine redselige Milchfrau

Wiesbaden, 21. Juni 1946

Seit vier Tagen war er nun in der Stadt. Jeden Morgen beim Frühstück studierte er sorgfältig die Tageszeitung, bisher jedoch ohne Erfolg. Nicht ein Hinweis auf eine wohlhabende Familie, deren Angehörige in Internierungslagern festgehalten wurden.

Johann blätterte um. Und endlich fand er, was er suchte. Ganz oben links auf der Seite stand ein unscheinbarer Einspalter. Mit weniger Sorgfalt hätte er ihn übersehen. Darin war zu lesen, dass das Spruchkammerverfahren gegen den ehemaligen stellvertretenden Vorsitzenden der Gauwirtschaftskammer Kurhessen, Hugo Starnbeck, erst für das nächste Jahr anberaumt

153

sei und der Beschuldigte voraussichtlich bis dahin inhaftiert bleibe.

Es bedurfte keiner besonderen Anstrengungen, um herauszufinden, wo die Familie wohnte. Ein Besuch im früheren Stadtarchiv in der Schützenhofstraße reichte. In den Beständen fand sich ein Adressbuch von 1935, in dem vermerkt war, dass die Starnbecks im Dichterviertel in unmittelbarer Nähe der Dreifaltigkeitskirche lebten. Weitere Hinweise auf die Familie fand Johann nicht. Also würde er anderweitig Auskünfte einholen müssen.

Er ging zu Fuß. Zwar waren die Straßen vollständig von Trümmern befreit, die Kriegsfolgen waren jedoch nicht zu übersehen. Immer wieder türmten sich links oder rechts der Bürgersteige Schuttberge, wo früher stattliche Wohnhäuser gestanden hatten. Das der Starnbecks jedoch erschien auf den ersten Blick unbeschädigt. Es war im neoklassizistischen Stil erbaut und drei Geschosse hoch.

Johann musterte die Klingelschilder. Die Starnbecks wohnten im ersten Stock.

Die Uhr der Kirche schlug zwei Mal. »Suchen Sie jemand?«

Johann fuhr herum. Vor ihm stand eine mollige Frau mit einem Korb unter dem Arm, in dem sich zwei emaillierte Milchkannen aus Stahlblech befanden. Noch ehe er antworten konnte, meinte die Mittdreißigerin: »Wenn Sie zu Frau Starnbeck wollen, die ist nicht da. Sie kommt erst in etwa einer Stunde wieder. Aber sie hat mir gesagt, ich solle die Milch vor ihrer Tür stehen lassen. Eigentlich tue ich das nicht so gern. Die Milch kann sauer werden. Oder jemand anderes bekommt plötzlich Durst.« Sie musterte Johann prüfend. »Ich bringe sie ihr einmal in der Woche vorbei. Kostenlos, versteht sich. Der Kinder wegen. Wir haben einen Hof draußen vor der Stadt und unsere Kühe geben genug Milch. Der Herr Starnbeck war immer gut zu uns. Da können wir jetzt etwas wiedergutmachen. Was wollen Sie denn von Frau Starnbeck?«

»Ich bin ein alter Schulfreund ihres Mannes. Wann kommt denn Herr Starnbeck zurück?«

»Das wissen Sie nicht?«

»Was soll ich Ihrer Meinung nach denn wissen?«

»Der Herr Starnbeck«, sie schaute sich um und senkte ihre Stimme, »wurde doch von den Amerikanern eingesperrt.«

»Nein!« Johann heuchelte Entsetzen. »Warum denn das?«

»Wegen seiner Tätigkeit unter Hitler. Der war doch in dieser Gaukammer, also dort, wo sich mit Wirtschaftsfragen beschäftigt wird.«

»Das ist mir bekannt«, antwortete Johann. Deshalb war er schließlich hier.

»Die Amerikaner haben ihn im Juni 1945 abgeholt und nach Darmstadt gebracht. Dort ist ein Lager, in dem sie Parteifunktionäre festhalten.«

»Der Unglückliche. Dabei ist er doch so ein feiner Mensch.«

»Nicht wahr? Und seine arme Frau hat schon seit Monaten nichts mehr von ihm gehört. Sie schreibt ihm fast täglich Briefe, hat aber schon lange keine Antwort mehr erhalten. Jetzt fürchtet sie, ihm sei etwas zugestoßen.«

»Nur gut, dass er so eine gesunde Konstitution hat.«

»Der Herr Starnbeck? Wo denken Sie hin? Ein richtiger Hungerhaken war das, selbst früher, als es noch genug zu essen gab. Ich will mir gar nicht vorstellen, wie er heute aussehen muss. Und dann noch seine Verletzung.«

»Aus dem Krieg, nicht wahr?«

»Ja. Er lag, als es gegen die Franzosen ging, vor Verdun. Da hat ihm eine Kugel glatt das Bein durchschlagen. Seitdem hinkt er ein wenig. In den nächsten Krieg musste er ja nicht mehr, wegen seiner Position, wissen Sie.«

Im Laufe der nächsten fünfzehn Minuten erfuhr Johann dank der Redseligkeit der Milchfrau alles über die Familie, was er wissen musste. Er kannte die Namen der Kinder, den Vornamen der Ehefrau, wusste über den beruflichen Werdegang des Inhaftierten Bescheid.

Schließlich gab sich die Frau einen Ruck und lehnte sich gegen die Haustür. »So, jetzt muss ich aber weiter. Sonst wird die Milch wirklich sauer. War nett, mit Ihnen geplaudert zu haben.«

»Warten Sie, ich helfe Ihnen.« Johann hielt das Türblatt fest. »Soll ich die Kannen nicht schnell für Sie nach oben tragen? Dann müssen Sie sich nicht abmühen.«

Die Milchfrau strahlte Johann an. »Das würden Sie für mich tun? Sehr freundlich.« Sie drückte ihm die Kannen in die Hand und ging. Und Johann stellte sie pflichtbewusst in der erste Etage ab.

In der nächsten Stunde trieb er sich in der Stadt herum, trank ein Selterswasser an einem provisorischen Getränkestand in Bahnhofsnähe und schaute den Tauben bei der Futtersuche zu. Schließlich ging er zurück zum Haus der Starnbecks.

Frau Starnbeck öffnete, nachdem er geklingelt hatte. »Guten Tag«, grüßte Johann höflich. »Ich soll Ihnen und Ihren zwei Kindern Grüße von Ihrem Mann Hugo ausrichten.«

»Von Hugo?« Ihre Hände zitterten und die Augen wurden feucht, bevor sie ihn noch im Hausflur mit Fragen überfiel: »Wie geht es ihm? Wann haben Sie ihn zuletzt gesehen? Ist er gesund? Wann kommt er wieder nach Hause?«

»Wollen wir das vor der Tür besprechen?«, säuselte Johann.

»Wie? Oh, nein. Entschuldigen Sie.« Sie hielt die Tür auf und trat beiseite. »Bitte.«

Die Wohnung war gutbürgerlich eingerichtet. Johann bemerkte sofort die helleren Stellen auf den Tapeten im Wohnzimmer, an denen früher Bilder gehangen haben mussten. Bestimmt hatte die Familie diese verkauft, um durch den letzten Winter zu kommen. Auch waren nirgends vergoldete Kerzenständer zu sehen, keine Uhren, keine teuren Teppiche. Frau Starnbeck schien wirklich nicht aus dem Vollen zu schöpfen.

»Entschuldigen Sie, wenn ich Ihnen nichts anbieten kann. Wasser natürlich, wenn Sie möchten. Etwas anderes habe ich momentan nicht im Haus. Die Milch haben die Kinder bekommen.«

Hier war anscheinend nichts zu holen. Aber wo er schon einmal in der Wohnung war …

»Ihrem Gatten geht es den Umständen entsprechend. Wir haben uns im Lager Darmstadt kennengelernt und bewohnten dieselbe Baracke, zwei Betten auseinander.«

»Sie wurden entlassen?«

»Ja. Vor zwei Tagen. Mein erster Weg führte mich dann zu Ihnen.«

»Kann Hugo auch mit seiner Freilassung rechnen?«

Johann legte die Stirn in Falten. »Seien Sie auf das Schlimmste gefasst. Es wird sicher noch bis zum nächsten Jahr dauern.«

Sie nickte betrübt. »Das stand auch heute in der Zeitung, haben mir Nachbarn erzählt. Ich kann mir diese Lektüre nicht mehr erlauben, seit Hugo ...« Sie schluckte.

»Ich will ganz offen sein. Ihr Mann ist skeptisch, ob er die Spruchkammerverhandlung noch erlebt. Seine Verletzung macht ihm zu schaffen und die Verpflegung ... Ich muss Ihnen ja nicht erklären, dass er nicht viel zuzusetzen hat, schmächtig, wie er ist.«

Dann spulte Johann jenes Programm ab, mit welchem er schon so viele Male erfolgreich gewesen war. Und obwohl die Frau zunächst skeptisch blieb, gelang es ihm dann doch, ihr eine antike, in Gold gefasste Gemme aus Smaragd abzuschwatzen. »Ein Erbstück«, schluchzte sie, als Johann das Schmuckstück in der Hosentasche verschwinden ließ. »Nur deshalb habe ich es noch nicht verkauft. Das Letzte von Wert, was ich besitze. Kommt Hugo nicht bald frei, muss ich die Wohnung räumen und in eine Notunterkunft ziehen. Sie sind sicher, dass Sie meinen Mann freibekommen?«

»So sicher, wie ich hier stehe, Frau Starnbeck.«

Am nächsten Morgen kam die Milchfrau wieder, um die leeren Kannen in Empfang zu nehmen. »Hat Ihnen der Freund Ihres Mannes seine Aufwartung gemacht?«, erkundigte sie sich. »Ein so netter Mann. Hilfsbereit und höflich. Er war richtig enttäuscht, Ihren Mann nicht angetroffen zu haben. Er hat ihn doch so lange nicht gesehen. Deswegen wusste er nicht das Geringste von seiner Inhaftierung.«

Erst da dämmerte Marianne Starnbeck, dass sie einem infamen Betrüger aufgesessen war.

27

Eine neue Bekanntschaft

Arnsberg, 9. Oktober 1950

Der Vorsitzende wandte sich an die Prozessbeteiligten. »Bevor ich die heutige Verhandlung beende, möchte ich noch zwei weitere Sachverhalte behandeln. Da wären zum einen mehrere Fälle von Erpressung im Ruhrgebiet. Textilhändler waren die Opfer, allerdings auch Täter, aber das ist nicht Gegenstand dieses Verfahrens. Wollen Sie sich zu diesen Vorwürfen äußern, Herr Bos?«

Dr. Kaessmann sprach für seinen Mandanten: »Wie Sie eben richtig bemerkten, Herr Vorsitzender, ist in dieser Angelegenheit möglicherweise ein Prozess in Bochum anhängig. Mein Mandant zieht es deshalb vor, zu diesem Sachverhalt hier nicht Stellung zu nehmen.«

Dr. Döring nickte. »Sein gutes Recht. Trotzdem möchte ich kurz die damaligen Geschehnisse zusammenfassen, da es die Chuzpe verdeutlicht, mit der der Angeklagte vorgegangen ist und die sein ganzes Verhalten beleuchtet. Nach seiner Rückkehr aus dem Taunus hat er im Ruhrgebiet einige dort ansässige Textilhändler aufgesucht und ihnen auf den Kopf zugesagt, im großen Stil Kompensationsgeschäfte zu betreiben. Sie werden sich erinnern: Dabei handelte es sich im Grunde um Tauschhandel. Ware gegen Ware. Eine in der unmittelbaren Nachkriegszeit nicht unübliche Verfahrensweise, wenn auch illegal. Zum einen vermieden die Gewerbetreibenden mit der ungeliebten und vor allem schwa-

159

chen Reichsmark oder gar der Alliierten Militärmark bezahlt zu werden, zum anderen umging man so die hohen Einkommensteuersätze, die der Alliierte Kontrollrat festgesetzt hatte. Egal wie verständlich uns die Vorgehensweise der Textilhändler heute erscheinen mag – sie war ungesetzlich. Diesen Umstand hat sich der Angeklagte zunutze gemacht. Er drohte den Textilhändlern mit einer Anzeige. Diese zahlten Schweigegeld in Form von mehreren Tausend Metern Anzugstoffen. Damals ein Vermögen. Hatten Sie eigentlich niemals Angst, dass einer der Herren die Nerven verlieren würde und Ihnen einen Schlägertrupp oder Schlimmeres auf den Hals hetzen könnte?«

Als Bos schwieg, fuhr Döring fort: »Wie auch immer. Ein recht dreistes Gaunerstück.« Er rückte seine Brille zurecht. »Kommen wir nun zu Ihrer Bekanntschaft mit Fritz Petri. Wo haben Sie ihn kennengelernt?«

Bos stand auf. »In Herne, Herr Vorsitzender. Bei der Familie Redmann.«

»In die Sie Herr Baumann eingeführt hat?«

»Ja.«

»Na, dann erzählen Sie uns die Geschichte.«

»Ich will es versuchen. Von Wiesbaden aus bin ich zunächst nach Osnabrück zu meiner Familie gefahren. Aber ich habe mich schon nach einigen Stunden mit meiner Frau gestritten. Also bin ich kurzerhand bei Freunden untergekrochen. Dort habe ich den Baumann getroffen, der bei mir ja noch in der Schuld stand. Schließlich habe ich sein Leben gerettet, Herr Vorsitzender.«

»Behaupten Sie.«

»Alles was ich sage, ist nicht gelogen, das müssen Sie mir glauben. Schließlich stehe ich vor Gericht.«

160

»Ja, ja, erzählen Sie weiter.«

Bos nickte heftig. »Der Baumann hat dann gemeint, ich solle ins Ruhrgebiet fahren. Dort gäbe es Arbeit. Auf den Zechen würde man gutes Geld verdienen.«

»Sie wollten als Bergmann arbeiten? Binden Sie uns da nicht gerade einen gewaltigen Bären auf?«

»Nein, das hatte ich wirklich vor. Ich war pleite, denn die anderen, die mit mir in Hessen waren, haben mir mein ganzes Geld abgeknöpft.«

»Deshalb beschlossen Sie, sich ehrlicher Arbeit zuzuwenden?«

»Genau. Weil ich ja ...«

»Weil Sie kein schlechter Kerl sind. Das haben Sie dem Gericht schon mehrmals versichert. Auf einer Zeche haben Sie aber dennoch nicht angefangen?«

»Nein, das ging nicht.«

»Ach?«

»Ich habe ja dann den Fritz Petri kennengelernt. Und der hatte andere Pläne mit mir.«

»So so. Denen Sie gefolgt sind?«

»Ja, was sollte ich denn machen? Der Petri war schließlich gefährlich.«

»Damit haben Sie recht. Wussten Sie, dass er wegen Mordes gesucht wurde?«

Bos machte ein überraschtes Gesicht und schüttelte den Kopf.

»Auch nicht, dass die Polizei ihn zusätzlich des mehrfachen Einbruchs verdächtigte?«

»Herr Vorsitzender, ich hatte keinen blassen Schimmer. Das höre ich heute zum ersten Mal. Ich muss sagen, ich bin entsetzt. Hätte ich das damals gewusst, wäre ich sofort zur Polizei gegangen und hätte den Verbrecher angezeigt. Mit solchen Leuten will man doch nichts zu tun haben, oder?«

»Eigentlich nicht. Aber Sie haben die Strafverfolgungsbehörden nicht aufgesucht.«

»Nein. Warum auch? Ich ahnte ja nicht, dass Petri was auf dem Kerbholz hatte. Ich hielt ihn für unbescholten.«

»Was Sie selbst natürlich auch waren.«

»Das, Herr Vorsitzender, habe ich nie behauptet. Ich habe schon viel Mist gebaut. Aber ich bin kein Verbrecher wie Petri. Ich habe niemals irgendeiner Seele etwas zuleide getan. Nie jemandem auch nur ein Haar gekrümmt.«

»Körperlich zumindest nicht. Aber erzählen Sie uns von Ihrem ersten Treffen mit Petri.«

»Da gibt es nicht viel zu erzählen. Die Redmanns wohnten damals in Baukau. Das ist ein Herner Stadtteil. Den Straßennahmen habe ich vergessen. Auf jeden Fall war es nicht weit vom Bahnhof entfernt. Die Familie hatte Glück gehabt, müssen Sie wissen. Ihr Haus war nicht ausgebombt. Aber das war nicht so selten in Herne. Die Bomber haben die Stadt häufig überflogen und sind weiter nach ...«

»Herr Angeklagter, kommen Sie zur Sache.«

»Wie? Ja, natürlich. Also die Wohnung der Redmanns lag im ersten Stock. Sie war eigentlich recht geräumig. Um sich etwas dazuzuverdienen, vermietete die Familie Zimmer an junge Männer, die auf Zeche arbeiteten, aber nicht in den dortigen Wohnheimen bleiben wollten. Da kam man schnell in schlechte Gesellschaft.«

»Was für ein Glück, dass dieses bei den Redmanns nicht passieren konnte.«

»Eben. Da verkehrten nur anständige Menschen. Paul Baumann war ja im Widerstand gewesen. Ein Kämpfer gegen die Nazis und ein ehrlicher Kerl.«

»Widerstandskämpfer? Na ja. Er hat sich in betrunkenem Zustand kritisch über die Erfolgsaussichten des Krieges geäußert.«

»Das war doch Widerstand, oder? Sonst wäre er ja nicht verurteilt worden.«

»Lassen wir das. Weiter?«

»Baumann wohnte bei den Redmanns. Und ich bin dann dort auch für einige Tage eingezogen. Eines Abends tauchte Fritz Petri auf. Keine Ahnung, wer den eingeladen hatte. Wir haben ein wenig getrunken und so wurden wir bekannt.«

»Und gingen dann gemeinsam nach Ostwestfalen?«

»Das war erst einen Monat später.«

28

Eine Familienfeier

Herne, 6. Juli 1946

Johann traf am frühen Nachmittag am Herner Hauptbahnhof ein. Er war an einem Tiefpunkt angelangt: Mechthild hatte ihm nach einem heftigen Streit die Tür gewiesen – so wie es aussah, für immer.

Mit Ausnahme einiger Schachteln Lucky Strike war er völlig pleite. Er hatte kein Dach über dem Kopf und auch keine Zuzugsgenehmigung für Herne. Letzteres machte ihm am wenigsten Sorgen. Wo Geld war, fand

163

sich immer eine Lösung. Aber er hatte kein Geld. Diesen unglückseligen Zustand galt es zu ändern, fand er. Aber dafür brauchte er Baumann.

Dieser hatte ihm vor knapp einer Woche erzählt, dass er vorhabe, nach Herne zu reisen. Dort gebe es gutes Geld zu verdienen.

»Wo? Auf einer Zeche?«, hatte Johann gefragt und ihn entgeistert angeguckt.

»Bist du bescheuert?«, hatte dieser erwidert. »Auf dem Schwarzmarkt natürlich. Günstig kaufen, teuer verkaufen. Die Knete liegt quasi auf der Straße.«

Johann hatte seine Zweifel für sich behalten. Das mit dem Kaufen erschien ihm eine weniger gute Idee. »Eigentlich brauche ich Käufer für meine Waren«, meinte er. »Gegen harte Währung.«

»Welche Waren?«

Bos biss sich auf die Lippen. Fast hätte er Baumann von dem gehorteten Schmuck erzählt. »Was sich in der Vergangenheit eben so angesammelt hat und einen gewissen Wert besitzt.«

»Auch das geht. Ich sage dir, komm ins Ruhrgebiet«, hatte Baumann noch nachgeschoben. »Ich bin jeden Nachmittag in meiner dortigen Stammkneipe zu erreichen.«

Deshalb stand Johann nun auf dem Bahnhofsplatz und schaute sich um. Für eine Ruhrgebietsstadt war erstaunlich wenig zerstört. Nur westlich von ihm entdeckte er Ruinen. Kaum der Rede wert.

Schließlich griff er seinen recht abgestoßenen Koffer mit den wenigen Habseligkeiten, die ihm geblieben waren, wandte sich nach Norden und folgte der Beschreibung, die ihm Baumann gegeben hatte.

164

Nach einem Fußmarsch von wenigen Minuten erreichte Johann die Kneipe, in der sich Baumann aufhalten sollte. Fast wäre er an dem Eingang vorbeigelaufen, denn an der Fassade fand sich kein Schild mit dem Namen der Gaststätte. Die Tür stand offen, sodass das Stimmengewirr aus dem Inneren auf die Straße dringen konnte.

Er betrat das Lokal. An der Theke stand eine Handvoll Männer mittleren Alters und knobelte. Zigarettenrauch hing in der Luft. Ein Radio plärrte.

Johann sah sich um: kein Paul Baumann zu sehen. Er überschlug seine verbliebene Barschaft. Für ein Bier dürfte es reichen.

Johann trat an die Theke und bestellte. Dann fragte er den Wirt nach seinem Freund.

Der streckte den Hals und schaute zu einem Tisch in der Ecke. »Eben war er noch da. Is wohl pissen.« Damit war die Unterhaltung für ihn beendet.

Johann nahm sein Bier und setzte sich. Und tatsächlich dauerte es nur einen Moment, bis Baumann wieder auftauchte. Er grinste breit und schlug Johann zur Begrüßung auf die Schulter. »Herzlich willkommen.« Er zeigte auf Johanns halb leeres Glas. »Mach die Pfütze glatt. Darauf müssen wir einen trinken.«

Johann verzog das Gesicht. »Ich bin momentan etwas klamm«, meinte er.

Paul verstand sofort. »Kein Problem. Geht auf meinen Deckel.«

Vier Gläser später meinte Johann: »Kannst du mir mit etwas Barem aushelfen? Ich habe noch kein Zimmer und ...«

»Mach dir darüber keine Gedanken. Du kommst mit mir. Ich habe eine Bude nicht weit von hier. Da kannst

165

du zunächst bleiben. Auf meinem Zimmer ist noch ein Bett frei. Trifft sich ohnehin gut, denn heute ist bei den Redmanns eine Familienfeier. Irgendwer hat Geburtstag.«

»Redmann?«

»So heißen die Vermieter. Ich würde sie aber eher als Kumpel bezeichnen. Die Söhne zumindest. Arbeiten in derselben Branche wie wir. Der Mann von der Ollen ist gefallen. Also, komm mit. Du kannst dann bei der Gelegenheit gleich die ganze Bagage kennenlernen.«

»Nur denk dran: Ich heiße Hoffmann, nicht Bos.«

»Geht klar.«

Der Lärm der Feiernden war bis auf die Straße zu hören. Paul drückte die Haustür auf und schob Johann in den Flur. An einigen Stellen blätterte die Farbe von den Wänden. Die Treppenstufen knarzten, als sie in die erste Etage hinaufstiegen.

Paul hatte Johann auf dem Weg erklärt, dass das Haus der Familie gehörte. Die Redmanns bewohnten mit ihren ausgebombten Verwandten, insgesamt fünfzehn Personen, zwei Wohnungen mit je drei Zimmern im Obergeschoss. Die Mansardenzimmer darüber waren an Schlafburschen vermietet, in den Geschäftsräumen im Erdgeschoss boten ein Friseur und ein Schuster ihre Dienste an. Am heutigen Samstagabend allerdings waren die Läden geschlossen.

Badewannen gab es im ganzen Haus keine. Man wusch sich entweder am Waschbecken, jeweils auf halber Höhe bei den Toiletten zwischen den Geschossen, oder im Zuber, der in der Waschküche im Keller stand und mit Holz und Kohle beheizt werden konnte.

Die Türen zu beiden Wohnungen standen sperrangelweit offen. Auf der Treppe, die weiter nach oben führte, hockte ein Paar und knutschte. Die beiden waren so mit sich selbst beschäftigt, dass sie noch nicht einmal reagierten, als sich Paul und Johann an ihnen vorbeidrückten.

Als sie in Pauls Bude angekommen waren, meinte dieser: »Stell deinen Koffer hier neben das Bett. Darin kannst du pennen. Und jetzt komm und lass uns wieder nach unten gehen. Ich will dir meine Freunde vorstellen.«

Eine Stunde später kam es Johann vor, als ob er sich schon seit Jahren in dieser Familie bewegte. Niemand wollte wissen, womit er sein Geld verdiente, keiner interessierte sich für seine Herkunft. Wichtig war nur, dass er ein Freund von Paul Baumann war. Das reichte als Legitimation. Frau Redmann, die Vermieterin, gab sich mit der kurzen Erklärung Baumanns zufrieden, dass Johann erst demnächst die Miete würde bezahlen können. Und als dieser gestand, dass er über keine Zuzugsgenehmigung für Herne verfügte, zuckte sie nur mit den Schultern und meinte: »Wo kein Kläger, da kein Richter.«

Bier und der selbst gebrannte Obstler flossen in Strömen. Und selbst lang vermissten Genüssen konnten die Gäste frönen: kleine Frikadellen, Schnitzel, gebratene Hähnchenkeulen – alles stand auf dem Tisch in der Küche. Johann, der auch in miesen Zeiten meistens aus dem Vollen schöpfen konnte, staunte nicht schlecht, als gegen Mitternacht noch ein Süppchen serviert wurde, in dem tatsächlich Krabben schwammen. Nein, die Großfamilie Redmann schien sehr gut im Geschäft zu sein.

Daran gedachte Johann zu partizipieren. Er wusste nur noch nicht, wie.

Die Redmanns hatten zwei Söhne und eine Tochter. Letztere war Anfang zwanzig, schlank und trug ihr langes, blondes Haar nach Art amerikanischer Pin-ups an den Spitzen onduliert. Johann musste sie immer wieder ansehen, wenn sie durch die Räume schwebte und die Gäste mit glockenheller Stimme nach ihren Wünschen fragte. Auch zu Johann brachte sie mehrmals Getränkenachschub und Zigaretten. Seine anderen Wünsche traute er sich nicht zu artikulieren.

Irgendwann im Morgengrauen kam Paul zu ihm, einen Unbekannten im Schlepptau. »Johann, das ist Fritz Petri«, stellte er ihn mit schwerer Zunge vor.

Petri nickte zur Begrüßung.

Johann versuchte, sich aus dem Sessel, in dem er mehr lag als saß, zu erheben, unterbrach den Versuch aber schnell, als sich die Welt um ihn herum drehte. »Angenehm«, nuschelte er. »Johann Hoffmann.«

Petri ließ sich auf einen Stuhl neben ihm fallen. Er hob seine Bierflasche und prostete Johann zu.

Der nickte langsam, griff das Schnapspinnchen und kippte sich dessen Inhalt in den Rachen. Ihn schüttelte es. Für einen Moment verspürte er Übelkeit. Deshalb spülte er mit Bier nach, was seinen Zustand jedoch nicht gerade verbesserte.

»Ich glaub, 's genuch«, lallte er und versuchte erfolglos, die Bierflasche an der Tischkante zu platzieren. Sie kippte und der restliche Inhalt ergoss sich auf einen Schlafenden auf dem Möbel neben Johann. »Mann«, meinte Johann, als er registrierte, dass der Bierguss den Schlaf seines Nachbarn nicht im Geringsten störte. »Mann, der hat ja noch mehr intus als ich.«

»Hör ma, Paul hat gesacht, du suchst 'n Käufer für ...
wie sacht man gleich ... für ... Wertsachen?«

Johanns Interesse war geweckt, sofern man in seinem
Zustand überhaupt noch an irgendetwas Interesse zeigen konnte. »Kommt drauf an.«

»Auf wat?«

»Auf 'n Preis, 'türlich.« Er rülpste vernehmlich. »Und
womit geblecht wird, verstehse.«

»Watte willst. Dollar, Pfund oder auch Zichten.«

Bos stierte sein Gegenüber aus großen Augen an und
meinte nur: »Jau.«

»Wat hasse denn zu verticken?«

Johann versuchte, sich seine derzeitige finanzielle Situation bewusst zu machen. Da ihm das nur unzurei-
chend gelang, erwiderte er zunächst kein Wort, sondern
glotzte Petri nur weiter an.

Der wiederholte seine Frage.

»Nix«, presste Johann hervor. »Im Moment nix. Aber
das kann sich ja ändern, oder?«

Petri nickte verstehend und hielt ihm die Hand hin.
»Wennze wat hast, sach wat. Oder auch, wennze Knete
brauchst.«

Und Johann schlug ein.

29

Der misstrauische Verwalter

Schloss Hollwinkel bei Preußisch Oldendorf,
15. August 1946

»Gestatten, Mampe! Sohn der bekannten Likörfabrik.«
Schlagzeile Osnabrücker Neues Tageblatt vom 14.10.1950

Der Mercedes fuhr die schnurgerade Allee auf das Schloss Hollwinkel zu. Johann steuerte und Fritz Petri dirigierte ihn, eine Vorkriegsstraßenkarte auf dem Schoß. Sie überquerten die kleine Brücke über die Gräfte, passierten das gusseiserne Tor und hielten direkt vor dem Eingang.

»Du hast die Details im Kopf?«, fragte Petri zum dritten Mal seit ihrer Abfahrt.

Tagelang hatten sie sich in den Kneipen der Gegend herumgetrieben, bis sie endlich im nahen Lübbecke die gewünschten Informationen erhielten. Mehrere Runden Bier und Schnaps hatten die Zungen der Einheimischen gelockert.

»Ich bin doch nicht blöde«, erwiderte Johann. »Außerdem mache ich das nicht zum ersten Mal.« Er stieg aus und betätigte den Türklopfer.

Es dauerte einige Minuten, bis eine Hausangestellte erschien.

Johann grüßte höflich. »Guten Tag. Ich möchte Frau von

170

der Horst meine Aufwartung machen. Ich bringe Nachricht von ihrem Sohn.«

Dieser hockte im britischen Internierungslager Staumühle in der Senne.

Die Hausangestellte wirkte überrascht. »Bitte kommen Sie doch herein.« Sie schloss die Tür hinter Johann. »Wen darf ich melden?«

»Mampe.«

»Bitte warten Sie«, meinte sie und verschwand in einem der Zimmer, die von der großen Empfangshalle abgingen, in der Johann stand. Die Wände schmückten großformatige Ölgemälde, die Jagdszenen zeigten. Am Fuß der breiten Treppe, die ins Obergeschoss führte, blitzte eine Rüstung im Licht der Sonnenstrahlen.

Johann hörte einen erfreuten Ausruf, dann leise Stimmen. Was da gesprochen wurde, blieb ihm verborgen, aber kurz darauf erschien die Hausangestellte wieder und eröffnete ihm mit einem geschäftsmäßigen Lächeln: »Herr Mampe, Frau von der Horst ist jetzt bereit, Sie zu empfangen.« Sie zeigte mit der rechten Hand auf eine offene Tür.

Johann betrat das Zimmer. Auch hier hingen Bilder an den Wänden, schwere Teppiche dämpften den Schritt. Ein großer, runder Tisch stand in der Mitte des Raumes, ein gutes Dutzend Stühle um ihn herum. Hier wohnte ein altes Vermögen, das erkannte Johann sofort.

Vor einem Kamin in einer Ecke befand sich eine Sitzgruppe aus schwerem Leder. Dort erhob sich eine Mittsechzigerin mit weißem Haar. Die Hausherrin ging langsam auf Johann zu.

»Herr Mampe? Ich kenne diesen Namen.« Sie streckte Johann ihre Rechte entgegen.

171

»Das passiert mir immer wieder. Ich bin der Sohn der Likörfabrikanten.«

»Berlin oder Hamburg?«, wollte die Adelige wissen.

Für einen Moment war Johann verwirrt und fühlte sich überrumpelt. Was wollte die Alte von ihm? »Wie … Hamburg, natürlich.«

»Hamburg also. Ich bevorzuge allerdings die Erzeugnisse des Berliner Werks. Aber das ist jetzt natürlich nicht wichtig«, betonte sie, als sie Johanns Unsicherheit falsch interpretierte. »Wir wollen uns ja nicht über die Streitigkeiten in Ihrer Familie unterhalten. Kann ich Ihnen etwas anbieten?«

»Nein, danke.«

Frau von der Horst gab der Angestellten ein Zeichen. Diese verschwand und zog die Tür hinter sich zu.

»Sie bringen Nachricht von meinem Sohn. Geht es ihm gut?«

»Den Umständen entsprechend. Er ist von Staumühle nach Bad Oeynhausen verlegt worden.«

»Ich wusste gar nicht, dass dort auch ein Lager ist.«

»Ist es auch nicht«, improvisierte Johann schnell. »Nur eine Art Gefängnis für diejenigen, deren Entlassung möglich ist.«

»Mein Sohn wird entlassen? Da fällt mir aber ein Stein vom Herzen. Sind Sie sich dessen sicher?«

»Ich sagte, es ist möglich, dass er entlassen wird.«

Enttäuschung breitete sich auf ihren Zügen aus. »Aber wenn er doch schon in Bad Oeynhausen ist … Sagten Sie nicht, das wäre die letzte Station vor der Freilassung?«

»Ja. Aber sicher ist das nun auch wieder nicht. Obwohl: Ihr Sohn jedenfalls ist guter Dinge. Allerdings gilt es, noch die eine oder andere Hürde zu nehmen.«

»Das kann ich mir denken.«

Kein Wort versteht sie, vermutete Johann.

»Sie haben mit meinem Sohn Kontakt gehabt?«

»Ja. Erst gestern.«

»War er da noch im Lager?«

»Nein, wie ich in Bad Oeynhausen. Ich konnte meine Befreiung dank der Hilfe des Kommandanten beschleunigen.«

»Wie das?«

»Der Kommandant hat, wie soll ich es ausdrücken, Geldsorgen. Meine Familie hat ihm ein wenig unter die Arme gegriffen.«

»Mit Barem?«

»Nein, mit Schmuck.«

Frau von der Horst dachte nicht lange nach. »Würde das auch die Entlassung meines Sohnes beschleunigen?«

»Sicherlich.«

»Und wie kann ich dem britischen Kommandanten den Schmuck überbringen? Ich kenne diesen Mann doch überhaupt nicht und spreche nur Französisch.«

»Wenn Sie möchten, wäre ich Ihnen dabei behilflich.«

»Das würden Sie tun?«

»Selbstverständlich. Ihr Sohn war mein Bettnachbar im Lager, müssen Sie wissen.«

Die Hausherrin stand auf und ging in das Nachbarzimmer. Kurz darauf legte sie einen Ring vor Johann auf den Beistelltisch. »Würde das reichen?«

Johann warf einen schnellen Blick auf das Schmuckstück. Hier war mehr zu holen, da war er sicher. »Ich befürchte, nein«, sagte er deshalb. »Der Kommandant ist recht anspruchsvoll.«

Kurz entschlossen griff die Adelige zu einem Glöckchen, welches neben ihrem Sessel stand, und klingelte. Nur Sekunden später stand die Hausangestellte im Zimmer.

»Marie, stellen Sie sich vor: Mein Sohn kommt nach Hause. Wir müssen nur den britischen Kommandanten in Bad Oeynhausen mit etwas Schmuck von seiner Unschuld überzeugen. Holen Sie mir doch bitte das Schmuckkästchen aus meinem Schlafzimmer. Darin ist das Brillantencollier. Sie wissen ja, wo es steht.«

Die Angestellte machte einen Knicks und verließ wortlos den Raum.

»Und Sie«, meinte Frau von der Horst und griff Johann am Arm. »Sie erzählen mir derweil alles von dem Lager und meinem Sohn, was Sie wissen.«

Johann hatte die Erfahrung gemacht, dass die Angehörigen von Inhaftierten nach jeder Information lechzten, die ihre Liebsten betrafen, ganz egal, wie unglaubwürdig sich die Erzählungen auch anhören mochten. Die Leute wollten glauben und deshalb log Johann das Blaue vom Himmel herunter. Wie erwartet, hing auch Frau von der Horst an seinen Lippen, bis die Bedienstete die Schmuckkassette brachte.

»Danke«, sagte die Hausherrin und gab die nächste Anordnung: »Bitte bringen Sie mir einen frischen Tee. Sie möchten immer noch nichts?«

Mit diesen Worten ging sie zu einem Sekretär vor dem Fenster, öffnete eine der Schubladen und zog eine kleine Kette mit einem Schlüssel hervor. Dann kehrte sie zu ihrem Gast zurück.

Auf dem Flur wäre das Hausmädchen fast in den Gutsverwalter gelaufen. »Wem gehört der Mercedes draußen?«, wollte er wissen.

174

»Dem Herrn Mampe«, stieß die Angestellte hervor. »Er bringt Nachricht vom gnädigen Herrn. Die gnädige Frau händigt dem Herrn Mampe jetzt ihr Collier aus, damit der Kommandant in Bad Oeynhausen bestochen werden kann.«

Der Verwalter blickte misstrauisch. »In Bad Oeynhausen gibt es kein Lager. Da sitzt das Hauptquartier der britischen Rheinarmee und nicht ein einziger Gefangener. Und dieser Herr Mampe will Schmuck?«

»Ja.«

»Da stimmt doch etwas nicht.« Der kräftige Mann ließ das Mädchen stehen und lief zurück zu seinem Büro in einem Gebäude außerhalb des Schlosses. Dort angekommen, griff er zum Telefon und versuchte, Frau von der Horst zu erreichen. Schließlich ging sie an den Apparat.

»Entschuldigen Sie die Störung, gnädige Frau. Ist dieser Herr Mampe noch bei Ihnen?«

»Ja, warum?«

»Ich glaube, Ihr Gast führt nichts Gutes im Schilde. Lassen Sie ihn nicht fort, bis ich bei Ihnen bin.«

»Sie hören wie immer die Flöhe husten«, erwiderte Frau von der Horst. »Kümmern Sie sich um Ihre Angelegenheiten.« Dann knackte es in der Leitung.

Der Verwalter fluchte und dachte einen Moment nach. Dann verständigte er die Polizei und trommelte seine Männer zusammen. Einer verriegelte das Tor, die anderen näherten sich mit ihm dem Mercedes.

Frau von der Horst steckte den Schlüssel in das Schloss des Schmuckkastens. »Das war mein Verwalter«, erklärte sie Johann. »Er wittert überall Unrecht. Auch Sie hat er in Verdacht.« Sie lächelte. »Das ist bei ihm schon fast eine Paranoia.«

Der Schlüssel klemmte. »Das verstehe ich nicht. Mein Sohn hat doch ein neues Schloss einbauen lassen und mir den Schlüssel ausgehändigt. Er muss passen.« Sie musterte das Behältnis. »Der richtige Kasten ist es auch.«

Johann wurde unruhig. Dieser Verwalter machte ihm Sorgen. Was, wenn der Mann sich nun nicht an die Anweisungen seiner Chefin hielt und plötzlich hier auftauchte? Er musste weg, und zwar sofort. Johann stand auf und bemerkte so ruhig es ihm möglich war: »Lassen Sie mal. Ich werde morgen noch einmal kommen und ein Schreiben Ihres Sohnes mitbringen, in dem er den Schlüssel beschreibt und auch, wo er ihn aufbewahrt. Ich werde ihn heute noch besuchen.«

»Das wäre wunderbar. Bitte bestellen Sie meinem Sohn die besten Wünsche.«

Johann deutete eine Verbeugung an. »Auf Wiedersehen, gnädige Frau.«

Ohne Hast ging er zur Tür. Erst als er sicher war, unbeobachtet zu sein, lief er los, durchquerte die Eingangshalle und den Innenhof. Krachend fiel die Tür hinter ihm zu. Vom Geräusch alarmiert, drehten sich Männerköpfe zu ihm hin. Johann erfasste die Situation sofort. Gerade zogen zwei kräftige Männer den sich heftig wehrenden Petri aus dem Mercedes. Und ein Dritter kam auf Johann zu und schüttelte drohend seine Fäuste.

Er nahm die Beine in die Hand, kurz bevor ihn der Verwalter erreichte. Er wandte sich nach links und lief auf das Haupttor zu. Sein Verfolger war direkt hinter

176

ihm. Er hörte sein Schnaufen, die Schritte im knirschenden Kies.

Erst im letzten Moment erkannte Johann, dass das Haupttor verschlossen war. Hätte er weiter darauf zugehalten, hätte ihn sein Verfolger unweigerlich erreicht. Der Mann hinter ihm überragte ihn um Haupteslänge und die muskulösen Oberarme ließen keinen Zweifel daran, wer eine mögliche Auseinandersetzung gewinnen würde. Neben dem Haupttor befand sich noch ein kleineres Tor, welches offen stand. Die Männer des Verwalters hatten wohl nur eine Flucht mit dem Mercedes in Betracht gezogen und den anderen Durchgang auf die Allee nicht weiter beachtet. Johann ergriff seine Chance und stürmte durch das Tor, den brüllenden Verwalter im Nacken. Kaum hatte er die Mitte der Brücke erreicht, hielt auf der gegenüberliegenden Seite mit quietschenden Reifen ein Polizeiwagen. Zwei Männer sprangen heraus und zückten ihre Pistolen. »Stehen bleiben, Polizei!«, riefen sie.

In seinem Nacken keuchte der Verwalter, vor ihm wartete die Polizei, links und rechts versperrte der Wassergraben den Weg. Johann blieb stehen. Er wusste, wann er verloren hatte. Seine Flucht war zu Ende, kaum dass sie richtig begonnen hatte. Widerstandslos streckte er beide Arme in den Himmel und ließ sich festnehmen.

30

Ab durch die Mitte

Arnsberg, 10. Oktober 1950

Guten Morgen, meine Damen und Herren«, begrüßte Landgerichtsrat Dr. Döring die Anwesenden. »Ich eröffne den siebten Verhandlungstag in der Strafsache gegen Johann Bos ...« Routiniert rasselte der Vorsitzende seine Sätze herunter.

»Bevor wir die mündliche Verhandlung wieder aufnehmen, gebe ich Ihnen einen Beschluss des Gerichts bekannt. Der Angeklagte Bos wird ab sofort nicht mehr gefesselt vorgeführt und muss auch auf den weiteren Fahrten zu den auswärtigen Terminen keine Fesseln mehr tragen.«

Für einen Moment blickte Bos ungläubig zur Richterbank. Dann brach er in heftiges Schluchzen aus. »Danke, Herr Vorsitzender. Sie sind wirklich ein guter Mensch.«

Danach kam der Landgerichtsrat zur Sache: »Wir haben gestern über den Betrugsversuch auf Schloss Hollwinkel gesprochen. Herr Bos, Sie wurden gemeinsam mit Petri verhaftet. Was ist danach passiert?«

»Ich kam in eine Zelle.«

»Das ist dem Gericht klar, Herr Angeklagter. Wurde ein Verfahren gegen Sie und Petri eröffnet?«

»Gegen mich schon. Gegen Petri nicht. Er hat der Polizei gegenüber erklärt, er sei nur mit mir zum Schloss gefahren. Er habe keine Ahnung von meinem Vorhaben gehabt. Das ist doch wirklich eine Unverschämtheit, mich so hängen zu lassen. Schließlich war das alles sein Plan.«

»Das kann ich mir allerdings nur schwer vorstellen. Denn Sie haben ähnliche Betrügereien ja schon verübt, als Petri noch nicht zu Ihrem Bekanntenkreis zählte.«

Bos schaute unschuldig drein. »Dann hat Petri von meinen früheren Vergehen erfahren und mich angestiftet, damit fortzufahren. Denn ohne meine Tabletten ...«

»Herr Angeklagter!« Der Vorsitzende schaute streng.

»Das habe ich schon erwähnt, oder?«

»Das haben Sie in der Tat.«

»Gut. Denn das ist wichtig. Das dürfen Sie, meine Herren, nicht vergessen, wenn Sie über mich richten. Denn eigentlich bin ich völlig unschuldig, ein guter Kerl, der nur durch die schlechte Gesellschaft ...«

»Herr Bos!« Dem Landgerichtsrat war sein Unmut nun deutlich anzumerken. »Bleiben Sie bei der Sache.«

»Tue ich ja«, maulte Bos. »Aber wenn man hier nie ausreden darf ... Also, Petri hat alles auf mich geschoben, dieser Verbrecher.«

»Und er selbst wurde freigelassen, obwohl man ihn wegen Mordes gesucht hat?«, wunderte sich einer der Beisitzer.

Der Staatsanwalt Dr. Bergmann bat um das Wort. »Darüber bin ich auch gestolpert und habe Erkundigungen eingezogen. Petri wurde in der Tat nicht weiter belangt. Dieses Versehen der örtlichen Polizei und Staatsanwaltschaft lässt sich nur mit den besonderen Bedingungen unmittelbar nach dem Krieg erklären. Es gab ja

179

keine funktionierende Infrastruktur, kaum Kommunikationsmöglichkeiten. Nur so ist nachvollziehbar, warum man Petri hat laufen lassen. Nebenbei: Bos wurde zu diesem Zeitpunkt ebenfalls von mehreren Staatsanwaltschaften gesucht. Es waren, wenn ich richtig informiert bin, Mitte 1946 fast zehn Haftbefehle auf ihn ausgestellt.«

Dr. Döring nickte. »Selbst heute, fünfeinhalb Jahre nach Kriegsende, funktioniert ja noch nicht alles so, wie es sein sollte. Aber lassen wir das. Herr Bos, Sie wurden dann in die Heilanstalt Göttingen eingeliefert. Wie kam es dazu?«

»Das kann ich Ihnen nicht sagen. Da müssen Sie schon die Polizei in Minden fragen.«

»Stellen Sie sich vor, das haben wir sogar getan. Aber wenn Sie es uns nicht erzählen wollen, muss ich wohl berichten, was damals geschah. Wie schon einige Monate früher in Hagen sind Sie durch, sagen wir, ungewöhnliches Verhalten in der Untersuchungshaft aufgefallen. Sie haben gesungen, getanzt, das ganze Programm wiederholt. Natürlich ist das der Gefängnisleitung nicht verborgen geblieben und sie wurden einem Nervenarzt vorgeführt. Der hat dann entschieden, Sie nach Göttingen zu verlegen. Haben Sie diese Einlieferung vorsätzlich herbeigeführt?«

»Ich verstehe Sie nicht ganz.«

»Um es deutlich zu formulieren: Haben Sie den Beamten im Gefängnis etwas vorgemacht?«

»Nein. Ich war doch krank.«

»Aber nicht so krank, um nicht bei der erstbesten Gelegenheit wieder zu türmen, oder?«

»Wenn doch das Fenster offen stand.«

»Sie sollten zu einer Untersuchung gebracht werden. Der Pfleger, der Sie begleitete, verließ sich darauf, dass Sie sich im zweiten Stock befanden, und ging kurz zur Toilette. Der gute Mann hatte übersehen, dass das Fenster nicht verschlossen war und unmittelbar daneben an der Außenwand ein Regenrohr verlief. Daran sind Sie hinuntergeklettert. Richtig?«

»Ich glaube schon. Das war ziemlich hoch.«

»Und Petri?«

»Keine Ahnung.«

»Sie haben ihn danach nie wieder getroffen?«

»Doch. Aber später.«

»Wann war das?«

»Das muss im Herbst 1947 gewesen sein.«

»In Herne?«

»Ja.«

»Sie flüchteten Anfang Februar 1947 und sind dann zunächst nach Osnabrück zurückgekehrt. Was haben Sie da gemacht?«

»Meine Familie besucht. Ich hatte sie einige Monate nicht gesehen. Deshalb bin ich ja weggelaufen. An diesem Tag hatte meine Tochter Geburtstag. Sie wurde sechzehn Jahre alt. Da sollte ein Vater bei seinem Mädchen sein, finden Sie nicht? Es war die Sehnsucht, die mich zu meiner Familie trieb. Nur deshalb bin ich ausgebüxt.«

31

Der verpasste Geburtstag

Osnabrück, 2. Februar 1947

Ihren Geburtstag musste Christfried dennoch ohne ihren Vater feiern. Schuld daran war ein Missverständnis. Der Fahrer eines Lastkraftwagens, den Johann noch in Göttingen angehalten hatte, hatte auf Johanns Frage, wohin er fahre, geantwortet: »Söhlde.«

Johann hatte ihn falsch verstanden und Oelde gehört. Da diese Stadt im Münsterland nur sechzig Kilometer südlich von Osnabrück lag, war er eingestiegen und nach einigen Wortwechseln eingeschlafen. Verabredungsgemäß weckte ihn der Fahrer an seinem Ziel.

Nur lag Söhlde östlich von Hildesheim und war fast genauso weit von Osnabrück entfernt wie der Startpunkt seiner Reise.

Johann hatte sich die halbe Nacht in dem kleinen Ort die Füße in den Bauch gestanden und seine Heimatstadt erst am Nachmittag des nächsten Tages erreicht.

Familie Bos teilte sich seit seiner nicht ganz freiwilligen Demission als Kripochef nun eine deutlich kleinere Bleibe am Stadtrand mit einem ausgebombten Rentnerehepaar. Die zwei Zimmer zur Straße bewohnten die Müllers, die zum Hof Mechthild und Christfried. Küche und Toilette wurden geteilt.

Johann stiefelte die Treppe nach oben. Ein Geschenk für seine Tochter hatte er nicht, war er doch ohne die geringste Barschaft Hals über Kopf abgehauen, sobald sich ihm die Gelegenheit dafür geboten hatte.

Er drückte zwei Mal auf den Klingelknopf, das Zeichen, dass der Besuch, der da schellte, zu Bos wollte.

Kurz darauf hörte er Schritte aus der Wohnung. Mechthild öffnete. Überrascht klappte ihr der Mund auf, als sie ihn vor der Tür stehen sah, trat dann beiseite und meinte knapp: »Komm rein.«

Johann trat in den Flur und folgte seiner Frau in ihren Teil der Wohnung. Seine Tochter Christfried sah auf, als er den Raum betrat, welcher als Wohn- und Kinderzimmer diente.

»Papa«, rief sie erfreut und fiel ihm in die Arme.

»Herzlichen Glückwunsch, meine Kleine«, flüsterte er ihr ins Ohr. »Mögen alle deine Wünsche in Erfüllung gehen. Leider habe ich nichts für dich besorgen können. Ich hole das nach. Versprochen.«

»Das ist doch egal. Schön, dass du kommen konntest.«

Sie zog ihren Vater zu sich auf das verschlissene Sofa. »Jetzt bleibst du aber für immer bei uns, nicht wahr?«

Johann warf seiner Frau einen schnellen Blick zu. Die verzog keine Miene. Stattdessen meinte sie: »Weshalb bist du entlassen worden?«

In Ermangelung einer plausiblen Antwort zog es Johann vor, zu schweigen.

»Du bist nicht entlassen worden«, stellte Mechthild fest, »sondern getürmt.«

»Sagen wir so«, erwiderte Johann. »Ich wurde wegen des Geburtstags meiner Tochter beurlaubt.«

»Nenn es, wie du willst. Morgen bist du wieder weg. Ich habe keine Lust, wegen dir Scherereien zu bekommen.«

»Was meinst du damit?«

»Die Situation mit den Müllers ist schon angespannt genug. Da will ich nicht, dass die mitbekommen, wie wir Ärger mit der Polizei haben.«

»Wie kommst du denn darauf?«

»Ach, hör schon auf mit dem Drumrumgerede. Du bist getürmt und spätestens übermorgen klingelt die Kripo an der Wohnungstür. Es gibt schon genug Gerede wegen meines Berufs. Ich möchte nicht, dass der Vermieter uns aus der Wohnung wirft.« Sie schaute zu ihrer Tochter. »Notunterkünfte sind für ein Mädchen nicht unbedingt der geeignete Ort zum Erwachsenwerden.«

Johann schluckte die naheliegende Frage herunter, ob für Christfried denn die Tätigkeit ihrer Mutter beispielhaft sei. Stattdessen wollte er wissen: »Du arbeitest immer noch als Tänzerin?«

»Natürlich.«

»Und das andere auch?«

»Selbstverständlich. Von irgendwas müssen wir ja leben. Mein Ehemann treibt sich ja in der Weltgeschichte herum, wenn er nicht gerade im Knast sitzt.«

»Ich war nicht im Göttinger Knast.«

»Dann eben in einer Heilanstalt. Das Ergebnis war jedenfalls dasselbe: Du hast uns ohne Geld sitzen lassen.«

»Mechthild, ich ...«

Sie unterbrach ihn barsch. »Ich will von deinen ewigen Entschuldigungen nichts mehr hören. Du bist morgen Abend verschwunden, sonst verständige ich eigenhändig die Polizei.«

»Mama! Das kannst du doch nicht machen.«

»Misch dich nicht in ein Gespräch deiner Eltern ein«, fuhr Mechthild ihre Tochter an. »Dein Vater ist gekommen, um dir zu gratulieren, und das war es. Gib dich damit zufrieden, auch wenn er einen Tag zu spät und ohne Mitbringsel hier aufgetaucht ist. Morgen ist er wieder verschwunden. Das ist mein letztes Wort.« Sie marschierte zur Schlafzimmertür. »Christfried schläft heute Nacht bei mir. Ich ziehe mich jetzt um und bin dann weg.«

»Wohin willst du?«, wunderte sich Johann. »Ich dachte, wir würden den Abend miteinander ...«

»Was meinst du, wohin ich wohl gehe? Arbeiten natürlich.« Und zu Christfried gewandt sagte sie: »Du kannst deinem Vater etwas von der Rübensuppe geben. Aber nicht alles. So, das war mein letztes Wort in dieser Angelegenheit.«

Und Johann wusste, dass Mechthild keine leeren Drohungen ausgestoßen hatte.

32

Der Auftritt der Tochter

Arnsberg, 10. Oktober 1950

Über Ihre Familie werden wir jetzt ausführlicher sprechen. Ich rufe auf: die Zeugin Christfried Bos, geboren am 1. Februar 1931. Herr Wachtmeister, bitte.«

Ein leises Raunen ging durch den Saal. Die Tochter des Angeklagten im Zeugenstand – das war so recht nach dem Geschmack der Zuhörer.

Die junge Frau trug einen grauen Mantel nach der neuesten Mode und braune Halbschuhe. Über ihrem Arm baumelte eine weinrote Handtasche. Sie wirkte älter als ihre neunzehn Jahre und lächelte verlegen, als sie den Gerichtssaal durchschritt.

185

»Wenn Sie sich entschließen auszusagen, müssen Sie antworten, wenn Ihnen in diesem Saal eine Frage gestellt wird«, belehrte sie der Vorsitzende. »Und so laut, dass alle es verstehen können. Allerdings wird in diesem Gericht eine Anklage gegen Ihren Vater verhandelt. Sie haben deshalb ein Zeugnisverweigerungsrecht, brauchen also nicht aussagen. Wie entscheiden Sie sich?«

»Ich mache meine Aussage.«

»Sie wissen, dass Sie die Wahrheit zu sagen haben, auch wenn Sie nicht vereidigt werden?«

»Ja.«

»Gut. Dann erzählen Sie uns von Ihrem Zuhause. Haben sich Ihre Eltern oft gestritten?«

»Vor dem Krieg?«

»Zum Beispiel.«

»Wenn mein Vater anwesend war, ja. Meine Mutter musste abends und nachts bis in die frühen Morgenstunden arbeiten.«

»Sie war in dieser Zeit noch ... äh ... Tänzerin?«, erkundigte sich der Gerichtsvorsitzende.

»Ja. Deswegen hat sie am Tag lange geschlafen. Mein Vater oder ich gingen einkaufen. Meistens habe ich gekocht. Und wenn meine Mutter am späten Nachmittag aufstand, gab ein Wort das andere. Mein Vater fand nicht gut, was sie arbeitete. Er sagte, er würde doch für uns sorgen. Aber meine Mutter meinte, solange er keiner geregelten Tätigkeit nachgehen würde, solle er den Mund halten oder arbeiten, bevor er ihr Vorhaltungen machen dürfe. Und schon war der Streit da.«

»Wie lief das ab?«

»Sie haben sich angebrüllt. Ganz oft ist mein Vater aus der Wohnung gelaufen und erst wiedergekommen, wenn meine Mutter weg war. Und wenn ich im Bett lag, habe ich ihn manchmal im Nebenzimmer weinen gehört.«

»Das war wegen Ihrer Mutter?«

»Bestimmt. Warum auch sonst?«

Christfried Bos berichtete eine gute halbe Stunde lang von den Auseinandersetzungen in ihrer Familie. Dabei war zu spüren, dass ihre Sympathie eindeutig dem Erzeuger galt, weniger der Mutter. Als keine Fragen mehr an sie gestellt wurden, lief sie spontan zur Anklagebank und umarmte Johann Bos.

Der hinter dem Angeklagten sitzende Wachtmeister wollte einschreiten, wurde aber mit einer Handbewegung vom Vorsitzenden daran gehindert. Nachdem sich Vater und Tochter voneinander gelöst hatten, verließ Christfried Bos weinend den Gerichtssaal. Und auch dem Angeklagten rannen Tränen über das Gesicht.

Der Verteidiger ergriff das Wort. »Die Zeugenaussage hat gezeigt, dass meinem Mandanten immer daran gelegen war, ein einigermaßen ordentliches Familienleben zu führen. Aber seine Frau hatte – um es vorsichtig zu formulieren – andere Vorstellungen. Ich möchte daran erinnern, dass mein Mandant während der Untersuchungshaft im Jahr 1949 schuldlos geschieden wurde.«

»Und das will was heißen«, murmelte einer der Beisitzer.

Dr. Kaessmann ließ sich von der Unterbrechung nicht beirren. »Herr Bos fand nie inneren Halt durch ein glückliches Familienleben. Ich würde nicht so weit gehen wollen, darin den alleinigen Grund für sein Verhalten zu sehen, aber Auswirkungen auf sein Leben hatte diese Situation schon. Sie hat ihn stark belastet. Und dieser seelische Druck in Verbindung mit seiner Erkrankung hat sein Handeln ohne jeden Zweifel beeinflusst.«

Bos sah bewundernd zu seinem Verteidiger hin. Das hätte ich nicht besser machen können, schien dieser Blick zu sagen.

Nach der Mittagspause setzte Dr. Döring die Befragung des Angeklagten fort: »Wir haben von Ihnen immer wieder gehört, dass Sie durch Dritte beeinflusst wurden. Einer von diesen Männern war anscheinend Fritz Petri. Ist das richtig?«

»Das könnte man so sagen.«

»Und die anderen?«

Bos schaute Hilfe suchend zu seinem Anwalt. Der machte ein aufmunterndes Gesicht. Trotzdem schwieg Bos zunächst. Dann meinte er mit stockender Stimme: »Willi Krönert gehörte dazu.«

»Sonst noch jemand?«

»Ein Amerikaner. Aber dessen Namen kenne ich nicht.«

Zum Gericht gewandt, erläuterte der Landgerichtsrat: »Der Angeklagte hat diesen Amerikaner auch in den polizeilichen Vernehmungen mehrmals angeführt. Es gibt aber nicht den geringsten Anhaltspunkt, dass er wirklich existiert. Weder wurde er jemals festgenommen, noch konnten Zeugen den Unbekannten beschreiben. Möglicherweise lügt der Angeklagte oder es handelt sich um eine seiner Wahnvorstellungen.«

»Ich lüge nicht, Herr Vorsitzender«, empörte sich Bos. »Den Kerl gibt es tatsächlich. Er hat mich gemeinsam mit Krönert angestiftet.«

»Wir sollten dazu den Zeugen Krönert hören. Gerichtsdiener, bitte führen Sie Willi Krönert herein.«

Wenig später stand Krönert in der Zeugenbank. Nach der Feststellung seiner Personalien und einer eindringlichen Belehrung Dr. Dörings, bei der Wahrheit zu bleiben, begann dessen Vernehmung. »Wie und wo haben Sie den Angeklagten kennengelernt?«

Krönert warf Bos einen schnellen Blick zu. Dann antwortete er: »Ende Februar 1947 in Herne.«

»Bei der Familie Redmann?«

»Ja, das heißt, das erste Mal haben wir uns im *Café Central* getroffen. Baumann und Bos warteten in der Gaststätte. Ich wollte mit den Redmann-Jungs zu ihnen stoßen.«

»Was hatten Sie mit der Familie Redmann zu tun?«

»Ich war mit ihr geschäftlich verbunden.«

»Geht es auch etwas konkreter?«

Krönert bis sich auf die Lippen. Es vergingen quälend lange Sekunden.

»Das Gericht kann nicht ewig warten. Beantworten Sie meine Frage«, befahl endlich der Landgerichtsrat.

»Wir haben mit Zigaretten und Kaffee gehandelt.«

»Aha. Sie waren also mit Mitgliedern der Familie Redmann auf dem Schwarzmarkt tätig?«

»Ja«, antwortete Krönert leise.

»Ich habe Sie nicht verstanden.« Dr. Döring beugte sich vor.

»Ja«, wiederholte der Zeuge deutlich lauter.

»Und später haben Sie sich mit dem Angeklagten zusammengetan?«

»Wenn Sie das so nennen wollen.«

»Will ich. Na, dann erzählen Sie uns von diesem Lokal.«

33

Café Central

Herne, 17. April 1947

Das Kaffeehaus erstreckte sich über zwei Etagen eines Jugendstilgebäudes in der Herner Innenstadt. Im Erdgeschoss lag der Schankraum, darüber der Tanzsaal mit der kleinen Bühne und den angrenzenden Separees. Unmittelbar nach dem Krieg diente das *Central* zunächst als Offizierskasino der britischen Armee, heute als bekannter Treffpunkt für Schwarzmarkthändler und Schieber. Razzien der Militärpolizei waren an der Tagesordnung.

Johann war zum ersten Mal in diesem Lokal. Zigarettenrauch hing in der Luft. Aus einem Radioempfänger plärrte der britische Soldatensender BFBS. Obwohl erst früher Nachmittag, standen Männer dicht gedrängt an der Theke. Auch die meisten der Tische waren besetzt. Mit Ausnahme der zwei Serviermädchen blickte Johann nur in männliche Gesichter.

Sie stellten sich zu den anderen an die Theke und Baumann bestellte zwei Bier. Die Gespräche um sie herum drehten sich ausschließlich um Schwarzmarktgeschäfte: Wie viele Stangen Zigaretten kostete derzeit ein halbes Schwein? Welcher britische Soldat kaufte Uhren oder Fotoapparate? Wo gab es günstig Kartoffeln?

Schwungvoll knallte der Mann hinter der Theke die vollen Gläser auf den Tresen und fragte: »Auf deinen Deckel, Paul?«

190

Johanns Begleiter nickte. »Du hast ja gestern Abend heftig mit der kleinen Redmann geschäkert«, griente er Johann an. »Ich denke, du bist verheiratet?«

»Nicht mehr«, log dieser. Und fühlte sich fast so, als würde er die Wahrheit sagen, immerhin dachte er schon seit Längerem darüber nach, sich von seiner Frau Mechthild zu trennen. Auf jeden Fall war er entschlossen, seiner Heimatstadt Osnabrück endgültig den Rücken zu kehren und sich woanders niederzulassen. Warum dann nicht in Herne?

Hinzu kam, dass er sich tatsächlich in Cläre Redmann verguckt hatte. Sie war ihm schon an seinem ersten Abend aufgefallen. Aber damals – neu in der Stadt und gerade erst bei den Redmanns eingezogen – war es noch zu früh für irgendwelche Avancen gewesen. Erst im Laufe der Monate war er sich seines Gefühls sicherer geworden. Und jetzt war er wild entschlossen, Cläre für sich zu gewinnen – Mechthild im fernen Osnabrück hin oder her.

Ein hochgewachsener Mann war an ihre Seite getreten. Er klopfte Baumann freundschaftlich auf die Schulter. »Die Redmanns kommen nicht. Ihr müsst also mit mir vorliebnehmen.« Bei diesen Worten schaute er erst Baumann, dann Johann an. »Ist er das?«

»Ja. Das ist mein Freund Johann«, erwiderte Paul Baumann. »Er hat einige Zeit mit Fritz Petri zusammengearbeitet. Johann, das ist Willi Krönert.«

Willi begrüßte sie mit Handschlag. Dann murmelte er: »Wir sollten uns dahinten in die Ecke setzen, wo es nicht so viele Ohren gibt.«

Sie folgten der Anregung und bestellten am Tisch weitere Biere. Nachdem die Bedienung auf dem Weg zur

Theke war, erkundigte sich Krönert: »Wo steckt Petri jetzt?«

»Keine Ahnung«, erwiderte Johann. »Ich habe ihn seit fast einem Jahr nicht mehr gesehen.«

»Ich habe gehört, er treibt sich in Bayern rum«, ergänzte Baumann. »Soll einen auf dicken Max machen. Mehr weiß ich auch nicht.«

»Wie heißt du eigentlich mit Nachnamen?«, erkundigte sich Krönert beiläufig.

»Warum willst du das wissen?«, fragte der Angesprochene misstrauisch zurück.

»Nur so.«

Baumann trat Johann gegen das Schienbein und sah seinen Freund eindringlich an. Der verstand. »Hoffmann.«

Krönert griff zum Bierglas und wischte sich, nachdem er getrunken hatte, den Schaum vom Mund. »Und was machst du so?«

»Och, alles Mögliche. Was gerade so anliegt.« Johann war überzeugt, dass Krönert nicht auf ein unverbindliches Schwätzchen aus war, sondern ihn auf den Prüfstand stellte.

»Schwarzmarkt?«

»Weniger. Eher An- und Verkauf.«

»Klingt interessant. Was verkaufst du denn so?«

»Schmuck. Uhren. Wertsachen halt.«

»Und wo hast du die her?«

»Sagte ich doch gerade. Billig kaufen, teuer verkaufen.«

Krönerts Augen funkelten. »Willst du mich verscheißern? Das kannst du deinem Friseur erzählen, aber nicht mir.«

Baumann griff ein. »Willi ist vertrauenswürdig, Johann.«

»Sagst du«, antworte dieser und ließ Krönert nicht aus den Augen.

Krönert schob sich langsam vom Stuhl hoch. »Das muss ich mir nicht sagen lassen, von einem ...«, er suchte nach Worten, »... einem ...«

Baumann drückte den neben ihm Sitzenden zurück auf seinen Platz. »Johann meint das nicht so. Stimmt doch, oder?«

Johann schaute in Baumanns Gesicht. Nun nimm dich zusammen, stand da geschrieben. Und mach keinen Ärger. »Er hat recht. Tut mir leid. Ich wollte nicht deinen guten Ruf anzweifeln.«

»Dann ist ja gut«, knurrte Krönert. Er schien tatsächlich besänftigt zu sein.

»Ich geb eine Runde«, versprach Johann und winkte nach der Bedienung. Es war wirklich taktisch unklug, Streit anzufangen, kaum dass er zurück in der Stadt war. Baumann hatte ihm von Krönert erzählt. Dieser habe viele Freunde hier und verfüge über einen gewissen Einfluss. Wenn er wirklich in Herne bleiben wollte, dachte Johann, war es besser, sich nicht schon beim ersten Treffen mit denen anzulegen, auf die er möglicherweise bei seinen Geschäften in naher Zukunft angewiesen war.

Fünf Runden später tat der Alkohol seine Wirkung und der kleine Disput war vergessen. Ihr Gespräch kreiste um Fußball, Kneipen und Frauen. Genau in dieser Reihenfolge.

Unvermittelt wechselte Krönert das Thema: »Ich kenne hier jemanden, der könnte dir bei deinen Geschäften vielleicht behilflich sein.«

»Und wer ist das?« Johann zog an seiner Zigarette.

»Knack heißt er. Ein Oberwachtmeister. Noch ein Bier?« Krönert genoss sichtbar Johanns Verblüffung. »Da staunst du, was? Ja, einer von der Polente. Aber zuverlässig. Hättest du Interesse an seiner Bekanntschaft?«

»Das kommt darauf an«, antwortete Johann vorsichtig.

»Er ist nicht sehr teuer, wenn du das meinst«, erwiderte Krönert. »Und er kann dir viel Ärger ersparen. Also, was ist? Soll ich dich mit ihm bekannt machen? Er steht dahinten an der Theke.« Krönert sah Johann lauernd an.

»Hört sich interessant an«, erwiderte Johann und grinste schief. »Was springt denn für dich dabei heraus?«

»Du beteiligst mich am Gewinn. Dafür helfe ich dir.«

Johann überlegte nicht lange. Der Start in seiner neuen Heimatstadt verlief zufriedenstellend.

»Einverstanden«, meinte er deshalb und streckte Krönert die Hand hin. »Partner?«

Krönert schlug ein. »Partner!«, bekräftigte er.

»Ich heiße übrigens Bos, nicht Hoffmann«, gestand Johann.

»Das wusste ich doch längst«, grinste Krönert und warf einen schnellen Blick zu Baumann hinüber.

Baumann, du Quatschmaul, dachte Johann und beschloss, zukünftig vorsichtiger mit dem zu sein, was er vor seinen alten und neuen Freunden ausplauderte. »Aber ich möchte, dass es zunächst bei Hoffmann bleibt. Vor allem gegenüber dem Polizisten«, erklärte er dann.

»Geht klar«, versicherte Krönert. »Und willst du unseren Freund und Helfer kennenlernen?«

Johann stand auf. »Sicher.«

34

Ein merkwürdiger Zeuge

Arnsberg, 10. Oktober 1950

»Bos wird böse und sagt: ›Der Zeuge muss verhaftet werden‹.«
Schlagzeile Osnabrücker Neues Tageblatt vom 4.10.1950

Herr Bos behauptet, Sie hätten die Adressen für die Betrügereien ausbaldowert, die Einzelheiten über die betroffenen Familien besorgt und an den Angeklagten weitergegeben. Ist das so richtig?«, wollte der Gerichtsvorsitzende von dem Zeugen Krönert wissen.

»Das stimmt nicht!«, entgegnete Krönert. »Die Zeitungen damals waren doch voll von Berichten über die Spruchkammerverhandlungen. Da stand alles haarklein drin.«

»Auch in Wiesbaden oder Lübbecke?«

»Natürlich.«

»Woher wissen Sie das so genau? Waren Sie in diesen Städten?«

Krönert wurde rot und schwieg.

»Beantworten Sie meine Frage«, fuhr Dr. Döring den Zeugen an.

»Ich hatte damit nichts zu tun.«

»Noch einmal, Herr Krönert. Woher wissen Sie, dass solche Berichte auch in den Zeitungen anderer Städte erschienen sind?«

195

»Das war damals üblich«, erwiderte der Zeuge.

»Mehr haben Sie nicht dazu zu sagen?«

Krönert schüttelte den Kopf.

»Herr Bos behauptet weiter, Sie hätten die erbeuteten Wertgegenstände an Hehler in Frankfurt weitergegeben. Diese Leute seien ebenfalls Zigeuner und Ihnen deshalb bekannt.«

»Nein.«

»Was nein?«

»Ich bin kein Zigeuner. Meine Frau ist eine, aber nicht ich.«

»Und Sie haben auch nichts von der heißen Ware verkauft?«

»Nicht ein Stück.«

Bos sprang auf. »Das ist eine Lüge!«, rief er laut. »Der Kerl lügt wie gedruckt. Wie alle Zigeuner!«

»Setzen Sie sich, Angeklagter«, befahl der Gerichtsvorsitzende.

Aber Johann Bos war nicht so einfach zu beruhigen: »Die Unterschriften unter meinen Ausweisen stammten auch von ihm. Fragen Sie das den Angeklagten Krönert, werter Herr Vorsitzender.«

»Wieso bezeichnen Sie den Zeugen als Angeklagten?«

»Weil *er* hier sitzen müsste und nicht ich.«

»Was nicht ist, kann ja noch werden. Und nun stören Sie nicht immer die Verhandlungen mit Ihren Zwischenrufen. Herr Krönert, was sagen Sie zu diesen Vorwürfen, die Ihr Freund da eben erhoben hat?«

Krönert rutschte unruhig auf seinem Platz hin und her. »Ich kann nur wiederholen, dass ich damit nichts zu tun habe.«

»Wir können ein grafologisches Gutachten einholen. Das wird erweisen, ob Sie die falschen Papiere unter-

196

schrieben haben. Eine Gegenüberstellung wäre auch möglich. Es gibt Zeugen, die bei den Beutezügen im Wagen des Angeklagten eine weitere Person gesehen haben. Waren Sie dieser jemand?«

»Nein.«

»Herr Krönert, ich muss Sie belehren. Sie sind als Zeuge verpflichtet, in jedem Fall die Wahrheit zu sagen, auch wenn Sie nicht vereidigt werden. Ich werde Sie aber nach Ihrer Aussage vereidigen. Sie dürfen nur dann schweigen, wenn Sie sich durch das, was Sie sagen, selbst belasten würden. Das Gericht hat den begründeten Verdacht, dass Sie einer der Mittäter des Angeklagten sind. In diesem Fall dürfen Sie schweigen, riskieren allerdings ein staatsanwaltliches Ermittlungsverfahren, wenn es nicht ohnehin schon gegen Sie eingeleitet wurde. Ich frage Sie deshalb: Wollen Sie Ihre Zeugenaussage fortsetzen?«

Krönert dachte nicht lange nach: »Nein.«

»Gut. Wir haben das zur Kenntnis genommen. Für das Protokoll: Der Zeuge Willi Krönert verweigert nach ausführlicher Belehrung durch den Vorsitzenden die Aussage, weil er sich nicht selbst belasten möchte. Auf eine Vereidigung wird deshalb verzichtet. Der Zeuge ist hiermit entlassen.«

Für einen Moment war es ruhig im Gerichtssaal.

Als Krönert an ihm vorbei Richtung Ausgang ging, sprang Bos wieder auf. »Ich beantrage, dass der Angeklagte wegen Verdunklungsgefahr sofort verhaftet und in eine Zelle gesteckt wird«, rief er erregt. »Denn wenn Krönert als freier Mann diesen Gerichtssaal verlässt, warnt er die Mitglieder seiner Familie. Dann sind alle Zigeuner in München, Frankfurt und Wiesbaden in wenigen Stunden wie vom Erdboden verschwunden. Und von den Zeugen kommt auch keiner mehr, darauf können Sie einen lassen! Die haben doch alle Angst, wenn sie erst einmal von Krönert und seiner Bande unter Druck gesetzt werden. Festnehmen, fordere ich. Sofort festnehmen! Herr Staatsanwalt, nun machen Sie doch etwas. Der kann doch hier nicht so einfach rausmarschieren, als ob nichts gewesen wäre.«

Endlich gelang es Dr. Kaessmann, seinen Mandanten zu beruhigen. »Nicht Krönert ist der Angeklagte, sondern Sie«, flüsterte er ihm zu. »Ich glaube, dass er sich auch noch vor Gericht verantworten muss. Und jetzt seien Sie bitte ruhig. Sie schaden sich mehr, als dass Sie sich helfen.«

Dr. Bergmann, der den Ausbruch des Angeklagten kopfschüttelnd beobachtet hatte, kommentierte lakonisch, dass Haftanträge üblicherweise von der Staatsanwaltschaft gestellt würden und nicht von einem Angeklagten. Und in diesem Fall würde er eben zunächst keinen Haftbefehl beantragen.

Als Bos diese Bemerkung hörte und sah, wie Krönert unbehelligt die Saaltür hinter sich zuzog, begann er zu zittern. Dann jedoch ließ er sich auf seinen Stuhl fallen und sah dabei noch verzweifelter aus als zuvor.

»Wenn sich alle beruhigt haben, können wir ja die Verhandlung fortführen«, meinte Dr. Döring ruhig und sah zu Bos hinüber. »Kommen wir noch einmal auf Herne zurück. Was genau hat dieser Oberwachtmeister für Sie getan?«

»Für mich? Nichts. Krönert hat den Kerl angeschleppt. Er hat von der Zusammenarbeit profitiert, nicht ich. Ich bin …«

Dr. Döring hob die rechte Hand, um den Redefluss des Angeklagten zu unterbinden. »War es nicht so, dass Knack Ihnen eine neue Polizeimarke verschafft hat?«

»Ach das meinen Sie, Herr Vorsitzender. Das hatte ich schon wieder vergessen.«

»Wie gut, dass ich Sie daran erinnert habe. Also?«

»Ja, meine Marke, die ich noch aus meiner Zeit als Kripochef hatte, war verschwunden. Irgendein unehrlicher Mensch muss Sie mir entwendet haben. Und eine Marke brauchte ich ja schließlich, um mich auszuweisen.«

Der Vorsitzende schaute entgeistert. »Aber Sie waren schon längst kein Polizist mehr!«

»Sicher. Aber das wusste doch niemand.«

Der Landgerichtsrat schnappte hörbar nach Luft. »Weiter«, krächzte er. »Was hat Ihnen dieser Knack noch besorgt?

»Gerichtsakten.«

»Und was haben Sie mit diesen Akten gemacht?«

Bos schaute verständnislos. »Gelesen, was sonst. Das ist aber eine komische Frage, Herr Vorsitzender. Was machen Sie denn mit solchen Akten? Bestimmt kein Feuerchen, oder?« Bos lachte über seinen Scherz laut auf und einige Zuschauer fielen in diesen Heiterkeitsausbruch ein, was den Landgerichtsrat zu einem Ordnungsruf veranlasste. Daraufhin kehrte wieder Ruhe ein.

»Was haben Sie sich von dem Aktenstudium versprochen?«

Bos dachte nicht lange nach. »Ich eigentlich nichts. Krönert meinte, es könne nicht schaden, wenn wir wüssten, was anderen so vorgeworfen wird. Solche Informationen könnten wir später sicher nutzen, hat er gemeint.«

»Für Erpressung?«

»Das ist aber ein böses Wort, Herr Vorsitzender. Obwohl – wenn ich es mir recht überlege, könnte Krönert etwas in der Art vorgehabt haben.«

»Sie waren daran selbstverständlich unbeteiligt?«

»Genau.«

»Das hatte ich mir fast gedacht. Und was sonst noch? Hat Knack Sie gewarnt? Vor Hausdurchsuchungen beispielsweise? Razzien?«

»Manchmal«, druckste Bos herum.

»Und Sie haben ihn dafür bezahlt?«

»Bezahlen würde ich das nicht nennen. Das hört sich ja so an, als ob er bei mir beschäftigt gewesen wäre. Er hat von Zeit zu Zeit eine kleine Aufmerksamkeit erhalten. Eher eine Spende. Ein wenig Unterstützung, denn mit seinem Polizistengehalt konnte er ja keine besonders großen Sprünge machen.«

»Sie haben ihn also bestochen?«

»Na ja, so in etwa.«

Der Landgerichtsrat nickte dem Protokollanten zu: »Halten wir fest: Der Angeklagte gibt zu, sich der Beamtenbestechung schuldig gemacht zu haben.«

»Nee, nee«, protestierte Bos. »So habe ich das nicht gesagt.«

»Das Gericht hat es aber genau so verstanden. Was ist aus dem Polizisten Knack geworden?«

»Das kann ich Ihnen wirklich nicht sagen. Steht das nicht in Ihren Akten?«

Dr. Döring zog es vor, diese Bemerkung des Angeklagten zu ignorieren. »Seltsame Zustände herrschten da in

Herne, das muss ich wohl sagen. Sie haben dann dort Ihren Hausstand begründet?«

»Ja.«

»Anfang Mai 1947 sind Sie gemeinsam mit Krönert nach Süddeutschland aufgebrochen. Warum gerade dorthin?«

»Krönert meinte, es sei besser, sich in einer anderen Gegend umzutun. Schließlich kannte man mich ja im Westen und Norden schon.«

»Sie meinen, Sie wurden in diesen Regionen mit Haftbefehl gesucht?«

»Sie bringen es auf den Punkt, Herr Vorsitzender.«

»Und Ihre Masche, die Zeitung auszuwerten oder Nachbarn auszufragen, um an die erforderlichen Informationen zu bekommen, haben Sie beibehalten?«

»Krönert hat das gemacht, Herr Vorsitzender. Ich doch nicht. Ich war nur eine Art Handlanger.«

»Wie konnte ich das nur vergessen«, bemerkte Dr. Döring ironisch.

»Die heutige Sitzung ist hiermit beendet. Ich vertage die Verhandlung auf den 12. Oktober in München.«

Aus den Gerichtsakten

Auszug aus dem Vernehmungsprotokoll des Oberwachtmeisters Hugo Knack

Vernehmungsort: Polizeipräsidium Bochum. Vernehmender Beamter: HK P. Meier, Datum: 17. Mai 1949

HK Meier: Woher hatten Sie diese Polizeimarke?

Knack: Gefunden.

HK Meier: Das glauben Sie doch selbst nicht.

Knack: Ungelogen. Sie lag eines Tages in unserer Wache auf dem Boden.

HK Meier: Wann war das genau?

Knack: Keine Ahnung. Ich habe sie zunächst in eine Schublade gelegt, weil ich dachte, der Verlierer würde sich irgendwann melden. Ist aber nie passiert. Dann habe ich den Vorfall völlig vergessen, bis mich Bos fragte, ob ich ihm eine solche Marke besorgen könnte. Er wolle sie als Andenken an seine frühere Tätigkeit, hat er mir erzählt. Da habe ich sie ihm gegeben.

HK Meier: Hat er dafür bezahlt?

Knack: Na ja, eigentlich nicht so richtig.

HK Meier: Wie soll ich das verstehen?

Knack: Er hat mir eine Uhr dafür gegeben. Ein Tausch, sozusagen.

HK Meier: So kann man das auch nennen. Was war nun mit den Akten?

Knack: Welchen Akten?

HK Meier: Die Sie Bos übergeben haben.

Knack: Das waren Strafakten, die über meinen Schreibtisch liefen. Verfahren wegen Steuerbetruges, von ehemaligen Nazis, alles mögliche.

HK Meier: Was wollte Bos mit den Akten?

Knack: Ich weiß nicht. Das müssen Sie ihn schon selbst fragen.

HK Meier: Sie wussten doch, dass Sie sich mit der Weitergabe dieser Unterlagen strafbar machten?

Knack: Eigentlich habe ich nicht daran gedacht. Zum einen war Bos ja früher selbst Polizist gewesen, sogar Kripochef. Zum anderen standen diese Verfahren alle kurz vor dem Ende der Ermittlungen. Im Gerichtsverfahren würde das alles sowieso vorgetragen.

HK Meier: Und da dachten Sie, es würde keine Rolle spielen, wenn Bos diese Informationen auch bekäme – einige Wochen vorher.

Knack: So ungefähr.

35

Der ehrliche Besucher

München, 2. und 3. Mai 1947

Gertrude May lebte in einem großzügigen Einfamilienhaus in einem der vornehmeren Stadtteile Münchens. Aber viel mehr als den Schein von Wohlstand konnte sie nicht aufrechterhalten. Um zu überleben, hatte sie nach und nach alles verkauft, was einen gewissen Wert darstellte. Sah man von dem unzerstörten Haus ab, welches sie mit ihren Kindern bewohnte, war Gertrude May arm wie eine Kirchenmaus.

Bei Kriegsbeginn in die Waffen-SS eingetreten, hatte ihr Mann Theodor dort als Truppenarzt gedient und war bei der sogenannten Ardennenoffensive der Wehrmacht in amerikanische Gefangenschaft geraten. Von dort hatten die Amerikaner ihn zunächst in das Internierungslager Hammelburg gebracht. Erst vor drei Tagen war er nach Moosburg an der Isar verlegt worden.

Johann steuerte seinen Mercedes in die ruhige Nebenstraße und hielt vor dem Haus der Familie. Krönert saß neben ihm, stieg aber mit Johann aus und nahm auf dem Fahrersitz Platz, nachdem sein Kumpel das Grundstück der Mays betreten hatte. Die beiden hatten ausgemacht, dass Krönert zur Warnung einmal lang hupen sollte, sofern sich ein Polizeifahrzeug oder eine Fußstreife näherte. Dann sollte er losfahren und eine Querstraße weiter auf Johann warten. Dieser wollte in einem solchen Fall durch die Nachbargärten türmen, um zum Fluchtfahrzeug zu gelangen.

Johann klingelte. Eine der Töchter der Mays, ein Mädchen nicht älter als zehn, öffnete ihm.

»Könnte ich deine Mutter sprechen?«, säuselte Johann und wartete in der offenen Tür, bis Gertrude May erschien, die Töchter im Schlepptau.

»Ja bitte?«, fragte sie.

Johann lüpfte seinen Hut. »Guten Tag. Ich heiße Hans Hoffmann. Ich bin Spieß der Lagerpolizei von Moosburg. Ich soll Ihnen Grüßen Ihres Mannes übermitteln.«

Gertrude May schöpfte keinen Verdacht, als der freundliche Fremde sie anlächelte, hatte sie doch selbst erst gestern durch Zufall erfahren, dass ihr Mann vor drei Tagen nach Moosburg an der Isar verlegt worden war. Wenn der Unbekannte nicht aus Moosburg kam, woher also sollte er sonst von der Verlegung wissen? Ihr war entfallen, dass sie heute Morgen beim Gemüsehändler mit der Inhaberin über ihren Mann gesprochen und eine Angestellte danebengestanden hatte. Und sie konnte ebenfalls nicht wissen, dass Johann nur wenig später genau diesen Laden aufgesucht und durch Schmeicheleien, eine Essenseinladung und eine Schachtel Lucky Strike die nette Verkäuferin zum Reden gebracht hatte.

»Bitte kommen Sie herein. Wie geht es Theodor?«

»Den Umständen entsprechend.«

»Welche Umstände?«, fragte Gertrude besorgt.

Johann machte eine Kopfbewegung zu den Kindern hin. Frau May wurde blass, deutete die Geste richtig. »Geht auf euer Zimmer spielen«, wies sie die Mädchen an. »Ich hole euch später wieder herunter.« Gehorsam zogen die beiden ab.

»Was ist mit Theodor?«

»Es gab eine Verwechslung. Ihr Mann war ja Arzt bei der Waffen-SS. Aber die Amerikaner halten ihn für einen KZ-Arzt. Sie haben seine Blutgruppentätowierung falsch interpretiert.«

Gertrude May erschrak.

»Ich bin nun in seinem Auftrag hier, um entlastende Papiere zu besorgen. Den Einberufungsschein zum Beispiel. Irgendwelche Dokumente, die belegen, dass Ihr Mann bei der kämpfenden Truppe und nicht in einem Lager Dienst tat. Wenn er diese Dokumente vorlegen kann, steht seiner Entlassung nichts im Wege.«

Gertrude May dachte angestrengt nach. Dann hellte sich ihre Miene auf. »Natürlich«, stieß sie hervor. »Seine Antworten auf meine Briefe, die ich ihm geschrieben habe. Sie wurden von seiner Einheit geprüft und sind über deren Feldpostnummer gelaufen.« Sie sprang auf und stürmte zu einer Kommode. Dort riss sie die Schubladen auf und durchsuchte sie. »Und hier. Seine Beförderung zum Oberstabsarzt. Unterschrieben von seinem General.« Sie kehrte zu Johann zurück und drückte ihm die Papiere in die Hand. »Wird ihm das helfen?«

Der schaute die Unterlagen flüchtig durch. »Ganz sicher«, meinte er dann. »Ich werde jetzt zurück nach Moosbach fahren. Wenn alles gut geht, ist Ihr Mann in wenigen Tagen bei Ihnen.«

Am nächsten Nachmittag klingelte Johann wieder bei Gertrude May. Dieses Mal öffnete sie selbst.

»Ich habe erfreuliche Nachrichten«, versprach er, als er im Wohnzimmer der Familie stand. »Die Entlassungspapiere liegen bereit. Aber der zuständige Offizier ist ein Pedant. Ach, was sage ich, eine Trandrüse.« Johann sah sich um, als ob er Zuhörer befürchtete. »Sie verraten doch nicht, was ich gerade gesagt habe, oder?«

»Wo denken Sie hin«, versicherte Gertrude May.

»Der Mann prüft alles mehrmals, lässt es dann wieder liegen. Erst kürzlich hat ein armer Unschuldiger drei Wochen warten müssen, bis der Offizier sich endlich dazu bequemt hat, die erforderliche Unterschrift zu leisten.« Johann lachte gekünstelt. »Ich glaube eher, es war nicht die Einsicht, die ihn dazu bewogen hat, sondern die Uhr, die die Verwandten des Inhaftierten dem Offizier geschenkt haben.«

Gertrude Mays Stirn legte sich in Falten. »Ich habe keinen Schmuck mehr. Alles verkauft«, erklärte sie bestürzt. »Muss Theodor nun im Lager bleiben?«

»Möglich wäre das, ja, sogar wahrscheinlich. Vielleicht haben Sie noch einen Pelz? Oder andere Wertsachen?«

Sie schüttelte traurig den Kopf.

Johann zuckte mit den Schultern. »Dann können wir nur hoffen, dass der Offizier sich eines Besseren besinnt.«

Plötzlich fiel Gertrude May etwas ein. »Meine Schwiegermutter. Die hat bestimmt noch ihren Schmuck. Sie hat sich nie davon trennen können. Das sind alte Erbstücke, wissen Sie. Aber für das Wohlergehen ihres Sohnes macht sie bestimmt eine Ausnahme.«

»Dann sprechen Sie mit ihr. Haben Sie ein Telefon?«

»Leider nein.«

»Vielleicht können wir zu ihr fahren?«

Die Hausherrin dachte nach. Dann verneinte sie. »Meine Schwiegermutter wohnt am Starnberger See. Die Fahrt dahin dauert. Die Mädchen sind nicht da. Sie machen mit Nachbarskindern einen Ausflug und kommen erst heute Abend zurück. Wenn ich dann nicht hier bin

206

... Ich kann es aber morgen versuchen.« Sie schaute Johann hoffnungsfroh an. »Und am Montag könnte ich dann nach Moosbach kommen.«

Ihr Besucher setzte eine betrübte Miene auf. »Der zuständige Offizier wird versetzt. Am kommenden Montag muss er sich bei seiner neuen Einheit melden. Sein Nachfolger muss sich zunächst einarbeiten. Und ob er die Unterlagen ähnlich bewertet wie sein Vorgänger – ich habe da meine Zweifel. Der neue Mann soll ein ganz scharfer Hund sein. Ein richtiger Deutschenhasser. Wenn es nach ihm ginge, würden alle Deutschen in den Lagern auf ewig versauern. Nein, dann wird wohl nichts aus der Freilassung. Ich würde ja mit Ihnen in meinem Wagen zu Ihrer Schwiegermutter fahren, aber es fehlt mir die Zeit, Sie wieder zurückzubringen. Es tut mir leid, Frau May. Dann kann ich Ihnen nicht helfen.«

»Vielleicht wenn Sie allein meine Schwiegermutter aufsuchen ...?«

Johann tat so, als ob er nachdachte. »Wenn Sie meinen«, erwiderte er dann.

»Warten Sie. Ich schreibe Ihnen nur schnell die Adresse und eine kurze Nachricht an sie auf.«

Eine Stunde später saß Johann im Wohnzimmer der alten Dame in Starnberg. Diese war ob Johanns Geschichte zunächst skeptisch. Erst als Johann ihr die Nachricht gegeben und die Briefe und Dokumente vorzeigte, die ihm die Schwiegertochter überlassen hatte, zerstreuten sich ihre Bedenken. Sie übergab Johann zwei goldene Broschen, bestückt mit Brillanten, zwei goldene Armreifen, mehrere wertvolle Ketten und Ringe, einen Saphir und eine goldene Herrenuhr. »Der Offizier soll sich eines der Stücke aussuchen. Den Rest bringen

Sie mir dann bitte wieder vorbei. Das tun Sie doch, oder?«

»Selbstverständlich, gnädige Frau.«

Die alte Dame tätschelte Johanns Hand. »Das glaube ich Ihnen. Sie sind ein ehrlicher Mensch. Das sieht man sofort.«

36

Ring oder Brosche? Der Krupp-Schmuck

München, 12. Oktober 1950

»Die Münchener Verhandlung fand im Amtsgericht am Mariahilfplatz, weit draußen jenseits der Isar statt. Ein kleiner Blick vom Straßenbahnfenster auf München: Es ist erstaunlich, was alles rund um den Hauptbahnhof gebaut ist. Viele Amerikaner. Ein toller Verkehr am Stachus. Herrlicher Ausblick von der Isarbrücke auf die Frauenkirche und das Deutsche Museum. Trostlos der Anblick der zerstörten Kirche Mariahilf.

Im Verhandlungssaal herrschte erdrückende Fülle. Zahlreiche Zeugen waren aufmarschiert: sie alle hatte Bos innerhalb der ersten dreizehn Tage im Mai 1947 besucht.«

Osnabrücker Neues Tageblatt, 13. Oktober 1950

Die Zeit vor Verhandlungsbeginn nutzte Bos, um sich mit seinem Verteidiger zu besprechen. »Warum muss denn jeder dieser Fälle aufgerollt werden?«, erkundigte er sich. »Wenn ich doch schon alles gestanden habe. Fünfundsiebzig Mal dieselbe Litanei. Kann der Richter nicht ein Urteil sprechen und fertig?«

Dr. Kaessmann lächelte fein. »Ich habe es Ihnen doch schon am ersten Verhandlungstag erklärt. Sollten Sie es sich mit Ihrem Geständnis doch anders überlegen und der Vorsitzende hat keine Beweisaufnahme für jeden der angeklagten Fälle durchgeführt, muss er entweder die Anklage in diesen Punkten niederschlagen oder Sie freisprechen. Verurteilen darf er Sie nicht. Das wäre ein Revisionsgrund für Staatsanwaltschaft und Verteidiger. Hätten Sie nur eine Straftat begangen, gäbe es auch nur eine Beweisaufnahme. Aber in Ihrem speziellen Fall … Seien Sie doch froh, dass einige der Ihnen zur Last gelegten Taten erst gar nicht in der Hauptverhandlung zur Sprache gekommen sind.«

Das Gericht betrat den Saal und Dr. Döring eröffnete die Verhandlung. Dann sprach er Bos an: »Kommen wir nun zu den Vorfällen in Süddeutschland. Sie haben auch einen Abstecher nach Schloss Obergrombach gemacht?«

»Ja.«

»Wann war das genau?«

»Das weiß ich nicht mehr. Ende Mai, Anfang Juni 1947.«

»Dem Gericht liegt die eidesstattliche Erklärung von Frau Waltraud Thomas, geborene Krupp von Bohlen und Halbach, vor, dass Sie auf dem Schloss der Familie erschienen sind und sie überredet haben, Ihnen einen wertvollen Ring zu überlassen. Diesen wollten Sie angeblich einsetzen, um den Bruder der Zeugin, Harald Krupp von Bohlen und Halbach, aus russischer Haft zu befreien. Sie haben sich bei ihr als angeblicher Gefängniswärter vorgestellt.«

209

»Das stimmt nicht.«

»Sie sind nicht als Gefängniswärter aufgetreten?«

»Das war kein Ring, sondern eine Brosche.«

»Die Zeugin hat aber eine detaillierte Beschreibung des Ringes geliefert. Er sei aus Platin mit einem schweren, in Brillanten gefassten Rubin. Das Schmuckstück habe einen heutigen Wert von mindestens einhunderttausend Mark.«

»Es war eine Brosche! Ich bleibe bei meiner Aussage und verlange, dass die Zeugin vor Gericht gehört wird.«

»Sie, Herr Bos, können hier überhaupt nichts verlangen, höchstens Ihr Herr Verteidiger.« Dr. Döring war anzusehen, dass ihm die Zwischenrufe des Angeklagten ziemlich auf die Nerven gingen.

Dr. Kaessmann schüttelte nur den Kopf.

»Frau Thomas hält sich derzeit in Argentinien auf. Sie kann nicht so einfach nach Deutschland kommen, um auszusagen. Und da auch Ihr Anwalt augenscheinlich eine persönliche Anwesenheit der Zeugin für nicht erforderlich hält, begnügen wir uns mit ihrer schriftlichen Aussage.«

Bos ruderte empört mit den Armen.

»Wollen Sie etwas sagen, Angeklagter?«

»Ja, sicher. Aber mir hört ja hier niemand zu.«

»Bitte.«

»Es hieß überall, ich hätte aus dem Schloss dort ganze Sektkübel voller Brillanten, Diamanten und was-weißich-noch-alles rausgeschleppt. Aber das stimmt nicht. Es war nur diese eine Brosche. Und vielleicht noch etwas anderer Tand.«

»Tand?«

»Na ja, so 'n wertloses Zeug halt.«

»Bei den Krupps? Das glauben Sie doch selbst nicht.«

»Auf jeden Fall waren es keine Kübel mit Edelsteinen.«

»Das hat auch niemand hier im Gerichtssaal behauptet, Angeklagter.«

»Aber gedacht haben Sie es. Gedacht!«

Dr. Döring verzog das Gesicht. »Herr Bos, nun beruhigen Sie sich. Wir werfen Ihnen lediglich vor, einen wertvollen Ring ergaunert zu haben. Wo ist das Schmuckstück geblieben?«

»Ich habe ihn jedenfalls nicht an irgendwelche freundlichen Mädchen verschenkt, wie der Herr Polizist Schröder in den Vernehmungen unterstellt hat. Vermutlich habe ich die Brosche verloren. Oder Krönert hat sie. Oder Petri. Ich weiß es nicht mehr.«

Der Landgerichtsrat zog ein weiteres Schriftstück hervor. »Dem Gericht liegt die Aussage des Münchner Juweliers Adam Schorlbecker vor. Dieser hat sich bei der Polizei in München gemeldet, nachdem er Presseberichte über diesen Fall gelesen hatte. Seiner Aussage zufolge befindet sich ein solches Schmuckstück in seinem Besitz. Er hat es in gutem Glauben Mitte Juni 1947 von einem Reisenden erworben, dessen Beschreibung auffällig genau auf Sie passt. Ein Bild des Ringes wurde nach Argentinien geschickt, um ihn durch Frau Thomas identifizieren zu lassen. Sie können sich an den Verkauf nicht erinnern?«

»Nein«, rief Bos erregt. »Aber das beweist ja, dass ich nicht der Brillantenkönig bin, für den mich alle halten. Nur ein kleiner, billiger Ring. Und irgendwelchen Mädchen habe ich ihn auch nicht gegeben. Wenigstens das ist jetzt eindeutig, egal, was dieser Kommissar Schröder für schlimme Sachen über mich erzählt. Da haben Sie es, Herr Vorsitzender.«

»Einen Wert von einhunderttausend Mark nennen Sie billig?«

»So viel habe ich nicht bekommen, nie im Leben.«

Dr. Kaessmann zischte: »Nun halten Sie endlich den Mund. Sie reden sich um Kopf und Kragen.«

»Sie sollten auf Ihren Rechtsbeistand hören, Herr Bos.«

»Mach ich ja. Jetzt sag ich nichts mehr. Das haben Sie nun davon.«

»Aber diese Gaunerei geben Sie zu?«

Bos sah seinen Verteidiger an. Der nickte.

»Aber nur den billigen Ring«, stieß Bos hervor.

Dr. Döring seufzte. »Der Angeklagte räumt den Betrug ein«, gab er zu Protokoll. »Nach Ihrem Aufenthalt in Süddeutschland sind Sie zurück nach Herne gefahren. Warum?«

»Ich hatte ein schlechtes Gewissen.«

»Na, das sind ja ganz neue Töne. Wem gegenüber plagte Sie Ihr Gewissen?«

»Meiner Schwiegermutter.«

»Die in Herne lebt?«

»Ja. Die zweite.«

»Sie meinen also Frau Redmann?«

»Genau.«

»Aber Sie waren doch zu diesem Zeitpunkt noch mit Mechthild verheiratet.«

»Schon. Aber ich wollte mich ja scheiden lassen. Und dann die Cläre heiraten.«

»Ach so. Und warum hatten Sie ein schlechtes Gewissen?«

»Sie kannte mich ja nur unter dem Namen Johann Hoffmann. Ich musste ihr doch sagen, wie ich wirklich heiße.«

»Das leuchtet ein. Wenn man um die Hand der Tochter anhalten will, sollte man das unter seinem richtigen Namen tun.«

»Genau.«

»Und haben Sie es ihr gesagt?«

»Ja.«

»Und wie hat sie reagiert?«

»Verständnisvoll. Sie konnte meine Beweggründe nachvollziehen.«

»Also haben Sie sie in Ihre Geschäfte eingeweiht?«

»Nicht in alle, Herr Vorsitzender. Ich erzählte ihr nur, dass ich wegen einiger Kleinigkeiten gesucht würde. Konkreter bin ich nicht geworden. Schließlich war ich ja mit Ihrer Tochter noch nicht verheiratet, sondern nur verlobt.«

»Klar. Da konnten Sie nicht in die Details gehen.«

»Ich sehe, Sie verstehen mich, Herr Vorsitzender.«

»Warten Sie das Urteil dieses Gerichts ab, Herr Angeklagter. Vielleicht ändern Sie dann Ihre Meinung.

Aus den Gerichtsakten

Zusammenfassung der Vernehmung der Elisabeth Redmann, wohnhaft in Herne, Wilhelmstraße 21

Ich kenne den Herrn Bos seit dem 6. Juli 1946. Nein, damals hieß er ja noch Hoffmann. Ich weiß das deshalb noch so genau, weil wir an diesem Tag den Geburtstag meines ältesten Sohnes gefeiert haben. Herr Bos erschien in Begleitung des Herrn Baumann und fragte nach, ob er für einige Tage bei uns wohnen könne. Den Zuzugsschein wolle er nachreichen, hat er mir versichert. Da wir noch ein Bett in der Mansarde des Herrn Baumann frei hatten, haben wir ihn aufgenommen. Er zahlte für eine Woche im Voraus. In der Folgezeit habe ich ihn immer wieder auf

213

den Zuzugsschein angesprochen, er aber hat mich jedes Mal vertröstet. Da er seine Miete pünktlich gezahlt hat und das mit den Zuzugsscheinen ohnehin nicht so genau genommen wurde, habe ich ihn schließlich auch ohne Schein bei uns wohnen lassen.

Was Herr Bos genau gearbeitet hat, kann ich nicht sagen. Er war, wie auch meine Söhne, im Handelsgeschäft tätig. Außerdem immer höflich und zuvorkommend, er hat sich nie danebenbenommen. Vor allem hatte er nie irgendwelche Frauengeschichten. Zumindest keine, von denen ich etwas mitbekommen habe. Deshalb hatte ich auch nichts dagegen, dass er ein Auge auf unsere Cläre geworfen hatte. Das Mädchen musste ja endlich unter die Haube. Irgendwann hat er dann gefragt, ob er sich mit Cläre verloben könne. Ich hatte nichts dagegen. Im Oktober 1947 dann hat er um ihre Hand angehalten. Dabei hat er mir gestanden, dass er eigentlich Bos heißt. Er hätte seinen Namen geändert, weil er wegen einiger Schwarzmarktgeschäfte in Osnabrück von der Polizei gesucht würde. Mich hat das nicht gestört. Fast jeder hat doch damals solche Geschäfte gemacht. Und wenn selbst der Kölner Erzbischof das Fringsen für vertretbar hält, kann ich mich doch nicht über etwas Hamstern und ein paar kleine Schiebereien aufregen. Ich weiß aber noch, dass ich es komisch fand, dass er mir eine Mitgift gezahlt hat. Eigentlich müsste es ja andersherum sein. Aber das Haus in Essen, das er mir geschenkt hat, konnte ich wirklich gut gebrauchen. Mein Mann ist ja in Russland geblieben. Und die Mieteinnahmen in Baukau allein reichten hinten und vorne nicht. Da kam ein zweites Haus gerade recht. Wie gesagt, auf den Herrn Bos lasse ich nichts kommen. Ein vorbildlicher Schwiegersohn. Auch jetzt, wo ich weiß, was er so alles angestellt hat, habe ich keine Bedenken gegen diese Ehe. Zum einen ist er noch nicht verurteilt, also eigentlich immer noch unschuldig. Und selbst, wenn es stimmen würde, was man ihm vorwirft, hat er ja keine armen Leute geschädigt. Diese Nazis haben doch alle Dreck am Stecken. Und er hat ja auch viel Gutes getan, nicht wahr. Nein, Johann ist schon richtig für meine Cläre.

37

Der Zigeunerkönig

München, 12. Oktober 1950

Von Herne aus haben Sie danach erneut Niedersachsen heimgesucht. Unter dem Namen Heinz Forst erbeuteten Sie von gutgläubigen Angehörigen Schmuck im Wert von einigen Tausend Mark. Was haben Sie damit gemacht? Und kommen Sie mir nicht wieder mit Krönert oder Petri!«

»Aber das muss ich doch. Die haben das alles dem Zigeunerkönig Weiß in Frankfurt gebracht. Was der damit gemacht hat, kann ich nicht sagen.«

»Gegen diesen Herrn läuft ein Ermittlungsverfahren der Staatsanwaltschaft Frankfurt. Er hat aber bereits ausgesagt, von Ihnen im guten Glauben Schmuck erworben zu haben. Petri und Krönert waren bei einigen der Transaktionen zwar anwesend, die treibende Kraft aber sollen Sie gewesen sein.«

»Diese Zigeuner stecken doch alle unter einer Decke, Herr Vorsitzender.«

215

»Insgesamt, so Herr Weiß weiter, sollen weit mehr als hunderttausend Mark geflossen sein – in Ihre Tasche.«

»So ist das nicht gewesen, Herr Vorsitzender.«

»Dann erzählen Sie uns, wie es wirklich war.«

Erneut versicherte Bos sich mit einem Blick bei seinem Anwalt, dass er die Geschichte erzählen konnte. Der nickte aufmunternd.

Also holte Bos tief Luft und begann zu sprechen: »Es muss im Sommer 1946 gewesen sein. Krönert und ich waren in Frankfurt. Genauer: in einer Äppelweinkneipe im Stadtteil Sachsenhausen. Dort hat mich Krönert im Hinterzimmer mit einem Zigeuner bekannt gemacht. Eben jenem Weiß. Weiß umgab sich immer mit mehreren kräftigen jungen Männern – seine Leibwache, wie er sagte. Er schien bei den Zigeunern wirklich was zu sagen zu haben, denn er residierte geradezu in dem Lokal. Vor der Tür warteten Leute, die dann einzeln in den Raum geführt wurden, in dem er Hof hielt. Es kam mir so vor, als ob der dort Streitigkeiten schlichtete. Wie ein Richter in einem Gerichtsverfahren, wenn ich das so sagen darf, Herr Vorsitzender. Weiß fragte mich aus: Woher ich komme, wer meine Eltern seien, was ich in meinem Leben so angestellt habe, ob ich im Gefängnis gewesen wäre. Ich habe ihm alles erzählt.«

»Warum haben Sie das getan? Sie sind doch sonst nicht so mitteilungsbedürftig.«

»Keine Ahnung. Vielleicht lag es an dem ungewohnten Alkohol. Ich hatte vorher noch nie Apfelwein getrunken.«

»Aha. Wie hat dieser Herr Weiß auf Ihre Ausführungen reagiert?«

»Als ich erwähnte, dass ich im KZ gesessen habe, ist er aufgestanden und hat mich umarmt. Dann hat er mir seine eintätowierte Häftlingsnummer gezeigt. Er hatte Auschwitz überlebt. Von da an hatte ich bei ihm einen Stein im Brett.«

»Und diese – sagen wir – Sympathie haben Sie ausgenutzt?«

»Wo denken Sie hin! Der Zigeunerkönig hat mich geradezu eingewickelt. Hat gefaselt, dass ehemalige KZ-Häftlinge zusammenhalten müssten. Aber da war nichts mit dem Zusammenhalt. Übers Ohr gehauen hat er mich.«

»Wie das?«

»Er wollte das, was ich erarbeitet hatte, für mich zu Geld machen. Lediglich zehn Prozent wollte er für sich. Er habe da einen Juwelier an der Hand, der immer Bedarf an solchen Waren habe.«

»Mit ›erarbeiten‹ meinen Sie den ergaunerten Schmuck und die anderen Wertsachen?«

»Genau. Ich habe treu und brav alles bei ihm abgeliefert. Auch deshalb, weil Krönert mich darin bestärkt hat. Weiß sei absolut vertrauenswürdig, hat er mir versichert. Einen Dreck war er. Mit Almosen hat Weiß mich abgespeist, der Verbrecher.« Bos hob die Stimme. »Er und Krönert haben mich betrogen. Und die ganzen armen Menschen, deren Wertsachen jetzt für immer und ewig verschwunden sind. Die Zigeuner haben den Schmuck und das andere Zeug.«

»Wie erklären Sie sich dann, dass bei Hausdurchsuchungen bei Weiß und seiner Familie nichts von der Hehlerware gefunden wurde?«

»Versteckt haben sie die Sachen«, empörte sich Bos. »Ganz sicher. Krönert weiß bestimmt, wo der Schmuck ist. Vielleicht bei diesem Juwelier. Und mir wollen Weiß und Krönert alles in die Schuhe schieben.«

»Sie behaupteten gerade, es sei weniger Geld an sie geflossen, als dieser Herr Weiß angegeben hat. Wie viel war es denn?«

»Nicht viel. Vielleicht tausend oder so. Nicht mehr.«

»Könnte es sein, dass das Haus in Essen, welches Sie Ihrer Schwiegermutter am Tag Ihrer Hochzeit schenkten – ich meine jetzt Nummer zwei –, aus diesen Mitteln finanziert wurde?«

»Daran kann ich mich nicht erinnern.«

»Herr Bos, diese Erinnerungslücke hatte ich erwartet. Die Fragen zum Verbleib des Raubguts werden Gegenstand eines möglichen zivilrechtlichen Verfahrens sein. Schließlich wollen die Betrogenen ihr Geld zurück. Kommen wir noch einmal auf Ihre Freundschaft mit Fritz Petri zu sprechen.«

»Er war nicht mein Freund!«

»Dann eben Ihr Bekannter. Mit ihm sind Sie erneut losgezogen. Nach Bremen, Bielefeld und Hildesheim. Wer von Ihnen hat sich eigentlich den Juwelentrick einfallen lassen?«

»Welchen Trick, Herr Vorsitzender?«

»Das sollen Sie dem Gericht erklären, nicht ich.«

38

Der Juwelentrick

Bremen, 10. November 1947

Kurz vor der Mittagspause betrat Fritz Petri das Juweliergeschäft in der Güntherstraße auf der linken

218

Weserseite. Auch hier war vieles zerstört, wenn auch die Verwüstungen nicht so heftig waren wie in der Altstadt, in der kaum ein Stein auf dem anderen geblieben war.

Die Türglocke ließ den Juwelier hinter seinem Verkaufstresen aufschrecken. Er nahm die Lupe aus dem rechten Auge und beeilte sich, den neuen Kunden zu begrüßen.

»Sie haben draußen im Schaufenster ein Schild, dass Sie Schmuck und Gold ankaufen.« Petri kramte umständlich in seiner Manteltasche. Schließlich zog er ein in ein Leinentuch geschlagenes Päckchen hervor. »Ich habe hier eine Brosche meiner Frau. Sie ist aus massivem Gold und die Splitter darauf sind Brillanten, wenn ich das richtig in Erinnerung habe. Auf jeden Fall haben wir vor dem Krieg viel Geld für das Schmuckstück bezahlt. Haben Sie Interesse?«

Petri reichte dem Ladeninhaber die Preziose, die von einem der letzten Beutezüge stammte.

Der Juwelier griff die Brosche, ging damit zu seinem Arbeitsplatz und untersuchte sie. Dabei sprach er zu sich selbst. »Ja. Brillanten. Und 999er-Gold, ohne Frage.« Er wog die Brosche. »Dreißig Gramm«, murmelte er. »Die Splitter sind recht klein. Aber eine schöne Arbeit.« Zu Petri gewandt fragte er laut: »Haben Sie die Kaufquittung noch?«

»Wo denken Sie hin?«, erwiderte dieser. »Alles ausgebombt.«

»Nur gut, dass Ihr Schmuck nicht ebenfalls unter den Trümmern liegt, was?«

Petri verstand die Anspielung. »Finde ich auch.«

»Die Brosche gehört aber Ihnen?«

»Für wen halten Sie mich?«, empörte sich Petri und streckte die Hand aus, als ob er seinen Besitz wieder in Empfang nehmen wollte.

»Nun warten Sie doch«, bat der Juwelier. »Was hatten Sie sich denn preislich vorgestellt?«

»Ich nehme nur britische Pfund oder Dollar. Keine Reichsmark oder das andere Spielzeuggeld.«

»Natürlich.«

»Hundert.«

Der Händler lachte auf. »Was? Pfund oder Dollar?«

»Dollar.«

»Kein Interesse.« Der Juwelier gab Petri die Brosche zurück. »Sie wiegt etwa eine Unze. Ich kann Ihnen maximal den Materialpreis bezahlen. Der liegt bei rund fünfzig Dollar. Die winzigen Brillantensplitter können Sie vergessen. Ein Abfallprodukt. Pfennigware, wenn Sie so wollen. Und dann die ungeklärte Herkunft. Wer gibt mir die Garantie, dass Sie mich nicht anlügen? Ich kann die Brosche so nicht verkaufen, sondern muss sie umarbeiten, möglicherweise sogar einschmelzen. Ich gebe Ihnen dreißig Dollar dafür.«

»Vierzig.«

»Fünfunddreißig. Mein letztes Wort.«

Petri streckte dem Mann die Rechte hin. »Einverstanden.«

Die Brosche wechselte den Besitzer und landete auf der Theke. Der Juwelier ging zur Kasse und blätterte den Betrag auf den Tresen. Petri zählte auffallend langsam nach. Dabei suchte sein Blick immer wieder die Ladentür. Endlich beschwerte er sich: »Ist dieser Schein hier nicht gefälscht?« Er hielt dem Händler eine Dollarnote unter die Nase.

Der griff danach, um sie in Augenschein zu nehmen.

Erneut ertönte die Türglocke. »Das ist ja interessant«, war Johanns Stimme vom Eingang her zu hören. »Mein alter Bekannter Schmidt. Versuchst du wieder, heiße Ware unter die Leute zu bringen?« Er ging auf die beiden Männer zu und zückte seine Polizeimarke. »Joachim von Hohenfeld«, erklärte er. »Kriminalpolizei. Du bist verhaftet, Schmidt.« Er steckte seine Marke ein, wandte sich dem Juwelier zu und zeigte auf das Schmuckstück. »Ist das die Brosche, die er Ihnen verkaufen wollte?«

»Wir waren uns schon einig«, meinte Petri und wedelte mit den Dollarscheinen. »Die Brosche gehörte meiner Frau.«

Johann lächelte den Juwelier an. »Er ist überhaupt nicht verheiratet.« Petri machte einen Schritt in Richtung Tür.

»Bleib stehen, Schmidt. Solltest du zu fliehen versuchen, mache ich ohne Warnung von der Schusswaffe Gebrauch. Schließlich geht es um Mord.«

Der Juwelier wurde bleich. »Mord?«

»Ja. An einem hohen Offizier der amerikanischen Besatzungsmacht. In Frankfurt vor einer Woche. Ein Einbruch in die Wohnung des Offiziers, der den Täter überrascht hat. Dabei fiel ein Schuss, der Ami war tot und der ganze Schmuck weg. Dringend tatverdächtig ist dieser Schmidt hier. Darf ich?« Er griff zur Brosche. »Ja, dieses Stück stammt aus der Beute. Haben Sie noch mehr von dem Kerl gekauft?«

Der Juwelier schüttelte verängstigt den Kopf. Seine Hände zitterten.

»Sie machen mir auch nichts vor? Möglicherweise sind ja Sie der Hehler der Bande?«

221

»Nein, nein«, stotterte der Ladeninhaber völlig verängstigt. »Ich habe Herrn Schmidt vor fünf Minuten zum ersten Mal in meinem Leben gesehen.«

»Und kaufen ihm dann sogleich eine gestohlene Brosche ab? Ein seltsames Geschäftsgebaren, das muss ich schon sagen. Da kommt einem der Verdacht, dass Sie mit dem Kerl unter einer Decke stecken.«

»Bitte, Herr Kommissar, ich bin unschuldig.«

»So unschuldig ja nun auch nicht. Sie hätten doch wissen müssen, dass Sie nur Schmuck ankaufen dürfen, dessen Herkunft zweifelsfrei belegbar ist.«

»Ja, aber ...«

»Was aber?«

»Ich dachte ... Es war doch nur, weil er sagte ... Ich bin kein Hehler, das müssen Sie mir glauben.«

Johann drehte sich um und befahl Petri grinsend: »Du setzt dich auf den Stuhl da, während ich mich hier ein wenig umsehe. Ein Fluchtversuch ist zwecklos, hast du verstanden?« Zum schlotternden Juwelier meint er: »Sie haben doch nichts dagegen, wenn ich Ihre Waren genauer in Augenschein nehme, oder?«

»Nein.«

»Prima. Verschließen Sie den Laden. Oder möchten Sie, dass Ihre Kunden Zeugen dieses unerfreulichen Vorfalls werden?«

»Nein«, beeilte sich der Inhaber zu versichern und stürzte zur Tür. »Selbstverständlich nicht.«

In den nächsten zehn Minuten untersuchte Johann in aller Ruhe die Schmuckstücke, die der Juwelier in seinem Laden aufbewahrte. Er erkundigte sich bei jedem Teil, welches er zur Hand nahm, ob der Juwelier den ordnungsgemäßen Erwerb beweisen konnte. War das der Fall, legte er den Schmuck zurück. Aber bei rund der Hälfte der Wertsachen fehlten die einschlägigen Quittungen. »Diese Sachen sind beschlagnahmt, bis ihre Herkunft geklärt ist«, ordnete Johann am Ende seiner Durchsuchung an. Er zog einen einfachen Quittungsblock aus seiner Jackentasche. »Selbstverständlich bescheinige ich Ihnen die Beschlagnahmung jedes dieser Schmuckstücke. Sie erhalten alles zurück, was nicht durch Straftaten in Ihren Besitz gelangt ist.«

Der Juwelier hatte sich mittlerweile neben Petri auf einen zweiten Stuhl gesetzt. Schweißtropfen perlten auf seiner Stirn und er öffnete den obersten Knopf am Kragen seines Hemdes. »Was ist mit meinem Geld?« Er zeigte auf das kleine Bündel Dollarscheine, das er Petri ausgehändigt hatte und immer noch auf dem Tresen lag.

Johann steckte es mit einer schnellen Bewegung ein. »Beschlagnahmt«, erklärte er. »Beweismaterial.«

»Könnte ich ... Einen Schluck Wasser, bitte.«

»Dafür ist später noch Zeit. Jetzt bestätigen Sie mir mit Ihrer Unterschrift, dass Sie die Beschlagnahmequittung erhalten und zur Kenntnis genommen haben.«

Mit feuchten Fingern, die kaum den Füllfederhalter ruhig führen konnten, unterschrieb der Juwelier. Sein Atem ging stoßweise.

»Danke«, sagte Johann ungerührt. »Haben Sie vielleicht eine Tüte für den Schmuck?« Mit wackeligen Beinen wankte der Juwelier zum Tresen und gab Johann schließlich das Gewünschte. Der verstaute seine Beute darin, griff den Arm Petris und steuerte auf den Ausgang zu. Nachdem er die Tür wieder entriegelt hatte, rief er dem Juwelier zu: »Und Sie melden sich in drei Tagen bei mir im Präsidium. Fragen Sie nach Hauptkommissar von Hohenfeld. Mich kennt dort jeder.«

Kaum hatten sie den Laden verlassen, wurde dem Juwelier schwarz vor Augen. Mit einem kurzen Seufzer fiel er in eine tiefe Ohnmacht.

Im Mercedes, den Johann vor der Tür geparkt hatte, beschwerte sich Petri: »Warum hat das so lange gedauert? Ich wusste schon nicht mehr, wie ich den Kerl hinhalten sollte.«

»Ich musste erst noch tanken. Die Tankuhr scheint kaputt zu sein.« Er klopfte an das Instrument. »Da ist eine Reparatur fällig. Es muss ja schließlich alles seine Ordnung haben.«

39

Der Gesamtschaden

Hannover, 14. Oktober 1950

Sie haben in den bereits erwähnten Orten mit Ihrem Trick insgesamt Schmuck im Wert von fünfundvierzigtausend Mark erbeutet«, warf der Landgerichtsrat dem Angeklagten vor. »Selbst wenn das Gericht berücksichtigt, dass Ihre Hehler Ihnen nicht den tatsächlichen Wert bezahlt haben, sondern nur einen Teil davon, bleibt eine recht erquickliche Summe. Ich schenke mir die Frage, wie Sie Ihre Beute zu Geld gemacht und was Sie mit dem Erlös angestellt haben, denn mehr als Ausflüchte werden Sie dem Gericht auch in diesen Fall nicht präsentieren, oder?«

Bos antwortete nicht.

»Sie verbessern Ihre Situation nicht gerade, wenn Sie weiter so hartnäckig zum Verbleib der Beute schweigen. Darauf habe ich Sie mehrmals hingewiesen. Nun, wenn Sie nicht wollen ...«

»Wollen schon, Herr Vorsitzender. Aber können nicht.«

»Das hatten wir bereits häufiger.«

»Was kann ich dafür, wenn ich mich nicht erinnern kann?« Bos wirkte beleidigt. »Es waren ja nicht nur die Tabletten, sondern ebenso meine Tabaksucht, die mir den Kopf vernebelt hat. Wenn ich nicht an Tabletten denken musste, habe ich an Tabak gedacht. Und umgekehrt. Damals war ich regelrecht süchtig. Ich war nicht mehr ich selbst. Das müssen Sie mir glauben, Herr Vorsitzender.«

»Ich kann mir vorstellen, dass einem schlecht werden kann, wenn man zu viel Zigaretten raucht. Dass exzessiver Tabakkonsum jedoch zum Gedächtnisverlust führt, ist mir völlig neu.«

Einige der Zuhörer lachten.

»Trotz einer umfangreichen Beweisaufnahme mit insgesamt fünfundsiebzig Zeugen ist es dem Gericht nicht gelungen, abschließend in jedem Fall zu klären, woher der Angeklagte über das Wissen für seine Hochstapelei verfügte. Seine Einlassungen zu diesem Thema waren nicht immer zufriedenstellend. Möchten Sie sich dazu äußern, Herr Angeklagter?«

Dr. Kaessmann sprach für seinen Mandanten. »Herr Bos hat seinen Ausführungen nichts hinzuzufügen.«

»Der Schaden, den Herr Bos mit seinen Gaunereien angerichtet hat, beläuft sich auf einige Hunderttausend Mark. Der genaue Betrag ist rückblickend nicht zu ermitteln. Nur ein Bruchteil der Beute ist wiederaufgetaucht. Unklar ist vor allem noch der Verbleib des wertvollen Rings aus dem Besitz der Familie Krupp und der Ohrringe von Prinzessin Emilie zu Schönaich-Carolath. Nicht eingerechnet in die eben von mir genannte Summe ist der Wert der Pelze, Kleidung und Radiogeräte sowie der ergaunerten Lebensmittel. Alles in allem dürfte Herr Bos den zweifelhaften Ruhm genießen, einer der größten Hochstapler der Nachkriegszeit zu sein.« Dr. Döring räusperte sich. »Kommen wir nun zum letzten Punkt der Beweisaufnahme. Es geht um die Umstände der Verhaftung des Angeklagten am 13. Januar 1948 in Hamburg. Ich rufe auf: den Zeugen Hauptkommissar Schröder aus Osnabrück.«

40

Die Verhaftung

Hamburg, 13. Januar 1948

Die Luft in dem kleinen Zimmer des Hotels in der Nähe der Hamburger Alster war zum Schneiden. Johann Bos hockte auf dem einzigen Sessel in dem Raum, eine Blondine mit Schmollmund von höchstens achtzehn Jahren auf dem Schoß. Zwei weitere Paare hatten es sich auf dem Doppelbett bequem gemacht. Auf dem winzigen Tisch neben dem Sessel zerliefen auf einem Papptablett die Überreste einer Torte, mehrere leere Sektflaschen zeugten davon, dass die Feier schon etwas länger dauerte.

Die Blondine beschäftigte sich mehr mit dem goldenen Ring als mit ihrem Galan. Immer wieder drehte sie das Schmuckstück, hielt es hoch und beobachtete verzückt, wie das Licht der Zimmerlampe die Diamantensplitter erstrahlen ließ.

Johann hatte das Stück günstig in St. Pauli für einen Zehner erstanden, denn die Diamanten waren aus Glas und das Gold kein Gold. Nur der Prägestempel war echt, beschafft aus der Konkursmasse eines pleitegegangenen Schmuckladens auf der Reeperbahn.

Aber von all dem hatte das Blondchen keine Ahnung, sondern sonnte sich in dem Hauch von großer Welt, der sie seit einigen Tagen umgab.

Johann Bos hatte Ingrid Jannsen, so hieß seine neue Flamme, vor nicht ganz zweiundsiebzig Stunden in einer Bar unweit der Landungsbrücken kennengelernt. Er hatte ihr vorgeflunkert, Baron von Hohenfeld zu sein, Spross einer alten Adelsfamilie aus Brandenburg. Er halte sich geschäftlich in Hamburg auf, um für seine Familie eine standesgemäße Unterkunft zu finden. Schließlich liege das Familienschloss in der sowjetisch besetzten Zone und sei damit unerreichbar. Glücklicherweise habe aber das Oberhaupt derer von Hohenfeld schon während des Krieges so viel Umsicht besessen, das Familienvermögen vollständig in die Schweiz zu transferieren, sodass die von Hohenfeld keine materiellen Sorgen plagten. Ärgerlich sei nur, dass er in einem so unscheinbaren Hotel absteigen musste. Aber die für einen Mann seines Standes eigentlich angemessenen Häuser in Hamburg seien alle ausgebucht gewesen. Das komme davon, wenn man sich kurzfristig zu einer solchen Reise entschlösse.

Nach einigen Glas Sekt, die der Baron Ingrid in der Bar kredenzt hatte, verriet diese ihm ihren Vornamen, eine weitere Runde später wurden die ersten zaghaften

Zärtlichkeiten ausgetauscht. Als das Paar schließlich zu Coca-Cola mit Whiskey gewechselt war, suchten Johanns Hände bereits da, wo sie eigentlich nichts zu suchen hatten. Und nach weiteren zwei Schnäpsen vergaß auch Ingrid, was ihre Mutter ihr über fremde Männerbekanntschaften beigebracht hatte.

Ingrid war Friseuse und lebte mit ihren Eltern in einer kleinen Wohnung in St. Georg. Als Johann sie am nächsten Morgen mit seinem Mercedes vor ihrem Elternhaus absetzte, schwebte sie im siebten Himmel, aus dem sie auch die Ohrfeigen ihres Vaters und die Tränen ihrer Mutter nicht mehr herunterbrachten.

Trotz des Hausarrestes, den ihr Vater verhängte, und der Warnung ihrer Mutter – »Kind, mach bloß keine Dummheiten und schlepp mir was Lüttes an« – traf sie sich am Abend wieder mit dem Baron. Und als ihr dieser mit generöser Geste den vermeintlichen Goldring mit Diamanten überreichte und um ihre Hand anhielt, schmolz sie vollends dahin.

Die weiteren Gäste der Verlobungsfeier waren nun nicht ganz der geeignete Umgang für einen Baron und dessen Verlobte, aber das fiel Ingrid nicht weiter auf. Eines der Paare verdiente sein Geld in der Herbertstraße. Genau genommen, verdiente sie und er kassierte ab. Die anderen beiden lebten vom An- und Verkauf geklauter und gefälschter Wertsachen. Aus ihren Beständen stammte der Verlobungsring. Johann hatte die vier bei einem seiner Streifzüge durch den Kiez kennengelernt.

Der Osnabrücker machte seit fast einer Woche Urlaub in Hamburg. Genau genommen, wurde ihm im Ruhrgebiet und in Niedersachsen langsam der Boden zu heiß unter den Füßen und er suchte nach geeigneten Möglichkeiten, seinen Lebensmittelpunkt zu verlagern.

Hamburg erschien ihm deshalb günstig, weil es zum einen recht groß war und ihn zum anderen in der Hansestadt keiner kannte.

»Gibt es hier eigentlich nichts mehr zu trinken?«, beschwerte sich einer der männlichen Gäste der doch ziemlich improvisierten Verlobungsfeier.

»Ist denn der Sekt schon wieder ausgetrunken?«, wunderte sich Johann.

»Der Herr Baron bestellt uns bestimmt noch ein Fläschchen«, säuselte die Dame, die sonst gegen einen angemessenen Obolus einsame Männer verwöhnte.

Als ihr Begleiter das Wort Baron aus ihrem Mund hörte, verschluckte er sich fast vor Lachen. Dann goss er sich den letzten Schluck des Schaumweins hinter die Binde. »Das will ich doch wohl hoffen«, gluckste er.

Der zweite männliche Gast bekam derweil seine Stielaugen nicht mehr unter Kontrolle, da der Rock der Dame aus der Herbertstraße so weit hochgerutscht war, dass ihre Strapse sichtbar wurden.

»Wenn du interessiert bist«, kommentierte ihr Begleiter dessen Neugier, »schieb einen Zehner rüber und die Torte geht mir dir nach nebenan.«

»Das wirst du nicht tun«, fauchte dessen Partnerin. »Und guck gefälligst zu mir.«

Von diesem Dialog bekam Ingrid glücklicherweise nichts mit, denn ihr Traumprinz war gerade dabei, ihr Gesicht abzuschlecken, was sie mit tiefem Entzücken zur Kenntnis nahm. Sie sah sich bereits als Baronin auf Schloss Hohenfeld und war so tief in ihren Tagtraum versunken, dass sie alles ausblendete, was nach Realität aussah.

»Kann einer von euch eben den Zimmerkellner rufen?«, erwiderte Johann, nachdem er sich das lange

Haar seiner Gespielin aus dem Gesicht geschoben hatte. »Zwei Flaschen. Er soll alles auf die Zimmerrechnung setzen.« Dann widmete sich der Baron einer gründlichen Untersuchung des Halses seiner neuen Verlobten und der tiefer liegenden Körperregionen.

Der Loddel machte nicht die geringsten Anstalten, Johanns freundlicher Aufforderung Folge zu leisten. Er gab stattdessen dem anderen Mann mit einer herrischen Geste zu verstehen, dass er an der Reihe sei, das Gewünschte zu besorgen. Andernfalls, so interpretierte der Fachmann für falschen Schmuck diese Aufforderung richtig, könne es Ärger geben. Und da dieser Ärger mit einem muskelbepackten Zuhälter unbedingt vermeiden wollte, schob er sich nach einem letzten, bedauernden Blick auf die Oberschenkel des leichten Mädchens vom Bett hoch und folgte dem Befehl.

Es dauerte etwa zehn Minuten, bis er zurückkehrte. »Der Sekt kommt gleich«, verkündete er. »Die müssen ihn nur aus der Kühlung holen.« Er nahm seinen Platz wieder ein.

Tatsächlich klopfte es kurz darauf. »Der Zimmerkellner«, rief jemand von draußen.

»Ist offen«, antwortete Johann. »Immer herein in die gute Stube.«

Mit einem Ruck wurde die Tür aufgerissen. Aber statt des erwarteten Kellners stürmte ein Mann mit einer Pistole in der rechten Hand in das Zimmer, gefolgt von drei ebenfalls bewaffneten Uniformierten.

»Polizei«, brüllte der Zivile. »Keine Bewegung. Und Hände hoch.«

Der Loddel zog es sicherheitshalber vor, hinter seiner Angestellten in Deckung zu gehen. Der Schmuckhändler machte sich vor Angst fast in die Hose und Ingrid beobachtete mit weit aufgerissenen Augen den Auftritt der Polizeibeamten.

»Johann Bos?«, fragte der Kripobeamte, ohne wirklich eine Antwort zu erwarten. »Sie sind verhaftet.«

»Wieso Bos?«, wunderte sich Ingrid, rutschte aber trotzdem vom Schoß des Mannes, den sie für einen Adeligen gehalten hatte, und sortierte verlegen ihre Kleider.

Johann, der wusste, wann er verloren hatte, meinte resignierend zum Hauptkommissar Schröder: »Steck das Schießeisen weg. Es ist zu Ende.« Dann hob er seine Hände Richtung Zimmerdecke.

Der Loddel folgte seinem Beispiel. Er hatte genug Erfahrung in seinem Leben gesammelt, um sich nicht mit Polizisten anzulegen, die mit Pistolen vor seiner Nase herumfuchtelten. Außerdem hegte er den begründeten Verdacht, dass es diesmal nicht um ihn ging und er schon bald seinen Geschäften würde weiter nachgehen können.

Nur der An- und Verkäufer zögerte mit der Kapitulation, allerdings mehr aus Unerfahrenheit denn aus Ungehorsam. Erst als ihn einer der Polizeibeamten mit unfreundlichem Gesicht und der Bemerkung »Wird's bald?« an die Aufforderung seines Kollegen erinnerte, kam auch er dem Wunsch der Staatsmacht nach.

»Ausweise«, bellte der Zivile. »Und einer nach dem anderen ganz langsam aufstehen.«

Alle leisteten der Anweisung Folge. Und verschwanden kurz darauf in einer grünen Minna. Einige Zeit später durften sie – bis auf einen – den Polizeigewahrsam verlassen. Vier von ihnen hatten den Vorfall schnell wieder vergessen – zu alltäglich war er letztlich gewesen.

Nur Ingrid weinte sich einige lange Tage die Augen aus dem Kopf und hoffte inständigst, dass ihr vom Zusammentreffen mit Johann Bos nicht doch ein kleiner Baron geblieben war.

41

Die Plädoyers

Arnsberg, 16. Oktober 1950

»Bos ›will nicht mehr hoch hinaus‹«
Schlagzeile Westfalenpost vom 16.10.1950

Noch einmal für das Protokoll. Sie waren noch mit Ihrer Frau in Osnabrück verheiratet, hatten eine Verlobte in Herne und dann eine weitere in Hamburg?« Dr. Döring schockierte nach fast dreißig Jahren als Vorsitzender einer Strafkammer so gut wie nichts mehr, auch wenn dieser Fall selbst für einen Juristen mit seiner Erfahrung etwas Besonderes war.

»So kann man das sehen, ja.«

»Was ist aus der letzten Verlobung geworden?«

»Ingrid hat sie gelöst.«

»Verständlich.«

»Im Nachhinein sehe ich das auch so. Sie wäre auch nicht die Richtige gewesen.«

»Sie sind während der Untersuchungshaft geschieden worden und haben Ihre Verlobte Cläre aus Herne geheiratet.«

»Das stimmt.«

»Dann leben Sie jetzt wenigstens in dieser Hinsicht in geordneten Verhältnissen.«

»Klar. Im Knast ist es schließlich nicht so einfach, Kontakt zu Frauen zu bekommen, Herr Vorsitzender.«

Dr. Döring zeigte ein Lächeln. »Das wäre ja noch schöner.« Der Landgerichtsrat schaute in die Runde. »Gibt es noch Fragen an den Angeklagten? Weitere Beweisanträge?« Niemand meldete sich. »Das ist nicht der Fall. Ich erkläre damit die Beweisaufnahme für beendet und unterbreche die Verhandlung für eine Mittagspause. Danach werden wir die Schlussvorträge der Staatsanwaltschaft und der Verteidigung sowie das letzte Wort des Angeklagten hören.«

Eine Stunde später erhob sich Dr. Bergmann von seinem Platz. Er führte erneut die Straftaten auf, die Bos bewiesen worden waren, und betonte, dass dieser in der Vergangenheit trotz vorheriger Verurteilungen weitere Verbrechen begangen hatte. Auch der Gutachter habe erklärt, dass der Angeklagte zukünftig mit hoher Wahrscheinlichkeit rückfällig werde. Deshalb beantrage er, Johann Bos wegen Diebstahl, Amtsanmaßung, Beamtenbestechung, Urkundenfälschung, Missbrauch von öffentlichen Urkunden und Betrug zu sechs Jahren Zuchthaus zu verurteilen und ihm die bürgerlichen Ehrenrechte für diesen Zeitraum abzusprechen. Darüber hinaus solle Bos nach Verbüßung seiner Haftstrafe in Sicherungsverwahrung genommen werden. Für den Fall, dass diese später einmal wegen guter Führung aufgehoben werde, sei der Angeklagte dann unter Polizeiaufsicht zu stellen.

Sicherungsverwahrung! Da war es wieder, dieses schlimme Wort. Bos zuckte zusammen und wurde käseweiß, als der Staatsanwalt seinen Antrag stellte. Folgte das Gericht den Ausführungen Dr. Bergmanns, würde er auf unbestimmte Zeit hinter Gittern landen. Seine Augen füllten sich mit Tränen und er begann, leise zu schluchzen.

»Herr Verteidiger, Sie haben das Wort.«

Dr. Kaessmann konnte die Straftaten selbst nicht in Zweifel stellen, zu eindeutig waren die Aussagen der Zeugen gewesen. Ein Plädoyer auf Freispruch wäre damit ebenso unsinnig wie lächerlich. Also wies er auf die Erkrankung seines Mandanten hin, erklärte, dass es keinesfalls erwiesen wäre, dass Bos die treibende Kraft bei den Straftaten gewesen sei, und bat im Sinne einer verminderten Schuldfähigkeit um eine milde Strafe. Sein Mandant sei entschlossen, nach Verbüßung seiner Haft ein gesetzestreues Leben zu führen, und wolle sich um seine Tochter und seine Frau kümmern.

Dann erteilte der Landgerichtsrat Bos selbst das Wort. Dieser musste mehrmals schlucken. Seine bis dahin zur Schau getragene Selbstsicherheit schien verflogen.

Johann Bos erhob sich von seinem Platz. »Ich kann nur noch einmal darauf verweisen, dass ich wie unter Zwang gehandelt habe. Andere haben meine Schwächen schamlos ausgenutzt. Es war ein krankhafter Trieb, der mich dazu verleitet hat, ganz groß aufzutreten. Ich muss zwar auch gestehen, dass es durchaus Spaß gemacht hat, als Kriminalkommissar, Spieß eines Inhaftierungslagers oder gar Baron aufzutreten.« Mit stockenden Worten fuhr er fort: »Ich habe die Bewunderung der Menschen genossen. Wann immer sich die Gelegenheit ergab, bin ich als großer Mann herumspaziert und habe unter den Armen Wohltaten verübt. Herr Richter, ich bin nun einmal so veranlagt. Außerdem konnte ich die Nazis nicht leiden. Und die meisten, die in den Inhaftierungslagern sitzen, sind dort völlig zu

Recht. Deshalb habe ich deren Angehörige betrogen. Und wo das ganze Geld geblieben ist, weiß ich wirklich nicht mehr. Ich will nicht mehr hoch hinaus, ich bin ein einfacher Mann und will es für immer bleiben und mit meiner Hände Arbeit zukünftig für meine Familie sorgen.« Er setzte sich.

Dr. Döring, der die Ausführungen des Angeklagten mit unbewegtem Gesicht verfolgt hatte, kommentierte dessen Schlusswort nur knapp. »Wollen wir hoffen, dass Sie sich an das halten, was Sie uns gerade versprochen haben.«

Bos versicherte mit Dackelblick: »Darauf können Sie einen ... sich verlassen, Herr Vorsitzender.«

Der Landgerichtsrat lächelte milde. Dann straffte er sich und verkündete: »Ich vertage die Hauptverhandlung. Das Urteil wird am 17. Oktober 1950 verkündet. Die Sitzung ist geschlossen.«

42

Das Urteil

Arnsberg, 17. Oktober 1950

Der Saal des Landgerichts war bis auf den letzten Platz gefüllt. War an den vergangenen Verhandlungstagen die Luft erfüllt vom Geraune der Zuschauer, herrschte heute gespannte Ruhe im Saal. Und selbst die gemurmelten Unterhaltungen erstarben, als der Angeklagte Bos von einem Justizwachtmeister in den Saal geführt wurde und neben seinem Verteidiger Platz nahm.

Kurz darauf erschien das Gericht, angeführt von seinem Vorsitzenden. Die Anwesenden erhoben sich von ihren Plätzen. Dr. Döring nahm wie an jedem Sitzungstag seine Brille zur Hand, putzte sie gründlich im Stehen und sah dann über ihren Rand streng auf den Angeklagten. Johann Bos hielt den Atem an.

Schließlich begann der Vorsitzende, mit ruhiger Stimme zu sprechen: »Im Namen des Volkes ergeht folgendes Urteil: Der Schlachter Johann Bos, geboren am 3. April 1912 in Osnabrück, zuletzt wohnhaft in Herne, wird wegen Diebstahl in zwei Fällen, Beamtenbestechung, Urkundenfälschung, vollendeten Betrugs in fünfundvierzig Fällen und versuchten Betrugs in zwanzig Fällen zu insgesamt fünf Jahren Zuchthaus und einer Geldstrafe von zehntausend Mark – ersatzweise je einen Tag Zuchthaus für fünfzig Mark – verurteilt. Die bürgerlichen Ehrenrechte werden ihm für den Zeitraum von fünf Jahren aberkannt. Die Untersuchungshaft wird auf das Strafmaß angerechnet.«

Er setzte sich langsam. Die Anwesenden folgten seinem Beispiel. Endlich sprach der Landgerichtsrat weiter: »Das Gericht sieht es als erwiesen an, dass der Angeklagte die treibende Kraft bei den ihm zur Last gelegten Taten gewesen ist. Strafmildernd im Sinne des § 51 Absatz 2 Strafgesetzbuch hat das Gericht die gutachterlich bescheinigte Erkrankung des Angeklagten zum Zeitpunkt der Tatausübung berücksichtigt. Strafverschärfend hingegen hat seine konstante Weigerung gewirkt, Aussagen über den Verbleib der Beute zu machen. Das Gericht hat des Weiteren berücksichtigt, dass diese einmalige Fülle an Straftaten nur in den Monaten und den ersten Jahren nach Kriegsende möglich war, als die Gesellschaft sich noch nicht wieder gefunden hatte und ein jeder nur um das eigene Überleben kämpfte. Trotzdem handelt es sich bei dem Angeklagten um einen hemmungslosen Psychopathen, der vom Strudel der Zeit mitgerissen wurde und mit satanischer Kaltschnäuzigkeit handelte.«

Im Folgenden ging der Gerichtsvorsitzende im Detail auf die einzelnen Verbrechen ein und würdigte in jedem Fall den Tatbeitrag des Angeklagten.

Johann Bos wartete mit feuchten Augen auf das Urteil, die Hände zu Fäusten geballt. Auch Cläre Bos, gemeinsam mit ihrer Mutter aus Herne erschienen, wahrte nur mühsam die Fassung. Anscheinend hatten sie und ihr Mann doch mit einer milderen Strafe gerechnet, obwohl keine Sicherungsverwahrung verhängt wurde.

Als Dr. Döring geendet hatte, ging sein Blick zum Angeklagten, der wie ein Häuflein Elend neben seinem Verteidiger hockte. »Möchten Sie noch etwas sagen, Herr Angeklagter?«

Bos schüttelte nur den Kopf.

Dr. Kaessmann allerdings erklärte namens und im Auftrag seines Mandanten, keine Rechtsmittel gegen das Urteil einzulegen. Johann Bos würde den Schuldspruch akzeptieren.

Daraufhin ergriff zum letzten Mal der Gerichtsvorsitzende das Wort. »Die Verhandlung ist beendet.«

»Johann Bos, der außerdem noch in große Tuchschiebereien, die er mit Zigeunern durchführte, verwickelt war, hat noch weitere Strafverfahren zu erwarten. Die Staatsanwaltschaft beabsichtigt, diesen nächsten Prozess nach Bochum abzugeben und wertet die von Bos hierfür zu er-

wartende Strafe noch auf wenigstens Zuchthaus. Erkennt jenes Gericht ihn als gefährlichen Gewohnheitsverbrecher an, so ist ihm die Sicherungsverwahrung gewiß.«
Westfalenpost Arnsberg, 18.10.1950

»Damit ist ein Prozeß zu Ende gegangen, der ein drastisches Bild der verworrenen Nachkriegsjahre enthüllt hat, in denen eine so labile Gestalt wie Johann Bos den richtigen Nährboden für seine Hochstapeleien fand. Die Arbeit des Gerichtes war beträchtlich. Die Aktenberge erreichten den Umfang von mehreren Folianten. 75 Zeugen mußten in zehn Tagen gehört werden.«
Osnabrücker Neues Tageblatt, 18.10.1950

43

Ein neuer Anfang?

Werl, Dezember 1950 bis Juni 1951

»Juwelen-Bos gibt Richtern Rätsel auf. Krösus durch die Sorgen NS-Belasteter – Beute versteckt? – Außergewöhnlicher Betrüger«
Schlagzeile Westdeutsche Allgemeine Zeitung vom 4.10.1950

Mit einem Knall fiel die Stahltür ins Schloss. Johann Bos wartete geduldig, bis der Schließer sie verriegelte. Dann trottete der Gefangene vor ihm her Richtung Wäscherei.

Vor einer Woche war ihm mitgeteilt worden, dass seinem Antrag auf Beschäftigung stattgegeben worden war

238

und er ab heute einige Groschen am Tag verdienen konnte. Johann brauchte das Geld. Seine Frau Cläre hatte selbst nicht genug zum Leben. Und die Währungsreform hatte die versteckten Reichsmark zu Altpapier werden lassen, sofern nicht ohnehin Kröhnert oder Petri die Depots vorher geplündert hatten.

Ohne Geld war man im Knast ein Nichts. Und das wollte Johann unter keinen Umständen sein.

Der Wärter lieferte Bos bei dem Beamten ab, der in der Wäscherei die Aufsicht führte. Ein älterer Gefangener, der schon seit Längerem hier arbeitete, wies Johann ein. Seine Tätigkeit bestand zukünftig darin, gemeinsam mit einem Mithäftling Bettbezüge durch die Mangel zu drehen, die noch dampfende Wäsche zu falten und dann ordentlich in einer Holzkiste zur Wiederverwendung zu stapeln. Dreißig Laken in der Stunde, über zweihundert am Tag. Zu einem Lohn von etwa drei Pfennige pro Laken.

Nach drei Stunden taten Johanns Arme weh, nach einer weiteren seine Füße. Kurz vor Schichtende spürte er seinen Rücken nicht mehr. Knochenarbeit!

Weihnachten verging. Jeder Tag mit Ausnahme der Feiertage verlief ähnlich eintönig wie der andere. Wecken, Waschen, Frühstück. Dann Bettzeug mangeln bis gegen Mittag. Pause bis um ein Uhr. Dann wieder Mangeln, Falten, Legen und Stapeln. Weitere vier Stunden lang. Danach Einschluss und Abendessen. Um zehn wurde das Licht in den Zellen gelöscht.

War Johann anfangs noch froh gewesen, alleine auf einer Zelle zu liegen, ging ihm die Einsamkeit in den dunklen Nächten gehörig auf die Nerven. Keiner, mit dem er reden konnte, um sich die Zeit zu vertreiben. Nur gedämpfte Stimmen von draußen, manchmal metallisches Klopfen an den Wasserrohren, das Kommunikationssystem der Gefangenen. Da Johann aber den Code nicht kannte, blieb das Klopfen für ihn ein Geräusch unter vielen.

Schließlich hatte sich sein Körper an die harte Arbeit gewöhnt und die Pause verbrachte er nicht mehr mit erschöpftem Dösen, sondern er konnte mehr als nur einige Worte mit den anderen Gefangenen wechseln. Ihre Gespräche drehten sich fast ausnahmslos um die Zeit, die sie noch hinter Gittern verbringen mussten, und was sie am Tag ihrer Entlassung als Erstes tun würden. Bumsen, Fressen, Saufen waren die eindeutigen Favoriten.

Ein weiterer fester Bestandteil ihrer Unterhaltung waren mögliche Wiederaufnahmeverfahren und die in ihren Augen völlige Inkompetenz der sie betreuenden Rechtsanwälte. Diese und die voreingenommenen Richter waren bei den meisten – so glaubten sie mit unerschütterlicher Gewissheit – dafür verantwortlich, warum sie gesiebte Luft atmen mussten.

Diese immer wiederkehrenden Klagen brachten Johann auf eine Idee. Er besorgte sich in der Gefängnisbibliothek einige juristische Standardwerke, Gesetzestexte und ein Handbuch der Strafprozessordnung. Diese studierte er ausgiebig und fühlte sich nach einigen Wochen fähig, seinen Plan in die Tat umzusetzen.

Beim nächsten Hofgang mischte er sich in die Gespräche der anderen ein, warf hier einen juristischen Fachausdruck in die Debatte, glänzte dort mit der Nennung eines Paragrafen.

Nach vier Tagen sprach ihn der erste seiner Mitgefangenen an: »Du hörst dich so an, als ob du etwas von Rechtsprechung verstehst. Woher?«

Johann hob abwehrend beide Hände. »Nein, nein. Ich bin kein Anwalt«, erwiderte er, ließ den Fragesteller einfach stehen und setzte seinen Marsch an der Gefängnismauer fort.

Schon einen Tag später kam ein Mann zu ihm, von dem es hieß, er wäre wegen Mordes zu lebenslanger Haft verurteilt worden. »Ich habe da einen Brief von meinem Anwalt erhalten«, erklärte er Johann. »Nur verstehe ich nicht, was der Kerl von mir will. Es ist von einem Wiederaufnahmeantrag wegen neuer Beweise die Rede. Würdest du dir das Schreiben ansehen? Es soll dein Schaden nicht sein.«

Johann tat ihm den Gefallen und erhielt nicht nur eine Schachtel Zigaretten, sondern auch die Zusicherung, ihm beiseitezustehen, sofern er einmal Schwierigkeiten mit anderen Knastbrüdern bekäme.

Das war der Durchbruch. Von nun an konsultierten ihn seine Mitgefangenen regelmäßig und schon bald hatte er sich den Ruf erworben, ein wahrer Rechtsexperte zu sein. Die Zigaretten, die er einnahm, bunkerte er oder tauschte sie gegen andere Waren ein, denn er hatte tatsächlich das Rauchen aufgegeben. Schon bald galt Johann als wohlhabend – für Knastverhältnisse natürlich.

Schließlich wollte einer der Ratsuchenden wissen, wo er denn eigentlich seine juristischen Kenntnisse erworben habe.

»Im Jurastudium«, versicherte Johann dem sichtlich beeindruckten Zuhörer. »Zwar habe ich nur das erste juristische Staatsexamen, stand aber unmittelbar vor der Assessorenprüfung, als mir meine unglückliche Verhaftung dazwischenkam. Aber gelernt ist eben gelernt.«

»Dann wärst du fast ein Rechtsanwalt geworden?«

Johann schüttelte den Kopf. »Wo denkst du hin. Anwalt kann doch jeder. Das wäre nichts für mich. Ich hatte mich für die Richterlaufbahn entschieden.«

Der Knacki sah bewundernd zu ihm hin. »Und die ganzen Gesetze hast du im Kopf?«

»Selbstverständlich.«

»Darf ich dich noch etwas fragen?«

»Nur zu.«

»Man erzählt sich, du hättest in deinem Prozess nicht die Wahrheit gesagt und Gold und Brillanten in einem Versteck gebunkert. Stimmt das?«

»Warum sollte ich ausgerechnet dir das verraten?«

Der andere kratzte sich am Kopf. »Hast recht. Wenn ich du wäre, würde ich das auch keinem erzählen.«

Bos lächelte verschmitzt. »Darauf kannst du einen lassen.«

Nachbemerkung

Wer den Namen Johann Bos in eine der Internetsuchmaschinen eingibt, wird ob des Ergebnisses enttäuscht sein. Nicht ein Eintrag verweist auf den wohl größten Hochstapler der Nachkriegszeit. Auch Zeitungsarchive (wie das des *Spiegels* beispielsweise) schweigen sich über Bos aus.

Die Prozessakten seines Verfahrens wurden nach Ablauf der dreißigjährigen Aufbewahrungspflicht vermutlich vernichtet, sie sind jedenfalls in den einschlägigen Archiven unauffindbar. Wären da nicht einige Berichte in den Tageszeitungen von Osnabrück, Arnsberg und dem Ruhrgebiet, könnte man fast meinen, dieser Johann Bos sei eine Erfindung. Ist er aber nicht.

Natürlich ist dieses Buch ein Roman, kein Tatsachenbericht. Allerdings folgt die Geschichte im Wesentlichen dem Prozess vor dem Landgericht Arnsberg, so wie sie die Gerichtsreporter wiedergegeben haben. Manche der Aussagen von Bos und der Zeugen wurden nach diesen Artikeln zitiert. Die Berichterstattung der Gerichtsreporter allerdings ist nicht stimmig. Sie widersprechen sich teilweise hinsichtlich der handelnden Personen und der Zeitangaben.

Aus dramaturgischen Gründen folge ich nicht dem korrekten Ablauf einer Gerichtsverhandlung, wie sie die Strafprozessordnung vorschreibt. Auch die Beutezüge des Brillantenkönigs sind nicht immer in der Chronologie geschildert, in der sie stattfanden.

Manche Zeugen, die vor Gericht aufgetreten sind, habe ich unterschlagen, bei anderen ihre Aussagen vom Vorsitzenden nur verlesen lassen. Das Gericht hat damals aus Gründen der Prozessökonomie (zu aufwendige Zeugenvernehmungen) einzelne Verhandlungstage in München, Würzburg, Frankfurt und Hannover abgehalten. Dieser Ablauf deckt sich jedoch nicht mit der von mir benutzten Chronologie.

Deshalb habe ich mich nicht an den tatsächlichen Zeitplan gehalten, sondern Sitzungstage in Arnsberg hinzugefügt. Prozessbeginn und Urteilsverkündung fanden allerdings so, wie im Buch angegeben, statt.

Die Straftaten, die Bos zur Last gelegt wurden und die Gegenstand dieses Romans sind, hat er selbstverständlich begangen. Eine Auswahl von ihnen beschrieben die Gerichtsreporter. Die meisten dieser Berichte sind unvollständig, beschränken sich auf die Darstellung der nackten Fakten. Zu dürftig für einen Roman. Also habe ich meine Fantasie spielenlassen, damit die Handlung lebendiger erscheint.

Fast alle Dialoge sind frei erfunden, manche Personen musste ich neu erschaffen. So hat es die Tänzerin Chantal, die Bos in jungen Jahren geheiratet hat, zwar gegeben, ihr Name ist jedoch frei gewählt. Ein Nachtklub *Scharfe Lotte* existierte in Osnabrück nicht. Unbekannt ist weiter, wo Bos seinen Wehrdienst abgeleistet hat. Und auch für die Übergabe der Stadt Osnabrück an die Engländer gibt es keine Hinweise im dortigen Stadtarchiv oder sonstige Quellen – nur Bos' Aussage.

Völlig frei erfunden sind unter anderem auch die Szenen über das Privatleben der Familie Bos, die Auszüge aus den Gerichtsakten und das letzte Kapitel – obwohl dessen Inhalt zu Johann Bos passen würde. Auch über den ›Zigeunerkönig‹ gibt es nur wenig Hinweise – die entsprechenden Passagen im Verhör durch den Gerichtsvorsitzenden sind ebenfalls fiktiv.

Die Presseartikel hingegen sind wörtliche Zitate (in Kapitel 36 wurde von mir das Erscheinungsdatum der Zeitung allerdings vom 10. auf den 13. Oktober 1950 geändert). Die Schlagzeilen der Zeitungen über manchen Kapiteln sind ebenfalls korrekt wiedergegeben.

Die Namen der Opfer, Zeugen und Prozessbeteiligten wurden mit Ausnahme der weiter unten genannten Fälle nicht verändert.

Zusammenfassend gilt: *Eine brillante Masche* ist ein fiktionaler Roman. Das Gerüst allerdings, auf das sich meine Schilderung stützt, entspricht den Tatsachen.

An einigen Stellen wird im Roman der Begriff ›Zigeuner‹ benutzt. Dieser Begriff ist diskriminierend. Da aber im deutschen Sprachgebrauch von 1950 die Formulierung ›Sinti und Roma‹ unüblich war, verwende ich das heute politisch unkorrekte Wort. Das gilt gleichermaßen für den Begriff ›Friseuse‹.

Folgende Namen wurden frei erfunden beziehungsweise modifiziert (kursiv gedruckt):

Chantal d'Armagnac (Mechthild Waldkämper)

Leutnant Herbel

Paul Baumann

Hubert und *Anneliese* Kling

Von Strahlenhain (Der damals in der Presse genannte Name Strahlenhain ist vermutlich falsch, jedenfalls habe ich kein Adelsgeschlecht dieses Namens gefunden. Möglicherweise ist ein Angehöriger der Familie von Stralenheim gemeint, deren Schloss Imbshausen in der Nähe von Northeim nach dem Zweiten Weltkrieg von den Briten beschlagnahmt wurde.)

Walter Kurries (Der Name ist erfunden, die Figur nicht.)

Werner Kaufmann

Oberwachtmeister Heinz Binder (Der Name ist erfunden, die Figur nicht.)

Hauptkommissar Pfeiffer

Dieter Waldhof

Hugo und *Marianne Starnbeck*

Gertrude und *Theodor* May

Adam Schorlbecker (Der Name ist erfunden, die Figur nicht.)

Ingrid Jannsen

Elisabeth Redmann

Hubertus Krawanke

Hugo Knack

P. Meier

Jan Zweyer, Sommer 2014